Pat McCraw
Duocarns – Die Ankunft

I0682406

<u>Die Geschichte</u>: Auf der Jagd nach ihren Erzfeinden, den Bacanis, stranden fünf attraktive, außerirdische Duocarns-Krieger mit ihrem Raumschiff in der Nähe der kanadischen Stadt Calgary. Die Männer sind mit außergewöhnlichen Gaben ausgestattet.

Ihr Führer, Solutosan, wird sich erst langsam seiner erotischen Anziehungskraft auf die Menschen bewusst. Die tatkräftige Aiden schafft es, ihn für sich zu gewinnen.

Auch der homosexuelle Krieger Tervenarius erfährt erste Bewunderung durch den Häusermakler David. Er entzieht sich ihm anfangs, aber David lässt sich nicht abschütteln. Es kommt zur Eskalation.

Die Duocarns vermuten, dass sich die Bacanis ebenfalls auf der Erde befinden. Obwohl immer wieder durch lustvolle Abenteuer abgelenkt, suchen die Krieger unbeirrt weiter nach ihnen.

Die in Vancouver gelandeten Bacanis haben weniger Glück als ihre Feinde. Angeführt von ihrem skrupellosen, herrschsüchtigen Chef Bar, schlagen sie sich raubend und mordend durch die Menschheit. Bar gründet ein Drogenimperium und ahnt nicht, dass seine alten Feinde bereits auf ihn lauern.

<u>Die Autorin:</u> Pat McCraw zeichnet die Charaktere liebevoll - oftmals mit einem herzhaften Humor. Sie ermöglicht dem Leser, selbst dem skrupellosesten Emporkömmling oder dem sanftesten Duocarns-Geliebten bis ins Innerste zu sehen. Sie lebt mit ihren drei Kindern und zwei Hunden in der Eifel.

Eine genaue <u>Personenliste</u> befindet sich am Ende des Buches.

Pat McCraw

DUOCARNS - Die Ankunft

Roman

Pat McCraw
DUOCARNS – Die Ankunft
ISBN: 978-3-943764-05-5

Covergestaltung und Grafiken: Norbert Nagy

Alle Rechte bei:
2012 Elicit Dreams Verlag
Lieselotte Heinrich
Schieferweg 19
56727 Mayen

verlag@elicitdreams.de

Mehr über die Duocarns auf
http://www.duocarns.com

Sie waren auf Weltraum-Patrouille.

Gelangweilt drehte Solutosan eine seiner langen Haarsträhnen um den Finger und ließ den Blick über den Hauptschirm des Raumkreuzers schweifen.

Die eintönigen Kontrollflüge nervten ihn, und wenn Solutosan in die Gesichter seiner Krieger sah, wusste er, dass es den vier Duocarns und dem Navigator, Chrom, ebenso erging wie ihm.

Chrom flegelte sich auf dem Pilotensitz und kratzte mit seiner ausgefahrenen Kralle ein kleines Schild in Duonalisch von seiner Konsole. »So ein Schwachsinn«, grummelte er. »Wie kann man nur auf die Haupt-Steuerung An/Aus schreiben? Wer hat sich das nur ausgedacht?« Nebenbei navigierte er so, dass sie möglichst viele Teile des Planetensystems und des Weltalls im Blick behalten konnten.

»Warum nagst du es nicht mit den Fangzähnen ab? Geht vielleicht schneller.« Meodern hielt seine beiden Zeigefinger rechts und links an seinen frech verzogenen Mund.

»Nur kein Neid«, grunzte Chrom.

Kleine Wortgeplänkel waren an der Tagesordnung, denn, wie alle Beobachtungsflüge zuvor, war auch dieser ungeheuer öde und die Zeit schien sich endlos zu dehnen. Solutosan sah sich im Kontrollraum um.

Tervenarius hatte einen Arbeitstisch über seine Konsole geklappt und einige kleinere Behälter dort aufgebaut. Er tunkte zwei Finger in den Salbentopf mit seiner Anti-Säure Hautpflegecreme, strich sich testweise ein wenig auf den Arm und rührte wieder in dem Tiegel. Beide Arme waren bereits komplett beschmiert. Er kratzte sich am Kopf und kleckerte unabsichtlich auch noch etwas Creme auf seinen silbern-weißen Haarschopf.

Die langen Beine auf die Gefechtsstation gelegt, zog Xanmeran ein Stück seiner Dermastrien ab und platzierte es dann möglichst genau auf seinen Arm zurück. Eigentlich konnte er das mit Willenskraft, aber er wusste augenscheinlich nicht, was er während der Wartezeit mit seinen Händen anfangen sollte. Xan hob den kahlen, roten Schädel und blickte zu Patallia, der in aller Ruhe seine medizinischen Berichte las – wie immer, wenn es nichts zu tun gab.

Solutosan seufzte und wandte sich erneut dem Hauptschirm zu. Das duonalische Planetensystem war schön und es aus dem Weltall zu sehen, tröstete ihn ein wenig über die langweiligen Phasen seiner Bacani-Jagd hinweg. Die vier Monde und Duonalia schwebten im All, umgeben von ihren zartbunten Energieschleiern, beleuchtet von der fahlgelben Sonne, wie kosmische Spielzeuge einer mächtigen Gottheit. Ein friedlicher Planet, den es zu beschützen galt.

Was hätte er in diesem Moment für einen Hinweis gegeben, wann und wo die Bacanis wieder zuschlagen wollten. Die Duocarns wären dann sofort in Aktion getreten. Jedoch nicht mit einem weiteren Abschuss im Weltall, sondern in einem Kampf von Angesicht zu Angesicht. Es juckte Solutosan in den Fingern, einen der bacanischen Parasiten mit seinem Sternenstaub ausmerzen zu können. Wenn es nur nicht so verdammt schwer gewesen wäre, die Bacanis auf frischer Tat zu ertappen – sie zu schnappen, wenn sie sich zu schlafenden Duonaliern schlichen und ihre Spiralvenen gierig in die Leiber bohrten, um deren Energien zu saugen. Sie konnten die Angreifer ihres Volkes nur erwischen, während sie mit ihren kleinen, wendigen Raumschiffen von den Tatorten flohen. Die von den Duocarns so begehrten Nahkämpfe fanden in den seltensten Fällen statt.

Ha! Da bewegte sich etwas! Solutosan kniff die Augen zusammen. Da waren sie! Ein Bacani-Schiff versuchte den östlichen Mond als Deckung zu benutzen, um sich ungesehen aus dem Staub zu machen.

Er sprang auf. »Chrom! Siehst du sie?«

»Nein!« Chroms Blick irrte auf dem Schirm umher.

»Verdammt! Links!«

Solutosan machte einen riesigen Satz zum Bildschirm und tippte auf die linke Ecke. In diesem Moment verschwand der kleine, schwarze Punkt für einige Sekunden in den bunten Schleiern zwischen den Monden, tauchte aber wieder auf.

»Jetzt?«

Chrom nickte. Sofort flogen seine Finger über die vier Tastaturen auf der Hauptkonsole.

Zufrieden registrierte Solutosan, dass seine Männer augenblicklich aufmerksam in den Startlöchern standen. Von Schläfrigkeit keine Spur mehr. Alle aktualisierten ihre Stationen, um sie auf die bevorstehende Attacke vorzubereiten. Die schleppende Langeweile hatte sich schlagartig in eine knisternd geladene Spannung verwandelt.

»Die schießen wir nicht ab. Wir kapern, Leute«, befahl Solutosan, was ein zustimmendes Murmeln hervorrief. Er wollte versuchen, den Duocarns doch einmal wieder einen Nahkampf zu verschaffen. »Ich will deren Bordcomputer. Vielleicht finden wir auf ihm ein paar brauchbare Daten über neue Angriffe! Meo, mach die Waffen klar. Ein Schuss in den Antrieb sollte sie stoppen.«

Solutosan schwang sich in seinen Drehsessel. Er hasste es, wenn ihm in solchen Momenten sein Raumanzug zu eng wurde. Natürlich war ihm klar, dass er sich das nur einbildete, weshalb er das Gefühl noch weniger leiden konnte.

»Die haben aber dieses Mal einen guten Steuermann.« Tervenarius sah dem gekonnten Hakenschlagen des Bacani-Schiffs mit Bewunderung zu.

Chrom hob den Kopf. »Bacanis sind eben Spitzen-Piloten«, knurrte er. »Deshalb habt ihr ja auch mich.«

Solutosan musste trotz seiner Anspannung grinsen. Ja, in der Tat, Chrom war der beste Navigator, den die Crew je besessen hatte. Ein Bacani, der ein loyaler Weggefährte geworden war, und der nun, auf der Seite der Duocarns seine eigene Rasse jagte.

»Wo die wohl hin wollen?« Xanmeran war hinter seinen Stuhl getreten, um einen besseren Blick auf den Bildschirm zu haben.

»Das werden wir sehn. Chrom, halte Abstand. Die haben uns vielleicht noch nicht entdeckt.«

»Verdammter Zickzack-Kurs!« Chroms Klauen rasten über die Tastaturen in einem Tempo, zu dem normalerweise nur Meodern fähig war.

»Xan, sind die Andockklammern bereit? Wir schießen ihnen den Antrieb weg, ziehen sie in die Atmosphäre und knacken sie auf.« Solutosan blickte zu dem Duocarn mit dem roten Glatzkopf. »Die denken wohl sie wären clever – aber wir sind schneller **und** schlauer!«

Aiden schüttelte wutentbrannt den Kopf und starrte den Junkie Ben an, der ihr in dem Streetworker-Bus gegenübersaß. »Wie kannst du nur so eine Scheiße machen, Ben? Seit Jahren kämpfen wir mit der Stadtverwaltung und jetzt das!«

Während sie das sagte, wusste sie, dass es völlig sinnlos war und sie sich ihre Worte sparen konnte, denn Ben hatte offensichtlich einen solchen Vollrausch, dass er sie wohl ansah, aber nichts von alldem in seinem Gehirn ankam. Die winzigen Pupillen waren das sichere Zeichen für die frisch gespritzte Menge Heroin, die in seinen Adern rauschte.

»Ich glaube, diese Predigt ist sinnlos, Aiden.« Eingemummt in einen roten Parka kletterte Doris Bohlen, die älteste der Calgary-Helpers, zu ihnen in den Bus.

Aber Aiden war in keiner Weise bereit sich jetzt schon abzuregen. »Doris, dieser Typ ist ein hoffnungsloser Fall. Die Leute haben ihn gesehen und eindeutig identifiziert. Die Fixerstube ist in der Harper Street und er lässt seinen Müll direkt daneben auf dem Kinderspielplatz liegen!«

Doris seufzte. Sie wandte sich zu Ben. »Willst du einen Tee?« Ben starrte sie nur an.

Jetzt reichte es ihr. »Ach, verdammt!« Aiden schwang sich aus dem VW-Bus. Nun brauchte sie erst einmal frische Luft – und das nicht nur, weil Bens scharfer Gestank die Atmosphäre im Bus unerträglich machte. Sie hatte für ihren gemeinnützigen Verein lange mit den Behörden gekämpft, um den Obdachlosen, den Trinkern und den Junkies einen Platz zu verschaffen. Sie und ihr Team hatten eine Teeküche eingerichtet, in der es etwas zu essen gab und die Leute duschen konnten. Außerdem bot ein kleiner, sauberer Raum den hiesigen Abhängigen die Möglichkeit, ihre Drogen zu konsumieren. Das alles war nun in Gefahr.

Sie stapfte um den Bus herum, hilflos und wütend. Es musste doch zu schaffen sein, ihm begreiflich zu machen, was er da angestellt hatte!

»Ich sag euch was.« Aiden steckte den Kopf zur Seitentür des Busses hinein. »Wir räumen den Müll weg! Ben? Wir gehen jetzt zusammen da hin und du hilfst mir. Danach ruf ich Mister Martin von der Stadtverwaltung an und versuche ihn zu beruhigen. Los, komm!« Aiden streckte Ben die Hand hin.

Ohne ihr Beachtung zu schenken, rappelte Ben sich auf und schwankte aus dem Bus. Kurz entschlossen riss Aiden die Fahrertür auf, schnappte sich einige Latexhandschuhe sowie eine Mülltüte und ging mit Ben los, der hölzern und wie aufgezogen neben ihr her schlurfte. Sie betrachtete ihn mit einem Gefühl von Frustration. Seine Nase lief. Der Kerl war ein Wrack.

Aiden schob die Fäuste tief in die Taschen ihres Anoraks. Seit Jahren hatte sie nur mit Trunkenbolden und Kaputten zu tun und lernte so gut wie nie normale Männer kennen – außer vielleicht Bürohengste, mit denen sie sich wegen der Gelder stritt. Manchmal hatte sie das ganz schön satt.

Der Kinderspielplatz lag verlassen und nur schwach beleuchtet da, als Aiden und Ben ihn betraten. Der kalte Wind wehte braune Blätter raschelnd im Kreis. Aiden zog ihre Mütze tiefer über die Ohren.

»Nun sag schon, wo das Zeug ist!«, fuhr sie ihn an. Der Junkie versuchte, sich zu orientieren. Wahllos deutete er zuerst auf eine Bank, dann auf den Sandkasten und schließlich in die Nähe der Schaukel.

»Ach du Scheiße!« Eine eisige Windböe wirbelte ihr die Verpackung einer Spritze entgegen. »Du machst mich wirklich fertig«, blaffte sie.

Psal tippte ungeduldig mit den Fingern auf den Rand ihrer Tastatur. Am liebsten hätte sie die Klauen ausgefahren, so sehr ging ihr dieser Pok auf die Nerven. Jetzt stand er schon wieder mit blutunterlaufenen Augen vor ihrer Steuerungskonsole und starrte sie an. »Geh zur Seite!«, fuhr sie ihn an. »Du verdeckst den Bildschirm!«

Die einzige Frau auf einem Raumschiff mit einer ungehobelten Bande von Bacanis zu sein, war wirklich ein harter Job. Aber sie hatte den Auftrag angenommen und saß nun mit den Kerlen fest.

Psal aktivierte die Rundumsicht, da Pok sich immer noch nicht in Bewegung setzte. Sie wollte sehen, was sich außerhalb des Schiffs tat.

»Pok! Behindere Psal nicht bei der Arbeit!« Endlich schritt Bar, der Anführer der Bande, ein. Er hatte sich hinter ihr gelangweilt auf einem der Rundstühle gedreht.

Pok machte zähnefletschend Platz.

Psal blickte wieder auf den Bildschirm. Da war etwas. Sie zoomte näher. »Wir werden verfolgt!«

Bar sprang in die Höhe und baute sich breitbeinig neben ihr auf. »Ich seh's! Verdammt! Einhundert prozentig die Duocarns!« Krran, sein zweiter Offizier, stand sofort an seiner Seite.

»Wohin nun?«, keuchte Psal. »Wenn die uns einholen, sind wir tot. Ich habe gehört, dass diese Krieger keine Gefangenen machen.« Ihr Herz schlug bis zum Hals, als sie die Sternenkarten auf dem Computer aufrief.

»Du bist die Navigatorin«, zischte Bar und wandte sich ihr zu. Seine Fangzähne waren vollständig ausgefahren.

Psal durchsuchte mit zitternden Händen die Karten. »Zentaurensystem. Das ist nah genug. Da finden sie uns nicht.«

»Worauf wartest du dann noch?«, knarrte Bar. »Kurs setzen!«

Psals Finger flogen über die Konsole. Sie brachte das Schiff auf Höchstgeschwindigkeit. Zu ihrem großen Glück hatten die Monde Duonalias sich vor kurzer Zeit gedreht, und drückten die Schleier in ihre Richtung. Psal versuchte, in sie einzutauchen, um mehr Deckung zu bekommen. Sie wusste nicht, wie stark die Duocarns bewaffnet waren. Vielleicht würden sie ja feuern. Sie blickte auf ihre zitternden Hände und zwang sie zur Ruhe, denn Bar hatte sie fest im Blick. Ich darf mir auf keinen Fall eine Blöße geben, dachte sie.

Nun stand Bar neben ihr. »Geht das nicht schneller?«

»Nein. Wir sind auf Höchstgeschwindigkeit.« Sein selbstherrliches Gehabe steigerte ihre Gereiztheit zusätzlich.

»Kannst ja aussteigen und schieben«, grollte sie.

Bar fletschte die Zähne.

»Was ist das?« Er deutete mit der Kralle auf einen tiefschwarzen, langsam größer werdenden Bereich.

Psal suchte hastig in den Karten. »Keine Ahnung, nichts verzeichnet.« Das Raumschiff der Duocarns war näher gekommen. Der Kreuzer übertraf ihr Schiff eindeutig an Stärke und Geschwindigkeit.

»Ich will hier nicht krepieren! Flieg da hin!«, brüllte Bar.

»Was?«, erwiderte sie fassungslos. Ihre Nerven vibrierten.

»Wer weiß, was das ist? Oder was dahinter ist? Das ist total gefährlich!«

»Mir egal!«, schrie Bar. »Glaubst du, die Duocarns sind harmlos?«

Tervenarius schob schnell die Cremetöpfchen in einen Behälter an seiner Konsole, schloss ihn und rieb sich in Vorfreude die Hände. Er war schlagartig wieder fit. Solutosan hatte Kaperung statt Abschuss befohlen. Also war es nur noch eine Frage der Zeit, bis er einen Bacani in die Finger bekam.

Er war für diesen Flug der Kommunikator zwischen dem Schiff und dem interstellaren Raumhafen auf Duonalia, was ihn jetzt nur am Rande interessierte. »Duocarns Koordinaten 1/6.4.90.13bz – Verfolgung aufgenommen.« Dieser Funkspruch musste der Basis reichen, bis sie das Bacani Raumschiff besetzt und sich die Parasiten geschnappt hatten.

Tervenarius lächelte grimmig und dachte an den bevorstehenden Kampf. Wieder einmal würde sich zeigen, wer schneller und stärker war: die Bacanis mit ihren Waffen, Klauen und Fangzähnen oder die Duocarns mit ihren Gaben. Er war im Nahkampf ausgebildet und erfahren. Seinen giftigen Pilzsporen hatten seine Gegner nichts entgegenzusetzen.

Tervenarius runzelte die Brauen. Was war denn das für eine tiefschwarze Materie, auf die das Bacani-Schiff zusteuerte? Die dunkle Fläche vergrößerte sich in Sekundenschnelle.

Ihr Kreuzer schlingerte und schaukelte, während sie dem Zickzackkurs der Flüchtenden folgten.

Entsetzt sah er, wie das schwarze Loch sich näherte. Die Bacanis hatten es erreicht und waren vor der tiefschwarzen Masse kaum noch zu erkennen.

»Jetzt reicht's!«, brüllte Solutosan. »Schieß auf den Antrieb, Meo! Die sind sonst weg!«

»Eine Anomalie!«, keuchte Chrom. »Zu spät! Die sind schon zu nah dran! Viel zu gefährlich!«

Tervenarius' Magen machte sich unangenehm bemerkbar. Er klammerte sich an seine Konsole. »Chrom, du wirst denen doch wohl nicht da rein folgen?!«

Er blickte zu dem Navigator, der gebannt auf den Schirm stierte und dessen Hände auf der Steuerung hin - und herflogen, so schnell, dass Terv sie kaum noch erkennen konnte. »Chrom?«

»Wenn ich jetzt gegenlenke, knallen wir auf den Mond!«, brüllte der.

Ihr Götter! Das waren die Bacanis nun wirklich nicht wert!

»Egal! Dreh ab!«, donnerte Solutosan.

In diesem Moment erfasste der monströse Sog ihr Schiff mit aller Macht.

Ihr Raumkreuzer taumelte und torkelte führungslos, der gigantischen, schwarzen Kraft ausgeliefert. Solutosans Organe schienen sich zu verknoten. Er sah, wie der Hauptschirm flackernd erlosch. Die massive Schockwelle riss ihn aus seinem Sessel, den er noch im letzten Moment mit beiden Armen umfassen konnte. Er versuchte, einen klaren Gedanken zu fassen, aber sein Verstand verweigerte den Dienst. Das ungeheure Dröhnen raubte ihm die Sinne. Krampfhaft umklammerte er seinen Sitz und drehte mühsam den Kopf. Chrom hatte die Beine um die Steuerungskonsole geschlungen und navigierte. Wie schafft der das?, dachte Solutosan unendlich langsam, als die Vibration stoppte und sein Gehirn mit einem schmerzhaften Ruck im Schädel zur Ruhe kam. Es schien, als würde ihr Schiff schräg in eine Atmosphäre eintauchen. Das tosende Geräusch wandelte sich in ein wildes Rauschen. Er spürte es mit jeder Faser. Ein Aufschlag stand unmittelbar bevor! Solutosan versuchte den Mund zu öffnen, um die anderen zu warnen, aber er brachte keinen Laut heraus. Chrom bewegte sich immer noch an der Konsole. Krachend schlug der Raumkreuzer auf, grub eine Schneise in einen unbekannten Untergrund, der knirschend nachgab.

Das schrille Kreischen des Metalls bohrte sich in seinen Schädel, der zu explodieren schien. Er konnte und durfte den Sessel nicht loslassen, obwohl sämtliche Instinkte schrien, er solle sich die Ohren zuhalten. Das durchdringende Geräusch wollte nicht enden. Wir verlieren das untere Deck und den Maschinenraum, schoss es ihm durch den Kopf. Sie wurden langsamer. Hatte Chrom es geschafft, die Bremsdüsen zu zünden? Der Lärm nahm ab und zu seiner großen Erleichterung blieb das Schiff zitternd stehen.

Solutosan fiel hart zu Boden. Mit Mühe kroch er zum Drehstuhl zurück, zwang seinen Magen zur Ruhe und sah sich um. Die Navigationszentrale war verlassen. »Bei den Göttern!«, brüllte Solutosan. »Chrom! Statusbericht!« Der kleine Steuermann war nicht zu sehen und antwortete nicht.

Meodern, eingeklemmt zwischen Kommunikationskonsole und Wand, würgte. Nicht nur die Augen blitzten in einem giftigen Grün, auch sein Gesicht hatte sich grünlich verfärbt. »Chrom, du Warrantz! Bist du wahnsinnig?!«

Erlöst sah Solutosan, wie Chrom aus der Versenkung auftauchte. Den Göttern sei Dank! Solutosan stöhnte. Der Mann war zäh.

»Das war eine verfluchte Anomalie!«, verteidigte sich der kleine Navigator.

»Ruhe! Statusbericht! Wir sind abgestürzt und mit irgendwas kollidiert!« Im Grunde schrie Solutosan Chrom aus Erleichterung an. Um seine unverwüstlichen Kameraden machte er sich keine Sorgen. Den sterblichen Bacani zu verlieren wäre einer Katastrophe gleichgekommen, denn niemand außer ihm konnte das Schiff derartig versiert steuern.

»Wo sind die Bacanis?« Tervenarius federte hoch und stützte sich auf die Konsole, an der sich Patallia weiterhin festklammerte.

Die Haut auf dem Kopf und den Händen des Mediziners in seinem Raumanzug war durchsichtig geworden, zeigte die darunterliegenden, pulsierenden Organe. Ein Zeichen seiner Aufregung. Er starrte Terv an: »Hast du es nicht kapiert, du hirnloser Flusch? Die Bacanis sind unser kleinstes Problem. Wir haben die Kiste auf irgendeinem Stern zerschossen.« Er ächzte und tastete seine Glatze ab. Nach und nach veränderte sich seine Hautschicht in das gewohnte Milchweiß.

»Was denn für ein Planet?«, tönte vom Fußboden an der Hauptsteuerung eine voluminöse Bass-Stimme. Xanmerans Monsterhände umfassten die Hauptkonsole, dann erschien sein roter Glatzkopf mit grimmiger Miene. Er hievte seinen mehr als zwei Meter großen, muskelbepackten Körper in die Höhe und wechselte zu der auf Duonalia üblichen, telepathischen Verständigung. *»Ihr Götter! Wo sind wir?«*

Solutosan stöhnte erlöst auf. Seine Leute schienen unverletzt, nur entsetzlich durchgerüttelt. Er betastete vorsorglich doch noch einmal seinen Kopf. Ja, es war alles in Ordnung. Langsam erhob er sich. Stehen konnte er schon mal. Vorsichtig trat er zur Navigationszentrale.

Chrom krabbelte unter ihr herum, fummelte grummelnd, aber hatte Erfolg. An einigen der erloschenen Computer flammten erneut Kontrolllampen auf. Mit einem Schwung sprang er zurück auf seinen Sitz und tippte in Windeseile eine Vielzahl von Befehlen in den Rechner.

»Ruhe jetzt!«, fauchte Solutosan. »Chrom!«

Die Jäger, nun alle wieder auf den Beinen, umringten sie. Patallia verharrte an seiner Station.

Chrom bleckte die Zähne. Er blieb bei der Telepathie. *Sieht schlecht aus! Notenergie läuft, Lebenserhaltung okay, Kühlsystem auf 50 Prozent, Antrieb und Schilde auf null.«*

»Tarnung?«, fragte Solutosan eindringlich. Er begann, im Kontrollraum auf und ab zu laufen. Das tat gut und ordnete endgültig seinen durchgeschüttelten Leib.

Chrom tippte auf den Tasten herum. *»Könnte noch gehen.«*

»Ortung?« Das Ortungsgerät hatte sich schief über der Konsole in den Armaturen verkeilt. »Meo!« Solutosan gab dem goldhäutigen Krieger ein Zeichen. Vorsichtig bugsierte dieser das Gerät wieder an seinen angestammten Platz. Dabei achtete er sorgfältig darauf, keine Kabel zu beschädigen.

Chrom beobachtete Meo besorgt und kratzte sich mit einer ausgefahrenen Klaue an dem Haarbüschel an seiner Stirn. *»Ich habe schon beim Abflug gesagt, dass das Ding veraltet ist.«* Mit zwei Krallen knipste er an dem Gerät herum, das sich stotternd einschaltete. *»Chef, Ortung soweit auch okay.«*

Solutosan ließ sich mit dem Rücken gegen die Wand des Kontrollraums sinken. *»Na dann fangen wir da mal an«,* seufzte er. *»Chrom, wo sind wir?«*

Die Anspannung bei Meodern, Xanmeran, Patallia und Tervenarius stieg merklich. Chroms wieselflinkes Tippen wurde zum einzigen Geräusch in dem gestrandeten Schiff.

»Ich befürchte ...«, Chrom wandte sich ihm zu. *»Ich befürchte«,* hob er erneut an, *»wir sind 50048 Lichtjahre, 312,8 Äonen und drei Terzien vom Kurs abgekommen«,* stammelte er.

»Und was heißt das«, brüllte Xanmeran.

»Das bedeutet«, kommentierte Solutosan tonlos, *»dass wir in einem gänzlich fremden System festhängen.«* Und zu Chrom

gewandt: »Wie stehen die Chancen, den Kreuzer wieder flottzu-
machen?«

Chrom schüttelte frustriert den Kopf. »Null, Chef. Schadens-
bericht sagt: Maschinenraum nicht mehr verfügbar. Der wird ab-
gerissen sein.«

Ein Stöhnen ging durch die Reihen der Männer. Sie waren
gestrandet.

Jetzt hieß es ruhig bleiben und nach und nach die wichtigsten Punkte abzuarbeiten. Solutosan spürte einen kleinen
Lufthauch dort, wo sein metallischer Raumanzug an der
Schulter zerfetzt war, und sich einer seiner Muskelstränge
durch das Loch drückte. Dieser Luftzug verhieß nichts Gutes.
Er hob den Kopf und witterte. War da Brandgeruch? Nein!
Was war es also? Allmählich nahm sein Verstand alarmiert
wahr, dass der ungewohnte Luftstrom nur die Atmosphäre
des fremden Planeten sein konnte, die bereits in die Kommandozentrale strömte.

»Schnell!«, befahl Solutosan. »Messung der Außenluft: Sauerstoff, Stickstoff, Temperatur.«

»Sauerstoff 21 Prozent, Stickstoff 78 Prozent und andere. Temperatur 234 Gran.«

»In Ordnung.« Er stöhnte erleichtert auf. Chrom, der als
einziger Sterblicher an Bord unbedingt atembare Luft
brauchte, drohte keine Gefahr.

Patallia keuchte. »Das ist ein Eisplanet, Leute.«

Chrom orgelte an seinen Geräten herum, tippte weiterhin.
»Ich habe hier was. Der Planet hat Strahlungen. Sehen aus wie
Satelliten.«

»Kannst du dich einklinken, Chrom?«, fragte Solutosan gespannt.

Der kleine Bacani nickte. »Massig Informationen.« Der Hilfs-
bildschirm zeigte eine Vielzahl von blinkenden Linien und
Zeichen. Das bedeutete, dass der Planet bewohnt und weit
entwickelt war.

Solutosan war zufrieden. »Na, das ist ja schon mal was.
Außenteam: Xanmeran!« Der rote Krieger bestätigte mit
Handzeichen.

»Meodern.« Meo hob die Hand. »Ihr zwei schaut euch draußen um. Handmessgeräte mitnehmen. Wir sehen uns zwischenzeitlich die Daten an«, Solutosan deutete auf den Bildschirm, »und versuchen in den Tarnmodus zu gehen.«

Die beiden stapften zur Tür. Tervenarius schob sich ebenfalls unauffällig Richtung Ausgang.

»Terv, du bleibst hier«, befahl Solutosan. »Erst mal prüfen, ob deine Haut die planetaren Gegebenheiten aushält.«

Terv kniff die Lippen zusammen, aber er nickte. »Ich geh die Vorräte kontrollieren.«

»Gute Idee.« Solutosan blickte über Chroms Schulter auf den Bildschirm mit den vielen Informationen – lehnte sich zu Patallia, der immer noch zur Salzsäule erstarrt an seiner medizinischen Konsole hockte. »Übersetzermikroben, Pat.« Solutosan streckte fordernd die Hand aus. Er musste nun konsequent und emotionslos versuchen, die Sache in den Griff zu bekommen.

Patallias Gesicht entspannte sich allmählich. Der Höllenritt durch die Anomalie hatte ihm sichtlich zugesetzt. Er öffnete ein Fach unter seinem Bedienpult, entnahm zwei kleine Druckpistolen und reichte sie ihm. Solutosan drückte sich die Mikroben in den Hals und setzte die andere Pistole an Chroms knochiges Genick. Beim Abdrücken fauchte der Bacani unwillig.

»Na, dann mal los«, sagte er zu Chrom.

Das Vibrieren ließ nach, und vor allem das Kreischen wurde allmählich leiser. Bar hatte das Gefühl, sein Schädel wolle platzen. Er drehte vorsichtig den Kopf, um zu testen, ob sein empfindliches Gehör überhaupt noch funktionierte, und öffnete die Augen. Die Hälfte des Raumschiffs war fort – einfach abgeschnitten. Stattdessen blickte er in eine Art Behausung, in der ein weißhäutiges Lebewesen saß und ihn anstarrte.

Er runzelte die Stirn. Das weiße Wesen besaß nur ein Bein. Das andere hatte sich in eine pulsierend blutende Wunde verwandelt. Der Schnitt war sauber und gerade wie mit einem Schwert abgeschlagen. Bar stierte kurz auf das Fleisch und den Knochen. Wo waren seine Leute? Er zog die Beine unter einem Haufen zerborstener Metallteile hervor und überprüfte seinen Körper. Keinerlei Verletzungen, Wahnsinn! Im Gegensatz zu drei der Bacanis, die in der Kommandozentrale gedient hatten. Sie hingen zerfleischt in einer Menge Kabel verwickelt an den Wänden der Zentrale.

Psal ächzte und richtete sich auf. Auch sein erster Offizier Krran kroch unter der zertrümmerten Konsole hervor, unter die es ihn verschlagen hatte.

»Verletzungen?«, fragte Bar heiser. Beide verneinten.

Jemand riss die demolierte Tür der Kommandozentrale aus den verbeulten Angeln. Einer der Unteroffiziere, Pok, drückte seinen Körper in den Raum.

»Pok! Sonst noch irgendjemand am Leben?«, erkundigte sich Bar.

Der Bacani, dessen Arm leicht blutete, schüttelte mit zusammengepressten Lippen den Kopf.

Bar gab sich einen Ruck. Der blutende, einbeinige Einheimische starrte mit leerem Blick – er war tot.

»Wir müssen hier heraus!«, krächzte Bar. Psal wimmerte. Die Situation überforderte sie sichtlich. »Reiß dich zusammen, Frau! Hol dir einen Behälter und sammle alle Milch-Phiolen ein. Krran, du kümmerst dich um die Waffen. Nimm mit, was du finden kannst. Pok! Hilf Krran das Zeug zu schleppen.« Die verbliebenen Schiffbrüchigen nickten. »Ich versuche herauszufinden, wo wir sind. Atmen können wir ja schon mal.« Bar sah zu dem einheimischen Wesen mit den toten Augen. Was war das nur für ein Ort? Aber das konnte er später noch herausfinden. Zuerst hieß es retten was zu retten war.

Bar kroch unter die Kommunikationskonsole. Er hatte Glück. Der kleine Hilfscomputer, den er immer auf die Außenmissionen mitnahm, schien intakt. Nur wo war das verdammte Zuleitungskabel? Bar riss ungeduldig einige

Funken stießende Kabelenden der Konsole ab und bleckte die Zähne, als ein schmerzhafter Energiestoß in seine klauenbewehrte Hand stieß. Kabel? Kabel? Da war es. Eilig rappelte er sich hoch. Er wollte unbedingt die Schiffsdaten retten. Und dann mussten sie weg – so schnell wie möglich!

Mit bebenden Fingern stöpselte Bar die Leitungen der Rechner ineinander. Die Tastatur war am Rand abgebrochen, aber schien noch zu funktionieren. Der Hauptrechner hatte Notenergie.

Psal kam mit einem Sack auf dem Rücken in die Zentrale gehinkt. »Nahrung gerettet.« Bar nickte ihr kurz zu. Sie war zuverlässig, so hatte er sie eingeschätzt. Die Daten des Schiffcomputers rannen auf den Datenspeicher. Schneller!, dachte Bar. Zum Vraan, ging das nicht schneller?

»Wo sind Pok und Krran?« Die Frage erübrigte sich, denn beide Bacanis kamen beladen in die Kommandozentrale. Krran hatte sich in seine vierbeinige Form transformiert. Mit gewaltigen Schultern unter rötlichem Pelz und mächtigen Tatzen mit langen Krallen, blitzten seine blanken Augen über der spitzen Schnauze und der Spiralschwanz schlug nervös. Da er verwandelt um ein Vielfaches stärker war, hatte Pok ihm den Rücken mit einem Waffenarsenal beladen.

»Haut schon mal ab. Nehmt den Weg durch die Behausung und versteckt euch. Ich bringe das hier zu Ende. Geht in Deckung, gleich knallt es!« Die Drei zogen ab, tappten an der Leiche des einheimischen Wesens vorbei zu dessen Tür hinaus.

Schnaufend blickte Bar auf die Datenübertragung. Er musste weg. Er fühlte es mit jeder Faser! Fertig! Er riss das Kabel aus den Computern und gab den Code für die Selbstzerstörung ein. Jetzt hatte er vier Bian Zeit zu flüchten. Er klemmte sich den Rechner unter den Arm und rannte um sein Leben.

Die Tür zum Kontrollraum schwang mit einem Zischen auf. Das Außenteam kam zurück. Hoffentlich mit guten Nachrichten. Solutosan hatte sich mit Chrom in die Informationen des Planeten vertieft, und unterbrach die Arbeit.

Xanmeran spazierte herein, am ausgestreckten Arm ein um sich schnappendes, pelziges Wesen. »*Hab einen Bacani erwischt*«, knurrte er.

Solutosan erstarrte. Chrom neben ihm begann zu beben. Dann ging das Zittern seiner schmalen Brust in ein brüllendes Lachen über. »Das ist keiner von uns!« Er konnte kaum noch sprechen und seine Stimme überschlug sich. »Das ist eins der hiesigen Lebewesen.« Er wäre fast vom Stuhl gefallen vor Belustigung.

Was zum Vraan? Solutosan war fassungslos. »*Was schleppst du uns denn hier herein?*«, donnerte er. »*Bist du völlig von Sinnen?*«

Xanmeran hielt sich das immer noch um sich beißende Geschöpf vor die Nase, schwenkte es ein wenig, was der Kreatur überhaupt nicht gefiel. »*Oh! Ähm, tut mir leid.*«

»*Bring es wieder raus!*«, herrschte Solutosan.

»*Warte!*« Chrom glitt zu Xanmeran. Er hatte in Windeseile aus den Informationen des Planeten ein Bild des Lebewesens gefiltert. »*Die Spezies nennt sich Wolf.*« Mit schräg gelegtem Kopf sah er dem Wesen unter den Bauch. »*Eine Wölfin.*« Er sah der Wölfin ruhig in die gelben Augen, die sofort aufhörte, mit ihrem knackenden Gebiss um sich zu schnappen. »*Setz sie mal auf den Boden.*«

Xanmeran ließ das Tier auf die Füße fallen. Augenblicklich lief die Wölfin auf den dünnen Bacani zu, der sich zu ihr hinunterbeugte. Die anderen Krieger blickten gebannt, wie das Tier den schweren Schädel an seine Seite drückte und ihm die Hand leckte.

»*Meinetwegen darf sie bleiben*«, verkündete Chrom, zuckte mit den Schultern und tigerte wieder zu seinem Sitz, das Wesen auf den Fersen. Die Wölfin schien sich sofort an Chrom zu binden. Außergewöhnlich. Und Chrom mochte sie offensichtlich. Solutosan runzelte die Stirn und beobachtete, wie der große, graue Wolf sich zu Chroms Füßen legte, den Kopf auf den Pfoten.

Er seufzte. »*Wir werden uns wohl oder übel mit den Bewohnern der ,Erde' anfreunden müssen. Fangen wir bei dem hier an.*«

Meodern brachte beunruhigende Nachrichten mit. »*Die Bahn, die wir in den Untergrund geschlagen haben, ist wie ein Pfeil, der direkt auf uns deutet. Angenommen die Erdlinge haben eine Art Flugabwehr ...*«

»*Sie haben*«, bemerkte Chrom.

»*... dann werden sie uns, durch einen derart deutlichen Hinweis, sofort entdecken.*«

Die Schneise. Er hatte sie nicht vergessen. Sie stellte eine Gefahr dar. Solutosan rieb sich das Kinn. »*Das ist mir klar. Ich habe auch schon eine Idee.*«

Er winkte Meodern und beide schwangen sich aus der Kommandozentrale direkt auf den felsigen Untergrund, tauchten an der demolierten Schiffsseite auf. Die Atmosphäre war kristallklar und kalt. Solutosan füllte die Lungen mit Luft und stieß sie wieder aus. Sein Atem bildete kleine weiße Wölkchen, seine Nüstern blähten sich. Er musterte die Gegend, die im fahlgelben Licht der aufgehenden Sonne glänzte. Sie reflektierte auf dem spiegelnden Metall des verbeulten Raumkreuzers und beleuchtete den sie umgebenden, dunklen Wald, kroch langsam an den zerklüfteten Gebirgswänden des entfernt liegenden Steinmassivs mit den weißen Gipfeln empor. »*Was sind wir doch für verdammte Glückspilze, Meo.*«

Er drehte sich in Richtung der geschlagenen Schneise und wandte sich dann zu dem Krieger, der auf dem Boden hockte und den Untergrund untersuchte. »*Die Bahn sieht man nur, weil sie in den Fels gefräst ist, und viel heller und neuer als die übrige Gegend ist. Wie wäre es, wenn du dir Zugang zur heimischen Fauna verschaffst und sie einfach ...*«

»*... zuwachsen lässt?*«, beendete Meodern seinen Satz.

Solutosan blinzelte. Meos athletische Gestalt mit den grünen Augen und der zart-goldenen Haut strahlte unwirklich in dem ungewohnten Licht. Solutosan nickte und sandte seinen telepathischen Befehl an Chrom im Inneren des

Raumschiffs, um die Tarnung zu aktivieren. Augenblicklich verschwand das große Wrack, wie von Geisterhand wegradiert.

Solutosan war zufrieden. Er wollte sich zum Einstieg wenden, da fiel ihm im dichten Wald etwas auf. War das ein Gebäude?*»Ich geh mal was prüfen.«*

Meodern, der sich abseits der Schneise in Gräser gekniet hatte, nickte vertieft. Solutosan nahm Meos ureigenes zartes Vibrieren wahr.

Er hatte sich nicht getäuscht. Zwischen den hohen Tannen hatte jemand eine Blockhütte gebaut. Solutosan stieß die Tür mit einem Fußtritt auf und sog den Geruch ein. Dort hatte seit langer Zeit kein Lebewesen mehr seinen Fuß hineingesetzt. Er überprüfte den Kamin, drei grob gezimmerte Betten mit zwei zerschlissenen Decken und öffnete den morschen Schrank, in dem ein altes Holzfäller-Hemd hing.

»Habe eine Art Behausung gefunden. Xanmeran und Patallia, ich brauche euch.«

Wenig später beugte der rote Krieger den kahlen Schädel, um durch die niedrige Tür das Blockhaus zu betreten. Patallia folgte ihm.

»Das wird unsere vorläufige Außen-Station. Es ist klug, wenn sich immer zwei von uns in der Hütte aufhalten«, befahl Solutosan.

Die beiden schauten sich um.

»Patallia, du kannst von hier aus nach Wirkstoffen suchen, die uns vielleicht nützlich sind. Nehmt aus dem Schiff mit, was ihr braucht.«

Solutosan wusste von seiner Leidenschaft neuartige Substanzen zu erforschen. Patallia war ausgesprochen wichtig für die Crew. Er war fähig, alle von den Kriegern benötigten Heilmittel und Medikamente in seinem Körper herzustellen, und sie über seine Handflächen wieder in die Haut seiner Patienten abzusondern.

Ein Lächeln erhellte das bleiche Gesicht des Mediziners. Die beiden nickten einträchtig.

Als Solutosan aus dem Wald trat, nahm er Meodern wahr, der nun offensichtlich mit den heimischen Pflanzen in Kontakt gekommen war. Er kniete, wie zuvor, auf dem kargen Boden, den Körper von einer zart vibrierenden grüngoldenen Aura umgeben. Gras und junge Pflänzchen ringelten sich bereits, um die blanke Schneise zu bedecken.

Mit einem Satz war Solutosan wieder im Schiff. Er musste handeln und die Zeit drängte.

»Psal, du hast den Einheimischen gesehen.« Bar sah sie an. Ihre kleine Gruppe kauerte weiterhin in dem Gebüsch, während nicht weit davon letzte Funken der Explosion stoben, die Raumschiff und Haus in Atome zerlegt hatte.

Psal nickte. »Dicker, weißer Körper, zweibeinig, scheinbar eine Art Säugetier, rotes Blut. Wir können damit rechnen, dass der Rest von denen genauso aussieht – weiches Fleisch, schnell zu verletzen.«

Krran und Pok fletschten die Zähne. »Kein Problem«, knurrte Pok. Der vierfüßige, beladene Krran schlug lediglich mit dem Schwanz.

»Ihr hirnlosen Fluschs!«, bellte Psal. »Was haben wir davon, wenn wir hier die Bevölkerung niedermetzeln? Wir haben andere Sorgen.«

Bar kratzte sich mit der Kralle hinterm Ohr. »Wir brauchen einen Stützpunkt, von dem aus wir agieren können. Wir müssen uns erst einmal eine der Behausungen aneignen.«

Psal wiegte nachdenklich den Kopf. »Schau dich doch mal um. Die Häuser stehen dicht aneinander. Würden wir uns hier niederlassen, blieben wir nicht lange unentdeckt.«

Krran und Pok blickten hilflos zu Bar.

»Ich nehme an, der Planet hat einen Tag/Nacht Rhythmus.« Er sah zum Himmel. »Wir sind zu auffällig. Verwandelt können wir nur in der Dunkelheit raus, und tagsüber müssen wir uns wie diese Säugetiere tarnen. Wir brauchen Kleidung wie sie.« Bar hörte in der Ferne ein jaulendes, warnendes Geräusch, das sich langsam näherte. »Los, wir hauen hier ab, in den Wald. In der Nacht werden wir uns eine der Behausungen näher anschauen«, er hielt inne. »Das heißt, Psal und ich gehen.«

Pok und Krran knurrten wieder, was Bar ärgerlich die Stirn runzeln ließ.

»Ruhe! Psal, du legst mir den restlichen Vorrat auf den Rücken. Pok, du nimmst die Phiolen.« Bar verwandelte sich, schüttelte kurz sein zotteliges, graublaues Fell von der langen, spitzen Schnauze bis hin zu der peitschenden Schwanzspitze.

Psal lud Bar zwei Säcke auf, verteilte das Gewicht gleichmäßig und schob sich den kleinen Bordcomputer unter den Arm. Sie schubste Pok, der in seinem silbrigen Raumanzug mit einem Rucksack auf dem Rücken neben ihr stand. »Na dann mal los.«

Sie hatten den Tag zusammengerollt, eng aneinander gedrückt in einem Graben im Wald, mit trockenem Laub bedeckt, verschlafen. Poks lautes Gähnen drang durch die Dämmerung und weckte alle. Psal knuffte ihn missmutig in die Rippen und wollte weiter dösen, bis ihr allmählich ins Gedächtnis sickerte, wo sie sich befand.

Oh nein, dachte sie, nun schlagartig wach. Sie war keine Heldin. Sie hatte lediglich den Auftrag als Navigatorin erhalten, die Truppe von einer Siedlung der Duonalier auf den nächsten Mond zu bringen. Ihr war völlig klar, was diese Bacanis in dem Dorf getrieben hatten. Sie hatten ihre Lieblingsdroge zu sich genommen: Duonalier-Energie – und davon möglichst die Fortpflanzungskraft.

Sie erinnerte sich an eine eigene Drogenerfahrung – wie sie ihre Spiralvene unter der Zunge lang ausgefahren, in das Ohr einer Duonalierfrau gezwängt und deren Gehirnströme gesaugt hatte. Das Opfer war offensichtlich nicht ganz gesund gewesen, und Psal vergaß niemals, wie grauenvoll schlecht es ihr danach war. Nie wieder würde sie solche Drogen zu sich nehmen.

Das, was die männlichen Bacanis mit Vorliebe trieben – erst die weichen Unterbäuche der Frauen mit den Fangzähnen zu schlitzen, um dann mit der Vene die Reproduktionsenergie zu saugen, fand sie unerträglich. Kein Wunder, dass sich die Ducnalier gegen diese Attacken zur Wehr setzten, und ihnen die Duocarns auf den Hals hetzten. Ob sie wohl die Wesen des neuen Planeten auch so aussaugen konnten?

Psal blieb keine weitere Zeit zum Überlegen, denn Bar drängte zum Aufbruch. Sie verwandelten sich. In ihren dunklen Pelzen streiften sie an den Hauswänden entlang, immer den Schatten suchend, glitten flach und geduckt über Gartenzäune, bis Bar sich für eins der Häuser entschied, das dunkel war und verlassen schien.

Vorsichtig betastete Psal die Eingangstür des Gebäudes. Sie wusste nicht, woraus diese bestand. Bar drückte sie ungeduldig mit der Schulter beiseite, schlitzte kurzerhand mit der scharfen Kralle in das milchige, harte Material, das ihnen den Weg versperrte, und hieb dagegen. Es fiel klirrend zu Boden. Psal fuhr vor Schreck zusammen und blickte hektisch um sich, doch die umliegenden Behausungen blieben ruhig. Niemand hatte sie gehört. Als Nachtjäger konnten sie sich in den dunklen Innenräumen gut orientieren. Psal sah, dass Bar sich wieder in seine zweibeinige Form verwandelte, und tat es ihm gleich. Sie durchstreiften das Haus auf der Suche nach den Kleidungsstücken der Bewohner, entdeckten einen Raum mit einer großen Lagerstatt und einer weißen Tür, die Psal vorsichtig aufzog. Sie hatte die Kleidung gefunden. Bar deutete ihr die Dinge einzusammeln, während er weiter durch die Zimmer glitt.

Sie riss rasch etliche Textilien wahllos von den gebogenen Metalldrähten, an denen sie aufgehängt waren, knotete einen bunten Schal um das Ganze und band sich das Bündel auf den Rücken.

Sie hörte Bar im Nebenzimmer ein überraschtes, kurzes Bellen ausstoßen und schlich zu ihm. Bar hatte ein Art Computer gefunden und aufgeklappt. Er prüfte den Apparat. Eindeutig, er enthielt eine Fülle von Informationen. Als er das Gerät unter den Arm klemmen und gehen wollte, bemerkte er, dass es mit einem Kabel versehen war, das in einer runden, geschlitzten Öffnung in der Wand mündete. Vorsichtig steckte der Chef der Bacani eine seiner langen Krallen in die Schlitze der Dose, blickte Psal zufrieden an und nickte. »Energie«, flüsterte er. Er trennte den Computer von der Energiedose. Sie glitten lautlos mit ihrer Beute ungesehen aus der Behausung und verschwanden im Schutz der Dunkelheit.

Bar wollte den Rest der Nacht nicht sinnlos verstreichen lassen, also setzte sich der kleine Trupp in Bewegung. Sie hatten sich die unauffälligsten Kleidungsstücke herausgesucht und verstaut – die bunten ließen sie liegen. Pok und Krran, in vierbeiniger Form, trugen den größten Teil der Lasten. Lautlos liefen sie durch das nunmehr ganz dunkle, schlafende Dorf. Einige Wesen in den Häusern waren auf sie aufmerksam geworden, gaben eine kurze Zeit bellende Laute von sich, beruhigten sich jedoch schnell.

Bar hatte begriffen, dass die ausgebauten Straßen die Verbindungswege zwischen den einzelnen Siedlungen darstellten. Um sich nicht in den umgebenden, weitläufigen Waldgebieten zu verirren, orientierte Bar sich an ihnen und führte die Gruppe in den Nächten in deren Nähe. Sobald es dämmerte, schlugen sie sich eine Bresche in den Wald, um zu ruhen.

Sie waren nun schon vier Tageszyklen unterwegs. Bar machte sich Sorgen. Mit gesenktem Kopf lief er neben den anderen her. Sie brauchten dringend einen Unterschlupf. Jeder weitere Zyklus brachte die Gefahr mit sich, dass sie vielleicht von den Wesen entdeckt würden. Außerdem war ihr Nahrungsvorrat begrenzt. Die Milch der Nahrungsmutter ihres Rudels, die sie auf Duonalia zurückgelassen hatten, reichte nur noch wenige Zyklen. Dieses Laktat war so nahrhaft, dass für einen erwachsenen Bacani eine kleine Phiole pro Tag genügte, um zu überleben. Psal war zu jung, um Nahrungsmutter zu werden. Wenn sie weiterhin herumirrten, würde die Vorratsmilch bald verbraucht sein, und im Moment war keine Alternative in Sicht. Sie mussten dringend zur Ruhe kommen. Bar versuchte es am nächsten Abend mit einer anderen Taktik und folgte statt der Straße einem ausgefahrenen Waldweg.

Der Kurswechsel schien sich auszuzahlen. Sie stießen auf einen weitläufigen, kräftigen Metallzaun mit fünffacher Stacheldrahtbewehrung und zwängten sich darunter hindurch. Es dämmerte, als sie einige verfallene Schuppen erreichten. Krran kickte die Verschlüsse an der Tür des ersten Gebäudes einfach mit einem Tritt ab und sie traten ein. Bar pfiff leise durch die Zähne.

Die Baracke war offensichtlich Teil eines größeren Komplexes, denn in ihm befand sich eine weitere mit massiven Schlössern verrammelte Stahltür.

»Pok, Sprengstoff!«, kommandierte Bar.

Psal zog Fok den Vorratssack vom Rücken und der Bacani verwandelte sich zurück. Seinen nackten, mageren Körper über den Sack gebeugt, zog er nach einer Weile Zünder und einen kleinen Kasten hervor, den er an die Tür klebte. Lautlos schmolz das Türschloss und mit ihm die Hälfte des metallischen Türblattes.

Bar steckte den Kopf in das Loch. Auf der anderen Seite war es stockdunkel. Mit seinen scharfblickenden Augen konnte er jedoch den dahinter liegenden, abwärts führenden Gang gut erkennen. Neugierig drängten sich alle durch die Öffnung.

Der sich unter der Erde befindende Komplex schien bereits vor einiger Zeit verlassen. Furchtlos erkundeten sie die Lage. Sie luden ihre Lasten in dem erstbesten Zimmer ab, verwandelten sich und Bar teilte zwei Erkundungstrupps ein. Psal, die mit ihrem weichen, grau-violetten Pelz und schlagendem Spiralschwanz vor ihm stand, weigerte sich zunächst mit Pok zu gehen, der schon nachtschwarz mit gebleckten Fangzähnen neben ihr kauerte. Ungehorsam konnte Bar in diesem Moment überhaupt nicht gebrauchen. Er knurrte autoritär und sträubte das Rückenfell.

Kleinlaut zogen die beiden in den linken Teil ab, während er und der kräftige Krran sich die rechte Seite des Komplexes vornahmen. Sie liefen schnüffelnd und horchend durch sämtliche Winkel.

Der nächstliegende Raum musste als eine Art Computerraum gedient haben, denn Bar fand in ihm einen wackligen Stahltisch mit drei alten, verschmutzten Bildschirmen. Zwischen zwei Tischen in einer Ecke klemmte ein verstaubtes Gerät, das offensichtlich vergessen worden war. Es hing an einer der Energiedosen in den Wänden, die Bar in Augenschein nahm. Die Dosen schienen aktiv zu sein, denn seine eingeführte Kralle kribbelte verheißungsvoll. Das war alles mehr als günstig. Krran hatte unterdessen weiter geforscht und führte ihn zu einem Raum in dem Metallteile aus den Wänden ragten. Bar betastete vorsichtig einen der Hebel und aktivierte einen dicken Wasserstrahl, der vor ihre Füße platschte. Sogar Wasser war vorhanden. Bar nickte zufrieden.

Gemeinsam durchstreiften sie den Rest der kahlen Gänge und öffneten sämtliche Türen. Die unterirdische Station hatte offensichtlich früher einmal etliche Wesen beherbergt. Eine triste Schlafzelle folgte der nächsten. Alle in einheitlichem Grau gehalten, wiesen sie nur jeweils ein Bett, einen Stuhl und einen Metallschrank auf. Krran zog neugierig mit der Kralle an einem der Schränke. Erschreckt fuhren sie zusammen, als dessen Tür schrill quietschte. Lediglich das zerfledderte Bild eines einheimischen, lächelnden Weibchens hing darin. Staunend blieben sie einen Moment davor stehen und betrachteten beeindruckt die riesigen Brüste des Wesens. Doch sie mussten weiter. Ungeduldig schubste Bar den glotzenden Krran mit der Schnauze auffordernd an, gemeinsam rannten sie den Weg zurück zum ersten Raum und verwandelten sich. Psal und Pok waren bereits von ihrer Erkundungstour gekommen.

»Alles still und leer«, berichtete Pok. »Einige Zimmer mit Resten von medizinischem Equipment, manche mit Ruhelagern.«

Bar nickte. »Auf unserer Seite ist es ähnlich, allerdings ist da eine Art Computerraum, wo noch ein paar alte Bildschirme stehen. Das wird die neue Zentrale und dort werden wir schlafen.«

Gemeinsam schleppten sie ihre Habe in besagtes Zimmer und stellten alles auf den grauen, glatten Fußboden. Bars Bestandsaufnahme verlief einigermaßen zufriedenstellend. Sie hatten Waffen und Munition, Nahkampfwaffen wie Messer und Dolche, besaßen den Computer mit den Schiffsdaten und den gestohlenen Mobilrechner, dazu etwa zwanzig Phiolen mit Nahrung.

Er platzierte den Schiffscomputer und den Laptop auf einen wackligen Stahltisch, verband den Apparat mit der Wand-Energie. Psal, die neugierig umherschlenderte, knipste an diversen Wanddosen. Geblendet fuhren sie zusammen, denn schlagartig durchflutete kaltes, weißes Licht den Raum.

»Genial!« Bar hatte sich schnell von dem Schreck erholt und fletschte die Fangzähne. »Wir haben hier Energie, Wasser und – vor allen Dingen – unsere Ruhe.«

Er schwang sich auf einen alten, quietschenden Drehstuhl. Der gestohlene Rechner interessierte ihn brennend. Das Gerät verband sich automatisch und lieferte neue Daten. Bar kniff die Augen zusammen. Ärgerlich – er verstand die Sprachen nicht, konnte lediglich die Bilder betrachten. Nur am Rande nahm er wahr, dass Psal und Pok aus den Räumen Decken und Polster geschleppt hatten und sich, wie im Rudel üblich, gemeinsam schlafen legten.

Nach und nach begriff er, wie er sich innerhalb der Informationen bewegen musste. Er fand Daten, die ihm einfach erschienen. Waren sie für die Kinder der Wesen? Er wollte unbedingt mehr erfahren. Wissbegierig betrachtete er die Bilder und formte ungewöhnliche Laute. War das ein Sprachkurs?

Als Psal als Erste aufwachte, sich die Augen rieb und gähnte, lernte Bar noch. Sie drehte sich und drückte so den an sie geschmiegten Pok zur Seite. Der döste mit einem riesigen Ständer zwischen den Beinen.

Bar, der das herannahende Unheil beobachtet hatte, fauchte scharf und stoppte damit Psal, die bereits die Krallen ausgefahren hatte. Die beiden Streithähne blickten zu ihm hoch.

»Guten Morgen«, begrüßte er sie in der Erdensprache.

Solutosan lief nachdenklich den kurzen Weg zur Außenstation. Er betrachtete die mit jungen Pflanzen zugewucherte Einflugschneise. Sie waren jetzt zehn Sonnenzyklen auf der Erde und hatten erste Maßnahmen ergriffen. Als dringendes, offenes Problem war die Ernährung geblieben und die Beschaffung des Zahlungsmittels, das in diesem Landstrich benutzt wurde: kanadische Dollar.

Die Stimmung der Duocarns befand sich auf dem Nullpunkt. Die Tatsache, nicht mehr nach Duonalia zurückkehren zu können und die Heimat für immer verloren zu haben, war niederschmetternd. Allerdings wusste Solutosan, dass keiner seiner Männer offen seine Gefühle zeigen oder über sie sprechen würde. Er versuchte, Zuversicht zu verbreiten, was ihm selbst ebenfalls schwerfiel. Jeder Krieger tat seine Pflicht, jedoch im Grunde beherrschte alle Duocarns der Gedanke an die unsichere Zukunft und die Sehnsucht nach Duonalia. Nein, dachte Solutosan, während er weiter durch den Wald zur Blockhütte lief, niemals hätte jemand das Wort Heimweh in den Mund genommen – aber es war in ihren Herzen. Versonnen blieb er einen Moment stehen und blickte zu den von dicken Nebelschwaden verhüllten Gebirgszügen.

Die neue Welt war so schwer zu verstehen. Solutosan war froh, die Daten zur Verfügung zu haben, die sie über die Satelliten des Planeten abrufen konnten. Sie mussten lernen diesen Informationsfluss zu filtern, das Nützliche vom Unwichtigen zu trennen, um die fremde Umgebung zu begreifen. Das Internet hatte sie in etlichen Fragen aufgeklärt. Allerdings waren auch Informationen dabei gewesen, die sie unvorbereitet trafen: Scheinbar kopulierten die Menschen völlig unkontrolliert. Chrom hatte ihm etwas schockiert die Bilder vorgeführt: von Mann und Frau, Frau und Frau, Mann und Mann, vielen Männern und Frauen, Frauen mit diversen Lebewesen.

Solutosan wusste nicht so recht, was er davon zu halten hatte. Für die Fortpflanzung wurde auf Duonalia die künstliche Befruchtung bevorzugt und, wenn ein Paar einmal eine körperliche Vereinigung anstrebte, geschah dies nach einem strengen Ritual. Die Aufnahmen der Erdlinge wirkten deshalb auf ihn und seine Duocarns verstörend.

Anhand der Informationen versuchte Solutosan sich ein Bild der Menschen zu machen. Sie erschienen aggressiv und zerstörerisch. Er entdeckte Abbildungen von den verschiedensten Kriegsherden über den ganzen Planeten verstreut. Die Einheimischen schienen sich gegenseitig zu hassen. Reichtum und Armut wohnten eng zusammen. Er fand Ablichtungen von Erdbewohnern, die in Essen badeten und welche von verhungerten Geschöpfen. Das war ihm unerklärlich. Er hatte seinen Männern einiges davon gezeigt, aber niemand konnte sich die Zusammenhänge erklären.

Auf Duonalia gab es keinen Krieg und Hunger. Die Mehrzahl der Bewohner bestand aus weißhäutigen, schlanken Wissenschaftlern mit extrem ruhigem Gemüt. Weiterbildung und geistige Entwicklung wurden als wertvoll betrachtet. Die duonalischen Gaben lagen auf dem Gebiet der Mathematik, Physik, Sprachen oder anderem Schöngeistigen. Er und seine Duocarns galten auf seinem Planeten als Ausnahmewesen, denn Hybriden wie sie waren selten. Ihre Talente empfand man auf ihrem Heimatplaneten als kriegerisch und roh, wenngleich erwünscht, wenn es um die Protektion der Bevölkerung ging. Sie hatten geschworen, Duonalia zu beschützen, ohne jedoch dafür respektiert zu werden. Sie wurden als eine Art Kammerjäger, vom Duonat auf die Bacanis angesetzt – die einzigen Feinde der friedvollen Duonalier.

Aber das war einmal. Nun waren sie außerirdische Eindringlinge in einer fremden Welt. Solutosan seufzte und lief das kurze Stück durch den Wald zur Hütte.

Er betrat das Blockhaus und staunte nicht schlecht. Xanmeran und Patallia hatten es gut und sinnvoll eingerichtet. Das Haus war gesäubert, Patallias mobile Chemiestation stand auf dem Tisch, die instandgesetzten Betten wurden von den Kriegern belagert.

Xanmeran und Tervenarius hockten auf einem von ihnen und unterhielten sich über Gifte. Meodern saß auf dem alten Holzstuhl und schärfte seine Dolche, die er als einziger benutzte. Patallia und Chrom hatten die Nasen in einem Bordcomputer. Das Verhalten seiner Freunde war normal und tröstlich. Solutosan gewann bei ihrem Anblick an Zuversicht.

Er setzte sich auf das andere Bett und stützte die Ellenbogen auf die Knie. »*Wir haben noch zwei Dinge zu klären, die überlebenswichtig sind*«, begann er. »*Zum einen brauchen wir dringend diese kanadische Währung, um uns frei bewegen und Equipment erstehen zu können. Die Frage ist, wie wir an diese Zahlungsmittel kommen. Das Zweite ist unser Ernährungsproblem. Fangen wir mit dem Ersten an.*«

»*Wie beschaffen sich die Erdlinge Dollars?*«, fragte Meodern.

»*Sie verrichten Tätigkeiten für andere und bekommen dafür dieses Geld*«, erklärte Chrom.

Solutosan schüttelte unzufrieden den Kopf. »*Ich habe mich in den Datenströmen informiert. Arbeiten für Menschen können wir ausschließen. Wir sind hier in Kanada. Ohne von der Regierung ausgestellte Papiere wird niemand in ein Arbeitsverhältnis gestellt. Dazu kommt, dass sie wohl vor Schreck umfallen, wenn sie einen von uns sehen.*«

»*Nicht, wenn wir uns kleiden wie sie*«, stellte Patallia fest.

»*Beim Vraan*«, stöhnte Solutosan. »*Wo wir wieder beim Thema Geld sind.*« Alle grübelten.

»Auf legale Art zu den Dollars kommen fällt also flach. Wie wäre es dann auf illegale Art? Wir sind stark genug uns einfach zu nehmen, was wir benötigen«, meinte Xanmeran.

»Ein neues Leben auf einem fremden Planeten mit Raub und Mord beginnen?«, fragte Patallia stirnrunzelnd.

»Nein.« Solutosan wickelte nachdenklich eine seiner goldenen Haarsträhnen um den Finger. Er hatte ethische Grundsätze. Dazu gehörte, Schwache und Unschuldige zu schützen.

»Wir müssten unsere Fähigkeiten verkaufen können«, warf Meodern ein.

»Super Idee!« Xanmeran vibrierte grinsend mit den großen, roten Händen, um ihn zu imitieren. »Weißt du was passiert, wenn die Erdbewohner von unseren Gaben erfahren? Ich habe mir im Internet Bilder von Aliens angesehen. Die Vorstellungen der Menschen von Lebewesen anderer Planeten sind bizarr. Außerdem sehen sie Außerirdische als Bedrohung. Hast du Lust von denen seziert oder ausgestopft zu werden?«

Solutosan überdachte die zur Verfügung stehenden Fähigkeiten der Duocarns. So wie alle Duonalier besaß jeder von ihnen zwei Gaben: Da waren sein Organisationstalent und der mächtige Sternenstaub. Meodern hatte seine vibrierende Schnelligkeit bis zur Lichtgeschwindigkeit sowie die Pflanzenkommunikation. Xanmeran verfügte über seine Dermastrien und war ein wandelnder Chemie-Baukasten. Tervenarius, der fungide Hybride, rekonstruierte sämtliche Pilzsporen und war Nahkampfspezialist. Patallia, das Sprachtalent, hatte sein fast grenzenloses, medizinisches Wissen.

Er stützte den Kopf in die Hand und sah seine Männer an. Phantastische Möglichkeiten. Sollte ihr Fortbestehen wirklich an elementaren Dingen wie Geld und Nahrung scheitern?

»Was die Ernährung angeht«, meldete sich Patallia zu Wort, »habe ich bisher in den Informationen noch keine Alternative zu Dona entdecken können. Ich muss weiter suchen. Vielleicht lässt sich ja etwas mit ähnlichen Eigenschaften finden.«

Solutosan nickte nachdenklich. »*Mach das, Pat. Ich gehe in den Ruhemodus.*« Er stand auf. »*Ich kann momentan wirklich nur auf eine Eingebung hoffen.*« Er bemühte sich, nicht allzu mutlos zu klingen.

Tervenarius begleitete ihn zurück zum Schiff. Sie ließen sich im Kommandoraum auf die Sitze sinken. Wie immer war sein bester Freund an seiner Seite, wenn es kritisch wurde.

»*Ich habe eben überlegt, was hier auf der Erde als wertvoll angesehen wird*«, hob Terv an. »*Sind es nicht die ganzen Rohstoffe?*«

Solutosan sah ihn in Gedanken verloren an. »*Ja, sicher. Ich denke Erdöl ist bei den Menschen ein vorrangiges Problem, da es begrenzt ist.*«

»*Ich dachte da eher an Metalle*«, meinte Tervenarius.

Solutosan blickte ihn zweifelnd an.

»*Sollen wir den Kreuzer in Einzelteile zerlegen und das Metall verkaufen? Das wird nicht gehen, denn das Phatallan ist hier unbekannt.*«

»*Nein.*« Tervenarius musterte ihn mit seinen goldenen Augen. »*Ich meine deinen Sternenstaub.*«

Solutosan überlegte kurz und seine Stimmung erhellte sich augenblicklich. In der Tat hatte sein Sternenstaub eine metallische Komponente: Platin. Dieses Element besaß doch bestimmt auf der Erde einen Wert.

Solutosan stürzte sich auf den Hauptrechner und suchte in den Erdinformationen nach Angaben über Platin. In der Tat besaß dieses Metall einen enormen Wert. Er strahlte Tervenarius an. »*Ich glaube, du hast eben unser Dollar-Problem gelöst.*«

Der alte Ford stotterte schon wieder, als Aiden auf den Hof ihrer Großmutter im Norden von Calgary einbog.

»Wehe du machst schlapp, Schrottmühle«, zischte sie durch die zusammengepressten Zähne. Sie hatte versprochen, für ihre Oma eine antike Kommode aus der Stadt zu holen. Nur war sie gekommen, um ihr Auto gegen Omas Minivan auszutauschen. In den Ford ging so ein Schrank beim besten Willen nicht hinein.

Sie schwang die Beine aus dem Wagen, strich sich das Haar zurück und blickte kurz in den Innenspiegel. Oma legte immer Wert auf ein gepflegtes Erscheinungsbild. Sie fand sich okay. Das lange, rote Haar lag ordentlich. Dann erst lief sie zum Haus. »Oma! Bin da!«

»Hallo Schneckchen!« Die Stimme der Großmutter kam aus dem Wohnzimmer. Aha, Oma schaute wieder ihre Talk- shows. Sie umarmte die alte, zerbrechliche Dame, die in ihrem roten Ohrensessel fast verschwand.

»Wie kannst du dir nur immer diesen Quatsch anschau- en?« Aiden lachte kopfschüttelnd.

Oma zog eine Schnute. »Das ist das reale Leben – lass mich das ruhig gucken.«

Aiden kicherte. »Oma, das, was ich täglich auf den Straßen erlebe – das ist das wirkliche Leben. In den Shows sitzen nur Schauspieler.« Sie wollte keine Diskussion entfachen. Sie wusste, dass ihre Oma der Meinung war, dass sie sich bei ihrem Streetworker Job in Gefahr brachte, und wechselte schnell das Thema.

»Ich hole jetzt mal den Schrank mit dem Minivan ab.«

Ihre Großmutter strahlte. »Das ist so lieb von dir. Hast du jemanden, der dir tragen hilft?«

»Ach, ich regele das – mach dir keine Sorgen.« Aiden winkte ab.

»Ich sage schon so lange, dass du dir einen Freund zulegen solltest«, dozierte die alte Frau, »dann hättest du immer einen Mann, der dich unterstützt.«

Aiden verdrehte die Augen wegen des nervigen, ständig wiederkehrenden Themas. »Ich finde garantiert bald den Supermann, Omi.« Sie küsste die Großmutter auf die Wange, schnappte sich den Autoschlüssel vom Brett und sprang in Omas Auto. Das war wenigstens etwas zuverlässiger als ihr alter Ford.

Der Antiquitätenhändler in Calgary begrüßte sie freundlich, als sie den Minivan rückwärts vor seinen Laden fuhr. Sie öffnete die Heckklappe und folgte ihm in das Geschäft, um den Empfang des Schranks zu quittieren.

Der Händler half ihr, die schöne, alte Kommode bis auf die Straße zu tragen und auf die Ladefläche zu stellen.

Das war in den Rücken gegangen. Aiden brauchte dringend eine Pause. »Zu schwer«, keuchte sie.

Was war denn da los? Irgendetwas stimmte nicht im Laden nebenan. Sie hörte erregte Stimmen aus dem Juweliergeschäft. »Ich hole sofort die Polizei! Ich unterstütze kein Diebesgesindel!« Aiden wartete neugierig, aber nichts passierte. Achselzuckend wandte sie sich wieder dem Schrank zu. Der faule Antiquitätenhändler hatte sich einfach verdrückt. »Na vielen Dank auch«, grunzte Aiden, stemmte sich gegen die Kommode, bis sie völlig im Auto verschwunden war, und warf die Heckklappe zu. Erleichtert schwang sie sich auf den Fahrersitz. Wie gut, dass sie für diese Aktion eine bequeme Jeans und Turnschuhe angezogen hatte. Das war ja bisher ganz gut gelaufen. Zufrieden ließ sie den Motor an und fuhr los.

Auf dem Rückweg zur Oma dachte sie daran, was diese wegen eines potentiellen Freundes gesagt hatte. Aiden schob die Unterlippe vor. Oma hatte ja recht, aber für eine Frau wie sie, so hübsch sie auch war, war es eben nicht so einfach den passenden Mann zu finden. Vielleicht hatte sie schlichtweg den falschen Job. Der von Spenden unterstützte Hilfsdienst bescherte ihr kaum das Geld zum Leben.

Irgendetwas stimmte nicht mit dem Auto. Hatte sie die hintere Tür nicht richtig zugemacht oder klapperte der Schrank?

Aiden hielt an, stieg aus und überprüfte die Heckklappe. Nein, die war eingerastet. Sie wollte wieder zum Fahrersitz zurückkehren, da fuhr ihr der Schreck in die Knochen. Da war jemand im Wagen. Oh Gott! Eine Gestalt klemmte zwischen den Rück- und den Vordersitzen. Ein Mann! Panik durchfuhr sie. Aiden überlegte fieberhaft. Sie befand sich auf der langen Straße durch den Wald. Ihre kleine Tasche lag vorne vor dem Beifahrersitz. In der hatte sie kein Tränengas. Sie besaß keinerlei Waffen. Sie musste den Kerl irgendwie aus dem Auto kriegen.

Aiden riss die hintere, linke Tür auf und sprang einige Schritte zurück. »Raus aus meiner Karre!«, schrie sie laut.

Der Mann bewegte sich. Er hatte scheinbar echte Probleme seinen massigen Körper aus der kleinen Lücke zu zerren. Endlich kam er vor dem Wagen auf die Beine.

Aiden erstarrte. Sie blickte fassungslos auf den muskulösen Mann, dem sie, trotz ihrer Größe, nur bis zur Schulter ging. Er trug ein verschlissenes, kariertes Holzfällerhemd zu einer enganliegenden Hose, die wirkte, als wäre sie aus flüssigem Metall. Die grauen Schuhe schienen weich und aus biegsamem Material zu sein. Das scharf geschnittene Gesicht mit den kantigen Wangenknochen, der geraden Nase und einem verlegen lächelnden Mund wurde durch eine riesige, schwarze Sonnenbrille jäh unterbrochen. Was ihr den Atem stocken ließ, war das goldene Haar, das sein Gesicht umfloss und hüftlang über dem roten Hemd endete. Solch eine Haarpracht hatte sie noch nie gesehen. Er sieht aus wie ein König aus einem Märchen, dachte sie verwirrt. Aber mit dem alten Hemd? Mit dieser Brille? Sein Anblick hatte sie völlig verblüfft.

Er ließ sich in Ruhe von ihr betrachten. Dann räusperte er sich. »Entschuldigung, wenn ich dich erschreckt habe.«

Was war denn das für ein Akzent? Ein Deutscher? Ein Russe?

Sie fand ihre Sprache wieder. »Wieso verstecken Sie sich in meinem Auto?«

Die Situation schien ihm sichtlich unangenehm zu sein. Er setzte den Metallkoffer ab, den er die ganze Zeit in der Hand gehalten hatte.

»Nicht näher kommen«, warnte sie ihn.

Er schüttelte langsam den Kopf. »Entschuldigung«, sagte er erneut. »Es gab da ein Problem bei dem Händler, diesem

Juwelier«, bekannte er beschämt. »Eine Schwierigkeit, die ich nicht verstanden habe.«

Verdammt! Mann mit Problem. Irgendwoher kannte sie das ... »Und deshalb haben Sie sich versteckt?«

»Es war wohl ein Missverständnis und ich wollte schnell dort fort – und dann stand da dein Fahrzeug«, antwortete er, ganz offensichtlich peinlich berührt.

Jetzt tat der Fremde ihr doch leid. Im Gegensatz zu seiner wuchtigen Gestalt machte er einen wirklich niedergeschlagenen, leicht orientierungslosen Eindruck. Wahrscheinlich war er ein Einwanderer und hatte dem Juwelier etwas zum Kauf angeboten – vielleicht ein Erbstück – und man hatte ihn hinausgeworfen.

»Ich weiß nicht, wo ich bin. Wo liegt Calgary?«

Aiden deutete die Straße zurück, die sie eben gefahren waren.

»Vielen Dank!« Mit diesen Worten verbeugte sich der attraktive, ungewöhnliche Mann und wandte sich zum Gehen.

Er verneigte sich? Aiden wusste nicht, welcher Teufel sie ritt, aber sie hatte immer noch die schwere Kommode im Wagen, die sie ja allein bewältigen musste. Oma konnte ihr beim Transport nicht helfen.

»Bleiben Sie doch stehen!«, rief sie. »Ich kann Sie nachher wieder mit zurücknehmen nach Calgary. Ich muss nur den Schrank bei meiner Großmutter ausladen.«

Der Mann blickte auf das Möbelstück in dem Minivan. »Soll ich dir dabei helfen?«

Aiden zögerte nun keinen Moment mehr. Sie strahlte. »Ach ja, bitte!«

Sie deutete ihm auf dem Beifahrersitz Platz zu nehmen.

Mit langen Schritten ging er um den Minivan herum und stieg ein. »Ein Verbrennungsmotor?«, fragte er.

Aiden saß stocksteif neben ihm. Ein Mann, der sich nicht mit Autos auskannte? Aus welcher Ecke der Welt kam er wohl? Sie vermutete Russland. Die Russen hatten ja so etwas wie eine Taiga. Vielleicht gab es da keine Autos. Sie startete und fuhr los. »Es ist nicht weit«, sagte sie fröhlich.

Solutosan betrachtete sie von der Seite. Was er sah, gefiel ihm. Ihre milchweiße Haut, die vollen Lippen und das lange, rote Haar. Wie ihre grünen Augen ihn vorhin angeblitzt hatten. Wahrscheinlich war sie so etwas wie eine Kriegerin.

»Was machst du für eine Arbeit?«, fragte er, unsicher, wie er sich ausdrücken sollte.

»Oh! Ich bin Streetworkerin. Ich helfe den Armen und Schwachen in unserer Gesellschaft. Ich heiße Aiden. Und was machen Sie so?«

Leicht verlegen schob er sein Haar auf den Rücken. Aiden musterte ihn mit einem Seitenblick. Tja, was machte er? Er versuchte das Problem mit den Dollars zu lösen.

»Ich wollte bei dem Juwelier Platin verkaufen, aber wurde abgewiesen.«

Aiden bog in einen mit Steinen gepflasterten Hof ein. Das daran anschließende, kleine Haus mit den blau gestrichenen Fensterläden sah gepflegt aus.

»Platin?«, fragte sie irritiert. »Bitte lassen Sie uns den Schrank ausladen. Meine Oma wird sich freuen.«

Solutosan nickte. Natürlich würde er der hübschen Erdlingsfrau gerne helfen. Sie war sein erster Kontakt zu den Einheimischen. Den musste er pflegen.

Eine alte, weißhaarige Frau erschien neugierig an der Küchentür. Vermutlich die Großmutter. Staunend, mit offenen Mündern, betrachteten ihn die beiden Frauen, wie er mühelos den Schrank hochnahm und mit fragendem Gesicht vor ihnen stand.

»Ins Wohnzimmer.« Aiden ging mit steifen Schritten voran. »Hier hin, bitte.«

Gehorsam setzte er die Kommode ab und sah sich interessiert in dem mit zierlichen Möbelstücken vollgestellten Zimmer um. Etwas wie diesen Raum hatte er noch nie gesehen. Kunterbunte Textilien dekorierten die Fenster und baumelten auf den Möbeln. Figuren von kleinen Lebewesen mit lachenden Gesichtern bevölkerten Schränke und Konsolen. Das Ganze wurde komplettiert mit einer Vielzahl von Bildern in vergoldeten Rahmen und einer großen Menge Grünpflanzen. So also wohnten die Menschen.

»Eine schöne Behausung«, bemerkte er höflich.

Aiden lachte. »Das nennt man Haus.«

»Entschuldigung.« Er verbeugte sich wieder.

Oma stand mit strahlendem Gesicht neben ihrer Enkelin. »Wollen Sie nicht auf einen Kaffee bleiben?«, lächelte sie. Das Wort Kaffee sagte ihm nichts, also entschied er sich das Angebot auszuschlagen.

»Es tut mir leid, aber ich glaube, das ist mit mir nicht kompatibel.«

Aiden wurde es nun zu viel. »Lassen Sie uns fahren, okay?«

Solutosan nickte. »Auf Wiedersehn, Oma.«

Die Großmutter strahlte. »Kommen Sie mal wieder, junger Mann.«

Aiden führte die alte Dame ins Haus und kam dann zurück »Was haben Sie da vorhin von Platin erzählt?«

Solutosan holte den Metallkoffer aus dem Auto. Er legte ihn auf die Kühlerhaube und öffnete ihn. Er hatte das Platin mit Leichtigkeit extrahieren können, und es lag nun in vielen, kleinen, silbernen Platten im Koffer.

Aiden zog scharf die Luft an. »Das ist wirklich echtes Platin?«

»Natürlich.« Solutosan nickte, schloss den Behälter wieder, setzte ihn auf dem Boden ab und blickte fragend.

»Und das schleppen Sie hier einfach durch die Gegend?« Ihre Stimme klang nun höher und ängstlich. Warum nur?

»Ich möchte es verkaufen«, betonte Solutosan nochmals. Der Wind hatte einen Halm in Aidens Haar geweht. Er trat einen Schritt auf sie zu und hob die Hand um ihn zu entfernen.

Aiden wich ängstlich zurück. »Bleiben Sie mir vom Hals!«

»Aber ich wollte doch ...« Erneut hob er die Hand und neigte sich zu ihr hinab.

Plötzlich ging alles ganz schnell. Erstaunt sah er, wie sie mit Panik im Blick seinen Koffer schnappte und ihn hoch herumschwang. Sie knallte Solutosan den Metallkoffer an den Schädel. Reflexartig hob er die Hände um sich zu verteidigen – entfesselte seinen Sternenstaub. Der Staub streifte ihr Gesicht, puderte über ihr Haar. Aiden nieste.

Solutosan stand starr und sah fassungslos auf seine Handflächen. Er hatte die Frau angegriffen. Der Schlag hatte ihn einen Moment aus der Bahn geworfen. Er hatte den Staub auf Töten, blitzschnell auf Betäuben und dann ..., er schluckte – hatte er im Bruchteil einer Sekunde die aphrodisierende Variante gewählt, um sie nicht zu verletzen.

Aiden nieste noch einmal. Als sie die Augen wieder öffnete, war ihr grüner Blick umflort.

»Bei den Göttern!«, stieß Solutosan auf duonalisch hervor, wechselte bei ihrer irritierten Miene sofort ins Englische. »Sag mir, wie man das Ding fährt. Wir müssen hier weg.«

Aiden nickte betäubt. »Starten, Gang, Kupplung, fahren.«

Solutosan rollte mit den Augen, drückte ihr den Koffer in die Arme, schob sie auf den Beifahrersitz, schlug die Tür zu und hechtete auf die Fahrerseite. Er startete, der Motor ruckelte ein bisschen, aber er begriff schnell.

»Das ist Omas Auto«, kommentierte Aiden benommen.

»Wir bringen es später wieder«, beeilte sich Solutosan zu sagen. Er fuhr den Weg nach Calgary zurück. Was sollte er tun? In diesem Zustand konnte er sie nicht allein lassen. Augenscheinlich war sie nach seinem Angriff nicht Herrin ihrer Sinne. Er passierte die Stadt und schlug den Weg zur Absturzstelle ein. Vielleicht war Patallia ja fähig zu helfen – konnte irgendeinen Mix brauen, der die Wirkung des Sternenstaubs ungeschehen machte. Aiden saß neben ihm und lächelte ihn ununterbrochen an. Ihr Götter, hier war etwas wirklich schief gelaufen!

Als er sich dem Lager näherte, trat er sofort in telepathischen Kontakt mit Xanmeran. »*Xan, du und Patallia, ihr müsst aus der Außenstation verschwinden. Ich bringe ein Problem mit. Euch darf niemand sehen.*«

»*Jemand krank?*«, erkundigte sich Patallia.

»*Ich habe eine Einheimische versehentlich mit Sternenstaub gepudert.*«

41

»Ist sie tot?«

»Ähm, nein – es war die erotisierende Variante.« In dem Moment, als er das sagte, wurde ihm klar, dass die gesamte Kriegerschaft diese Mitteilung hörte. Er verdrehte die Augen, als er einige unterdrückte Laute wahrnahm. »Ja, macht euch nur lustig«, grollte er. »Pat, kannst du etwas dagegen unternehmen?«

Patallia antwortete mit bebender Stimme. »Tut mir leid. Ich habe noch nie von einem Gegenmittel für erotisierenden Sternenstaub gehört. Wie lang hält die Wirkung denn an?«

Solutosan überlegte. »Ich vermute für die Dauer eines halben Sonnen-Zyklus.«

»Na dann viel Spaß mit deiner Alien-Dame.« Nun musste der Mediziner doch lachen.

Seufzend bog Solutosan in die fast völlig zugewachsene Schneise ein und hielt an. »Wir sind da«, verkündete er.

Aiden schlang die Arme um seinen Hals. »Wo sind wir, Schatz?«

Solutosan wickelte geduldig ihre Arme von sich. »Hier ist meine Behausung.«

»Ah!« Aiden sprang aus dem Auto und lief auf die Blockhütte zu. »Wie romantisch!«

Solutosan konnte nicht umhin ihr knackiges Hinterteil in der engen Hose zu bewundern, jedoch verdrängte er dieses Gefühl sofort. Auf irgendeine Art musste er die Erdenfrau zur Ruhe bekommen. »Am besten legst du dich eine Weile hin – du wirst müde sein.«

»Überhaupt nicht, Schätzchen!« Aiden holte Anlauf und sprang ihm an den Hals – umschlang seinen Körper mit ihren langen Beinen.

Er trug sie in die Hütte und wollte sie auf dem Bett ablegen, aber sie ließ ihn nicht los. Also musste er sich setzen, Aiden auf dem Schoß.

»Was hast du eigentlich für Augen?«, flötete sie, und bevor er sich wehren konnte, hatte sie ihm die Brille von der Nase gezogen. »Oh!« Sie sah ihn überrascht an. »Oh!«, sagte sie noch einmal und betastete sein Gesicht.

Solutosan wich zurück. Er war seit Äonen nicht mehr auf so eine Art angefasst worden. Diese leichte Frau auf seinem Schoß schien das alles nicht zu stören. Ihre grünen Augen strahlten, die Lippen feucht und geöffnet. Sie kam ihm immer näher. Nun konnte er nicht weiter zurückweichen, ohne vom Bett zu kippen. Also fügte er sich in das Unvermeidliche.

Ihre Münder berührten sich. Ihr Atem roch verlockend süß. Sie rieb ihre vollen Lippen ganz sacht an seinen. Ihre weiche Zunge fuhr zärtlich über seinen Mund. Er wich erneut zurück.

Solutosan schluckte. Er fühlte sexuelle Erregung. Und das durch die Berührung einer Erdenfrau! Langsam neigte er den Kopf wieder zu ihr. Er spürte ihre Finger im Nacken, die sich unter sein Haar geschoben hatten, und die nun liebevoll den Haaransatz kraulten. Er ließ es zu. Solutosan nahm ihr Gesicht in beide Hände, blickte ihr tief in die Augen und drückte sanft seinen Mund auf ihren.

Sie bemerkte nicht, dass er erneut Sternenstaub über sie senkte. Der Staub des betäubenden Schlafs.

Aiden erwachte, langsam und träge. Was war passiert? Sie richtete sich auf. Im Kamin der Hütte brannte ein helles Feuer und beleuchtete den Tisch, an dem der goldhaarige Mann vor einem kleinen Gerät saß. Sie erinnerte sich an die Berührung seiner Lippen und ein leichter Schauer lief ihr über den Rücken.

»Hallo«, grüßte er liebenswürdig.

»Was ist passiert?« Aiden blickte an sich herunter. Sie war komplett bekleidet, stellte sie erleichtert fest.

»Dir ist schlecht gewesen«, antwortete der Mann. »Gestern ging alles sehr schnell. Ich habe versäumt, mich vorzustellen.« Er stand auf und verbeugte sich höflich. »Ich bin Solutosan.«

Aiden schluckte. Nun war die Erinnerung wieder voll da. »Ich bin Aiden McGallahan. Soluto San?«, fragte sie. Er nickte.

»Du hast mich geküsst«, stammelte sie.

Er drehte sich erneut zu seinem Rechner und schwieg.

»Ist das ein Computer? Das Modell habe ich noch nie gesehen? Ist das schon etwas älter?« Sie musterte stirnrunzelnd auf den kleinen, grauen Kasten mit dem Bildschirm in der Mitte.

»Ja«, bestätigte er. Seine Mundwinkel zuckten.

»Ist hier irgendwo eine Toilette?«

Das angedeutete Lächeln verschwand. Er blickte besorgt. »Ich habe leider keine.«

»Oh! - Und ein Bad?«

Er schüttelte betrübt den Kopf.

»Nun gut«, sie schwang die Beine über den Bettrand. »Wie spät ist es?«

»Sechs Uhr früh.«

Okay, das ging ja noch. Sie hatte genügend Zeit nach Calgary zurückzufahren, bei Oma zu duschen und dann zur Teestube zu düsen.

»Ich muss mit dir sprechen«, bat er, »dringend! Entschuldige, wenn ich dazu den Computer zu Hilfe nehme.«

Neugierig schielte sie auf den kleinen Bildschirm. Er hatte die Seite dict.org offen. Er brauchte ein Wörterbuch. »Das ist okay.« Aiden erhob sich und zog ihren Parka an, der am Fußende des Betts gelegen hatte. »Ich gehe nur kurz um die Ecke.« Sie spürte, wie sie rot wurde.

Solutosan wandte sich wieder seinem Computer zu und nickte.

Aiden holte die Taschenlampe aus dem Seitenfach der Fahrertür von Omas Auto und leuchtete in den Wald hinter dem Haus. Der kanadische Herbst hatte die Gegend bereits in Griff. Es war immer noch dunkel und die Kälte hüllte sie ein. Sie war froh den Parka zu tragen. Sie lief ein Stück. Was tat sie da nur? Ob er ein Lüstling war, der ihr nun folgen würde? Nein, er hatte ihr auch in der Nacht nichts getan. Sie horchte zur Hütte. Alles blieb still. Sie ging nicht weit, denn sie wollte sich nicht verirren. Sie kannte die primitiven Verhältnisse in den kanadischen Wäldern. Ihr Onkel hatte eine Jagdhütte besessen und sie als Kind öfters zu Jagdausflügen mitgenommen. Nachdem sie sich erleichtert hatte, wischte sie sich die Hände an einem großen, feuchten Blatt ab. Wo war nur ihr Telefon? Sie lief zum Blockhaus zurück und öffnete die Tür: »Soluto, wo ist meine Handtasche?«

»Im Wagen«, kam die prompte Antwort – »und ich heiße Solutosan.«

»Okay!« Der Name gefiel ihr ebenfalls. Aiden ging zum Minivan und holte ihre Tasche mit dem Handy. Sie wollte später unbedingt Oma anrufen und sie beruhigen wegen des Autos.

»Was gibt's?« Sie trat wieder in die Hütte und setzte sich auf den zweiten Stuhl neben ihn. Er hatte das Holzfällerhemd ausgezogen, und Aiden konnte ihn nun in seinem metallischen Overall betrachten, der derartig hauteng saß, dass er seine ausgeformten Muskeln genau nachzeichnete. Bei jeder Bewegung passte sich der Anzug an und schillerte. An der Schulter klaffte ein Loch, durch das sich seine zart getönte Haut drückte. Ihr Blick huschte ungewollt kurz in seinen Schritt. Sie schluckte trocken.

»Es geht um das Platin«, hob er an. »Ich möchte dir einen Vorschlag machen: Du hilfst mir das Metall zu verkaufen, dafür wirst du am Gewinn beteiligt.«

Aiden hatte sich wieder gefasst. Sie lachte. »Ich bin Streetworkerin und betreue Obdachlose. Du glaubst doch nicht im Ernst, dass einer meiner armen Teufel Platin kaufen würde. Woher hast du das ganze Zeug überhaupt?« Er sah wohl nicht aus wie der übliche Kriminelle, aber wer tat das schon?

Er ignorierte ihre Frage. »Wo handeln denn die Menschen mit Metallen?«, fragte er leicht enttäuscht.

Aiden zuckte die Achseln. »An der Börse vielleicht. Sicherlich gibt es da Händler für ...«, in diesem Moment fiel ihr ein, dass sie sogar einen Börsenhändler kannte. Doris Bohlens Bruder Bill handelte an einer Börse – an welcher wusste sie

nicht. Aiden hatte ihn auch schon ein paarmal auf Doris'
Geburtstagspartys getroffen.

Sie zupfte an ihrer Unterlippe und überlegte: Wenn er ein
Krimineller war, von der russischen Mafia zum Beispiel,
dann würde sie sich mit der Vermittlung in die Nesseln setzen. Sie blickte in sein erwartungsvolles Gesicht und ihr
verfluchtes Helfersyndrom meldete sich augenblicklich. »Na
ja, eventuell kann ich dir sogar helfen. Ich kenne da jemanden ...« Er strahlte. »Wie viel von dem Zeug hast du denn?«

»So viel, wie ich brauche.«

Mit dieser Antwort hatte sie nicht gerechnet. Vielleicht
steckte wirklich die russische Mafia hinter dem Ganzen. Das
wäre dann gefährlich.

»Wir beteiligen dich mit – sagen wir mal zehn Prozent –
pro Verkauf.«

»Wir?« Das wurde ja immer mysteriöser!

»Ja, meine, ähm, Freunde und ich.«

Aiden starrte ihn an. Es war ihm absolut ernst damit. Hier
erschloss sich eine unerwartete Geldquelle. Sofort dachte sie
an ihr soziales Engagement und an all die armen Menschen.
Endlich besäße sie Geld. Sie wäre fähig zum Beispiel den
Bürohengsten in der Stadtverwaltung eine lange Nase zu
drehen. Oder vielleicht würde sie noch eine zweite Teeküche
im Norden eröffnen. Ihre Gedanken überschlugen sich bei
all den neuen Chancen. Aber konnte sie das alles mit dem
Geld eines Kriminellen finanzieren?

Aiden rang mit sich. »Solange ich nicht weiß, wo das Platin herkommt, muss ich das leider ablehnen.«

Solutosan senkte betrübt den Kopf. »Ich habe es nicht gestohlen, das kann ich dir versichern. Es ist nichts Schlechtes
an dem Metall.«

Sie blickte ihm ins Gesicht. Warum trug er in dem dämmrigen Raum wieder die Sonnenbrille? »Bitte nimm die Brille
ab«, bat sie ihn. Er zögerte.

»Ich würde dir gern vertrauen, Solutosan. Bitte nimm sie
ab.« Langsam zog er die Brille von der Nase.

Sie sog die Luft an. Sie hatte sich am Tag zuvor doch nicht
getäuscht. Seine Augen schimmerten dunkelblau wie die

blauesten Saphire. In ihrer Iris glitzerten kleine, silberne Funken um die Wette. Ein Sternenhimmel! Fast wartete sie darauf, in ihnen eine Sternschnuppe zu entdecken. Gebannt verlor sie sich in seinem Blick.

Solutosan senkte die Lider mit den langen, goldenen Wimpern auf seinen Computer.

Aiden dachte nach, betrachtete seine starken Hände, die nun geübt über die Tastatur fuhren.

»Ich bin einverstanden«, beschloss sie. »Ich werde euch helfen. Aber ich möchte deine Freunde ebenfalls kennenlernen.«

Sein anfängliches Strahlen wich. Er runzelte die Stirn.

»Aiden«, begann er, »wir sind etwas anders, als du es gewöhnt bist.«

»Ach, wirklich?« Es klang ironischer, als sie es beabsichtigt hatte. Vor ihr saß ein Traum von einem Mann mit dem ungewöhnlichsten Anzug, den wahnsinnigsten Haaren und den umwerfendsten Augen, die sie je gesehen hatte.

»Können wir das später machen?«, bat er.

»Ich kann dir nicht versprechen, dass ich Erfolg haben werde. Ich rufe Doris an.«

Entschlossen schnappte sie ihr Handy, stand auf und verließ das Blockhaus. Der Wind blies eisig um die Ecke der Hütte. Sie drückte sich an die grob gezimmerte Wand in eine windstille Nische neben dem einzigen Fenster, durch das der rötliche Schein des Hüttenfeuers drang. Sie wählte Doris' Kurzwahl und ließ es lange klingeln.

Die verschlafene Stimme ihrer Kollegin meldete sich.

»Hallo, ich bin's!«

Doris war sofort hellwach. »Ist was passiert?«

»Nein, es ist alles okay. Na ja, es ist was los, aber das muss ich dir ein anderes Mal erzählen. Ich möchte jemandem helfen. Dafür brauche ich deinen Bruder. An welcher Börse ist er?«

»Bill?« Sie klang irritiert. »Der arbeitet an der englischen Metallbörse. – Warum?«

»Oh! Das ist natürlich gut. Später, Doris, später! Wie kann ich ihn am Besten erreichen?«

Doris raschelte in ihrem Bett. »Ich gebe dir seine Telefonnummer.«

»Moment, sag sie ganz langsam. Ich tippe sie ins Handy ein.«

Doris gab ihr gähnend die Nummer. »Danke Doris. Du bist ein Schatz.« Sie hörte, wie ihre Kollegin wieder in den Kissen sank. »Wir sehen uns um zehn. Bye!«

Nachdenklich stieß sie die Tür zur Hütte auf. Sollte sie wirklich mit ihrem Vorhaben fortfahren? Solutosan saß unverändert an dem kleinen Computer und blickte ihr entgegen. Ihr Herz schlug augenblicklich bis zur Kehle. Ja, sie würde wohl weitermachen, ihm zu helfen. Und irgendwie war es nicht nur ihr Helfersyndrom, das sie leitete. Sie spürte etwas im Bauch, wenn sie ihn sah. Es war Frühstückszeit, aber sie fühlte sich, als könne sie einen Drink vertragen. Sie war dabei, sich Hals über Kopf zu verlieben!

»Alles bestens. Ich kann den Makler ab neun Uhr anrufen. Ich muss jetzt los.« Sie blickte ihren Traummann an, der nun breit lächelte und eine Reihe ebenmäßiger, weißer Zähne entblößte. Sie bekam weiche Knie und hielt sich an der Tür fest. Mit einem Satz stand er neben ihr.

»Bist du in Ordnung?«

»Ja.« Sie blickte zu ihm hoch, bemüht ihre Gesichtszüge in den Griff zu bekommen. Ach, es war bestimmt nur das fehlende Frühstück, das ihr flaues Gefühl verursachte. Obwohl – seine Nähe allein war schon umwerfend. Sie riss sich zusammen. »Ich rufe dich an, wenn ich den Makler gesprochen habe.«

»Anrufen? Wie? Aiden, ich habe leider keinen solchen Apparat.«

Aiden stutzte. Er schien wirklich so gut wie nichts zu besitzen. Die Hütte war fast völlig leer.

Intuitiv fragte sie: »Hast du denn etwas zu essen?«

Er schüttelte den Kopf. »Meine Freunde und ich sind unvorbereitet hier in Kanada eingetroffen.«

»Wo sind deine Freunde jetzt?«

Er blickte sie an. »Unterwegs, sie wollen jagen.«

Okay, das war nicht ungewöhnlich.

»Ich komme heute Nachmittag wieder, dann weiß ich mehr. Ich werde dir helfen. In Ordnung?« Sie wandte sich um und ging zu ihrem Auto. Solutosan begleitete sie. Es dämmerte, der Wind hatte nachgelassen und leichte Nebelschwaden erhoben sich aus der kalten Erde. Er musste vermutlich frieren in dem dünnen Anzug.

»Frierst du nicht?«

»Nein.« Er lächelte. »Ich freue mich, wenn du wiederkommst. Wir haben keine Freunde hier.« Er beugte sich zu ihr hinunter und berührte sanft mit den Lippen ihren Mund. Aidens Herz tat einen harten Schlag. Sie schloss die Augen. Sie wollte das Gefühl genießen. Aber er hatte sich schon wieder aufgerichtet und die Autotür geöffnet. Sie schob sich auf den Sitz und ließ mit zitternden Händen den Motor an.

»Bist du sicher, dass es dir gutgeht, Aiden?«

Sie nickte mit zusammengepressten Lippen, zog die Tür zu und fuhr los.

Bar bestand darauf – sein Team musste lernen. Er nagelte sie in dem neuen Kommandoraum fest, und zwang sie, die Sprache der Menschen zu üben, die sich Englisch nannte. »Hört mal zu, ihr Fluschs«, hatte er gedonnert. »Wir sind jetzt auf dem Planeten Erde und um hier leben zu können, müssen wir verstehen, was die Erdlinge sagen! Also werde ich euch das in eure hohlen Schädel hämmern!« Bar wusste genau, dass der Erfolg seiner Spezies in der neuen Umgebung zum großen Teil von der Überwindung der Sprachbarriere abhing.

Psal sah das sofort ein und behandelte Krran und Pok wie kleine, dumme Schüler, was die beiden ungeheuer nervte. Jedes Wort, das sie sich neu gemerkt hatte, mussten sie ebenfalls lernen. Bar grinste.

Die Ernährung war noch eine Zeit lang gesichert. Bar schaute zu Psal, die Pok gerade eine Kopfnuss gab, weil er wieder etwas vergessen hatte. Es war ein Jammer, dass sie zu jung war, um Nahrungsmutter zu werden. Es war auch nicht anzunehmen, dass ihr in den nächsten Dekaden die Drüsen wachsen würden. Bar war besorgt. In der folgenden Nacht plante er, mit Krran auf Nahrungssuche zu gehen. Die beiden anderen bekamen den Auftrag weiter am Computer zu lernen.

Kaum hatte sich die Dunkelheit über ihre neue Heimat gelegt, schlichen Bar und Krran in vierfüßiger Gestalt aus der Tür der Basis. Sie trabten nach Westen, da er auf einer Landkarte im Internet dort die nächste Ortschaft ausgemacht hatte.

Sie konnten die Behausungen schon aus der Ferne riechen und hören. Die Dorfbewohner schienen eine Art Fest zu feiern. Überall am Straßenrand standen beleuchtete Behälter mit eingeschnittenen Gesichtern. Das Dorf war stimmungsvoll mit Fackeln erleuchtet, Musik spielte an einem erhöhten Podium am Rand der Siedlung. Die Menschen waren guter Dinge, tanzten und tranken.

Bar und Krran kauerten sich ins hohe Gras in der Nähe des Festplatzes. Bar gab Krran ein Zeichen zu warten. Er hatte wohl keine Erfahrung mit den Erdenbewohnern, aber wenn ihn sein Gefühl nicht trog, dann würden sie zu vorgerückter Stunde unaufmerksamer werden und waren somit einfacher anzugreifen.

Er behielt recht. Je länger der Abend fortschritt, umso mehr Menschlinge liefen paarweise, hielten sich an den Händen oder klebten mit den Köpfen zusammen. Bar hatte bereits im Internet gesehen, wie die Erdlinge kopulierten. So ein Fest schien diese Paarungen zu forcieren. Einige Gestalten wankten nun auch alleine im Dorf umher. Es war an der Zeit, ein Opfer auszusuchen. Lautlos schlichen sie um den Festplatz. Bar witterte. Ein Mensch war in der Nähe – lag bewegungslos im Gras und gab seltsame, monotone Geräusche von sich. Offensichtlich schlief er. Angespannt deutete Bar auf den Schlafenden und Krran nickte.

Vorsichtig pirschten sie sich an den Menschling heran, legten sich neben ihm beidseitig flach auf dem Boden. Bar fuhr seine Spiralvene aus. Er musste nicht lange suchen, um an das Ohr des Mannes zu kommen und führte die Vene behutsam ein. Als er das Trommelfell durchstieß, zuckte der Mensch nur kurz – dann hatte Bar dessen Gehirn erreicht. Das Gehirn des Erdlings war anders, als das der Duonalier. Er saugte die Energie des Opfers, spürte gleichzeitig, dass er eine Gehirnblutung ausgelöst hatte.

Bar war das gleichgültig. Berauscht lag er neben dem Erdenmann und sog gierig. Krran zischte neidisch. Die menschliche Beute erbebte und war tot. Bar zog die Spiralvene aus dessen Ohr und wollte sie wieder unter seine Zunge einfahren, als er den Geschmack und das Aroma wahrnahm. Das Gehirn des Mannes schmeckte gut. Er probierte noch einmal, sog den Geruch durch die Nüstern ein. Bar knurrte kurz, um den sich angespannt bewegenden Krran zur Ruhe zu bringen. Zielsicher bohrte er die Klaue in das linke Auge des Toten, holte es hervor und gab es ihm, damit er sich endlich ruhig und unauffällig verhielt.

Der steckte es ins Maul und kaute, grunzte zustimmend. Das schien zu schmecken. Er nickte, die Fangzähne gebleckt.

Bar zog den anderen Augapfel ebenfalls aus der Höhle und reichte ihn Krran, der ihn sofort verspeiste. Nun konnte er mit der Kralle das Gehirn des Mannes durch die Augenhöhle herausholen. Es war grau und blutete leicht. Bar schnupperte daran. Er hatte sich nicht getäuscht. Das war essbar. Mit einem Schnitt seiner Klaue zerteilte er die triefende Masse in zwei Hälften. Zufrieden saßen sie schmatzend im Gras und ließen es sich schmecken.

Der Festplatz hatte sich inzwischen geleert, bis auf ein Paar, das weiterhin auf der Tanzfläche zu unhörbarer Musik tanzte. Bar und Krran zogen sich langsam schleichend zurück und verschwanden lautlos in der Dunkelheit.

Bar trug noch ein kleines Stück des Gehirns in den Fängen, als sie an der Basis ankamen. Er wollte Psal und Pok genau erklären, wie er dazu gekommen war. Er war guter Dinge. Sollten Krran und er die Nacht ohne große Bauchschmerzen überstehen, was er vermutete, war das Problem mit der Nahrungsbeschaffung Vergangenheit. Sie hatten ihre Schlachtschweine gefunden – und zwar eine ganze Menge davon.

Psal hörte sich Bars Bericht an und drehte währenddessen das Stück Gehirn in den Händen. »Wisst ihr was, Jungs«, meinte sie, »ich bin ja nicht dumm. Ich warte erst mal bis zum Sonnenaufgang. Wenn euch das Zeug bis dahin nicht oben und unten herausgekommen ist, werde ich es testen.«

Krran runzelte die Stirn, nun wieder in der zweibeinigen Gestalt. »Denk daran, bis morgen ist es Aas. Es kann sein, dass es nur frisch genießbar ist.«

Bar nickte bestätigend. »Möglich.«

Neugierig schnupperte Psal an ihrem Gehirnpartikel und biss dann doch ein Stückchen ab. Ihr dünnes Gesicht erhellte sich und die violetten Augen leuchteten. »Das ist ja vorzüglich!« Sie leckte sich die Lippen, strich mit der Zunge über ihre vor Gier ausgefahrenen Fangzähne.

Sie blickte zu Pok, der keine Sekunde gefackelt und sein Stück sofort verschlungen hatte.

»Trotzdem ist es ganz schön riskant, was wir hier machen. Wir fressen Lebewesen, die wir nicht kennen, nur weil sie gut schmecken.« Psal war nicht mundtot zu kriegen. Bar musterte sie. Ob sie wohl die Nacht ohne Probleme überstehen würden?

Sie hatte Doris nicht alles erzählt. Nicht von ihren Gefühlen und auch nicht von den Ungereimtheiten, was Solutosan anging. Nein, Aiden hatte ihn als Mitglied einer russischen Einwanderer-Gruppe geschildert, die einige Rohstoffe verkaufen wollten. Doris hatte sie prüfend gemustert. Sie arbeiteten nun schon fünf Jahre zusammen. Bisher hatte sie nie eine Vorliebe für einen ihrer Schützlinge gezeigt. Ob ihre Kollegin wohl fühlte, dass es hier anders war?

Aiden hatte ohne Probleme mit Bill Bohlen Kontakt aufnehmen können und ihm das nicht ganz legale Geschäft angeboten. Bill hatte sofort verstanden und sie unterbrochen. Er wollte offensichtlich gewisse Dinge nicht am Telefon besprechen und bat sie zwei Tage später mit dem Kunden in sein Büro nach Vancouver zu kommen. Obwohl diese Flugkosten eigentlich ihre finanziellen Mittel überstiegen, hatte Aiden zugesagt. Heldenhaft beschloss sie, ihr Gespartes vom Konto zu holen und zu investieren. Das Platin war da und es war wertvoll. Sie spürte, dass ihr Geld sicher war. Solutosan machte keineswegs den Eindruck eines Betrügers.

Aiden fuhr den Highway nach Norden und träumte. Er hatte etwas, dass sie ihre Vernunft über Bord werfen ließ. Er war mittellos und heimatlos, und trotzdem fühlte sie sich bei ihm auf eine eigentümliche Art geborgen. Nein, er würde sie nicht enttäuschen. Ihr Gefühl konnte sie nicht so trügen. Sie hatte einige Lebensmittel eingekauft, die in zwei Papiertüten neben ihr auf dem Sitz standen.

Sie klopfte an das raue Holz der Hütten-Tür. »Solutosan?« Niemand antwortete. Wo war er nur? Sie betrat das Blockhaus. Es drang nur wenig Licht durch das verschmutzte Fenster. Solutosan lag auf einem der Betten und schlief. Ob sie ihn einfach so wecken durfte? Und wie? Aiden trat neben ihn. Er atmete nicht. Der Schreck fuhr ihr in die Glieder. Sie wartete einige Sekunden. Nein, seine breite Brust hob und senkte sich nicht. Es konnte doch nicht sein, dass er tot war! Sie legte ihm die Hand auf die Wange. Er war warm – seine Haut weich und haarlos. Er holte Luft und schlug gleichzeitig die Augen auf.

Aiden! Die rothaarige Schönheit kniete neben dem Bett und betastete ihn. Wie gern hätte er die Augen wieder geschlossen und diese Berührung genossen. Aber sie nahm die Hand fort.

»Entschuldige«, stieß sie hervor. »Ich dachte, du wärst ...« Sie stockte.

»Tot?« Er legte seinen Arm unter den Kopf und lächelte sie an. »Wenn ich in meinem Ruhemodus bin, atme ich nicht so oft. Tut mir leid, wenn dich das erschreckt hat.« Er richtet sich auf und sah sie erwartungsvoll an. Hatte sie etwas erreichen können? Aiden setzte sich zu ihm auf die Bettkante.

»Ich habe Lebensmittel im Auto. Könntest du sie bitte holen?« Er nickte, erhob sich und lief zur Tür. Ihr Blick folgte ihm. Als er mit den Einkäufen zurückkam, musterte sie ihn immer noch auf diese Art. Das machte ihn verlegen.

Sorgsam stellte er die braunen Papiertüten auf den Holztisch. Aiden trat zu ihm und packte einige bunte Tüten, Früchte und Flaschen aus. Solutosan schluckte.

»Das ist wirklich sehr nett von dir, Aiden.« Wie sollte er das jetzt erklären? Als Duonalier nahm er ausschließlich den Extrakt der Donapflanze zu sich, die überall auf Duonalia wuchs – teilweise sogar wild. Aus ihren unterirdischen Mandeln wurde eine Art Milch extrahiert, die so nahrhaft war, dass sie die Einwohner alleinig ernährte. Sie hatten noch getrocknetes Dona für einige Zyklen – nein, Tage, korrigierte Solutosan seine Gedanken. Er musste dringend versuchen, geeignete Nahrung zu finden.

Er blickte die neugierige Aiden an, und entschloss sich das Thema zu übergehen. »Konntest du den Makler erreichen?«

Aiden nickte leicht enttäuscht. »Ja, wir haben einen Termin in Vancouver in zwei Tagen.«

»Wo ist Vancouver?« Solutosan drehte den kleinen Computer zu sich.

»Etwa tausend Kilometer von hier.« Sie sah mit ihm auf den Bildschirm, denn er hatte Google Earth geöffnet.

»Wie kommen wir da hin?« Aiden betrachtete ihn wieder mit diesem eigentümlichen Blick.

»Wir fliegen.«

»Womit?« Sein Kreuzer lag für immer am Boden.

»Mit dem Flugzeug? Du stellst wirklich seltsame Fragen. Seid ihr nicht mit einem Flieger hergekommen?« Aiden starrte ihn an.

»Ja, sicher.« Solutosan beschloss, auch die Diskussion über die Reise zu verschieben und sich erst einmal alleine schlauzumachen. Verlegen fummelte er an einer der Tüten.

»Das sind süße Milchschnitten.« Aiden lächelte. »Möchtest du eine probieren?« Milch! Ihr Götter! Von welcher Pflanze? Oder welchem Tier? Was konnte ihm passieren? Ihm konnte schlecht werden. Er nickte tapfer.

Aiden hatte einen Riegel aus der großen Packung gelöst und hielt ihm die Süßigkeit hin. Versichtig nahm er sie entgegen und wollte hineinbeißen.

»Nein!« Aidens Stimme klang entsetzt. »Erst auspacken! Gibt es in Russland keine Milchriegel?« Wieso Russland? Er sah zu, wie sie das Testobjekt auswickelte. Sie dachte, er wäre aus Russland. Er wusste wohl nicht, was das für ein Land war, aber es schien für sie in Ordnung zu sein. Er biss ein Stück von dem weichen Riegel ab. Beim Vraan! So etwas hatte er noch nie geschmeckt! Das war unglaublich! Jetzt war ihm gleichgültig, ob ihm schlecht werden konnte. Er stopfte die Süßigkeit in den Mund.

»Das ist phantastisch, Aiden! Vielen Dank!« Er improvisierte. »Solche Leckereien gibt es in Russland nicht.«

Aiden lachte. Sie sah sehr schön aus, wenn sie lachte. Solutosan betrachtete sie entzückt. Es war, als würde eine kleine Sonne in dem dämmrigen Haus aufgehen. Sie warf das lange, rote Haar zurück und ihre grünen Augen blitzten.

»Ich habe ja schon viele echte Notfälle betreut, aber so etwas wie du ist mir wirklich noch nie untergekommen.«

Er lächelte auf sie hinab und konnte nicht an sich halten. Sacht streichelte er ihre Wange. Die milchweiße Haut fühlte sich ganz weich an. Erstaunt sah er auf das, was er tat. Es war lange her, seit er das letzte Mal das Bedürfnis gehabt hatte ein anderes Wesen zu berühren, geschweige denn zu streicheln. Er ließ die Hand verunsichert sinken. Aiden räusperte sich.

»Hast du frische Kleider? So kannst du nicht nach Vancouver fliegen.« Er schüttelte betrübt den Kopf.

Sie dachte eine Weile nach und holte daraufhin tief Luft: »Ich sag dir, jetzt was wir tun: Ich habe etwas für ein neues Auto gespart. Das werden wir von der Bank holen und dir davon besorgen, was du dringend benötigst. Du kannst mir das Geld dann vom ersten Verkauf wiedergeben.«

Er überlegte. »Eigentlich brauche ich sechs Telefone, sechs Mal Kleidung und fünf Autos«, sagte er. Meodern war ohne so ein Vehikel mit Verbrennungsmotor wesentlich schneller.

Aiden schluckte. »So viel habe ich nicht.«

»Entschuldige.« Er neigte den Kopf und sein Haar fiel nach vorne über die Schultern.

Sie widerstand dem Drang, sein Haar zurückzustreichen. Er hatte an seine Freunde gedacht und das ehrte ihn. Aber er hatte offensichtlich keinen Sinn für die Realität. Sie überschlug ihre finanziellen Möglichkeiten. Ja, er brauchte unbedingt ein Handy. Sie konnte ihm erst einmal ihren Wagen geben und sich selbst den von Oma leihen. Oma hatte bestimmt nichts dagegen, zumal das Auto ja für ihren „neuen Freund" war. Aiden rollte die Augen. Also würde sie jetzt mit ihm in einen preiswerten Supermarkt gehen und auch ein Telefon für ihn kaufen – am besten prepaid. Solutosan streifte sich das Holzfällerhemd über und sie fuhren los.

Es war bereits dunkel geworden, als Aiden ihn auf den hell erleuchteten Parkplatz des Shopping-Centers dirigierte. Er hatte unbedingt wieder fahren wollen und machte das wirklich gut. Solutosan blickte interessiert um sich. Es schien in Russland auch keine so großen Supermärkte zu geben.

Aiden lotste ihn in den nächsten Jeansladen. »Hi! Wir brauchen alles für ihn in XXL oder XXXL, Hose, Shirt, Pullover und Jacke. Am besten in Schwarz. Du magst doch schwarz?« Sie wandte sich zu Solutosan.

Der nickte. »Und ich mag blau.«

»Okay, dann den Pulli in Blau.«

Die Verkäuferin brachte einige Sachen und sah Solutosan interessiert an. Ihr Blick blieb an den silbernen Hosenbeinen hängen.

»Ja, er war auf einem Kostümfest«, erklärte Aiden sofort und schob ihn in eine Umkleidekabine. »Zieh das mal an.« Sie drückte ihm den Haufen Textilien in den Arm und zog den Vorhang zu.

Aiden strahlte, als er aus der Kabine trat. Genau so hatte sie sich das vorgestellt. Schwarz stand ihm ausgezeichnet. Sie gab ihm eine dunkle Wollmütze in die Hand, um das auffällige Haar zu bedecken. Sie musste auch noch Haargummis und eine Bürste kaufen und notierte sich das im Geiste. Die Verkäuferin neben ihr starrte ihn mit offenem Mund an. Was für eine Frechheit!

»Wo kann ich bezahlen?«, fragte Aiden scharf, um die dumme Frau aus ihrer Verzückung zu wecken.

Als Nächstes hatte sie einen Besuch im Supermarkt geplant. Sie suchte eine Bürste und schwarze Haargummis in den Regalen und packte sie in den Einkaufswagen. Einer Eingebung folgend fragte sie: »Kann es sein, dass die Lebensmittel, die ich gekauft habe, dir nicht schmecken?«

Solutosan blieb im Gang mit den Waschmitteln stehen. »So ist das nicht, Aiden. Ich vertrage einfach nicht alles.«

»Was bekommt dir denn?« Das machte sie ratlos.

Er überlegte. »Milch.«

Aha, deshalb hatte er sich als Erstes den Milchriegeln zugewandt.

»Milch?« Aiden lachte erleichtert. Das war mach- und vor allen Dinger finanzierbar. »Okay, gehen wir Milch kaufen.«

Sie stapelten Milchprodukte in ihren Einkaufswagen: Milch, Quark, Joghurt, Kefir, Sahne, eine andere Sorte Milchriegel für Kinder. Dann war Aiden mit ihrem Wissen über Molkereiprodukte am Ende. Sie packten die Einkäufe in zwei Papiertüten.

Eine Bank im Einkaufszentrum lud zum Hinsetzen ein. Aiden erklärte ihm das Telefon, das sie erstanden hatten. Er begriff schnell, wie es funktionierte. Während er noch darauf herumtippte, suchte sie in der Tüte Bürste und Gummis, erhob sich und bürstete ohne zu zögern sein langes Haar am Hinterkopf zusammen, um einen Pferdeschwanz zu machen. Sie wollte, dass er perfekt gestylt war. Außerdem machte es Spaß sein seidiges Haar anzufassen.

Solutosans Körper straffte sich bei ihrer Aktion schlagartig, seine Hände umkrampften das Handy. Sie ignorierte es einfach, zog das goldene Haarbüschel durch ein Gummi, kam um ihn herum und betrachtete ihn strahlend. »Fertig!«

Sie konnte seine Miene nicht deuten. Er hatte ein Problem mit Berührung. Das war offensichtlich. Aber sie wollte bei ihm sein und ihn anfassen, dachte sie trotzig.

Mit unbewegtem Gesicht schob er das Telefon in die Jackentasche, stand auf und verbeugte sich höflich. »Vielen Dank, Aiden.«

Bisher hatten sie kein Aufsehen erregt – nun taten sie es. Die Leute blieben stehen und glotzten. Schnell zog sie ihn an der Hand aus dem Einkaufszentrum. Er konnte gerade noch mit der anderen die Einkaufstüten schnappen. Vor der Tür stoppten sie und lachten. Er blickte hinunter auf seine Hand, die sie umklammert hielt.

Aiden wurde rot und ließ los. »So«, verkündete sie rasch, »jetzt die Tickets kaufen und zu Oma mein Auto holen. – Oh, und, verdammt, ich muss Doris anrufen und ihr sagen, dass ich am Montag, und wahrscheinlich Dienstag, ausfalle.«

Hach! Das war alles so wahnsinnig aufregend!

Oma hatte sie und Solutosan überhaupt nicht mehr fortlassen wollen, aber es war schon spät und Aiden merkte, wie die alte Dame müde wurde. »Wir sind ja bald zurück«, tröstete sie die liebe Frau, führte sie in das kleine Schlafzimmer und half ihr beim Auskleiden.

»Das ist ein guter Mann«, flüsterte Oma, als Aiden ihr die Bettdecke bis zum Hals zog. »Lass ihn nicht wieder gehen.«

»Ach, Oma, so weit sind wir ja noch gar nicht. Er ist ziemlich scheu, musst du wissen. Und er braucht jetzt erstrangig Hilfe.«

Oma nickte. »Vertrau deinem Gefühl, Schneckchen, dann wird alles gut.«

Aiden schloss leise die Tür und schaute nach Solutosan, der wie angewurzelt vor dem laufenden Fernseher stand. Er hatte die Fernbedienung in der Hand und sah sich einen Boxkampf an.

»Warum schlagen die beiden sich?«

Aiden grinste. »Weil der Gewinner Geld bekommt?«

Solutosan schaltete das Gerät aus. »Das hat sehr wenig mit Ehre zu tun.«

»Ehre?« Aiden lachte. »Ein veralteter Begriff. Kaum jemand tut noch etwas für die Ehre.«

»Außer dir, Aiden.«

Sie starrte ihn an. Er hatte recht. Sie machte ihren Job nicht für Geld, und sie half ihm auch nicht, um sich persönlich zu bereichern.

Ach ja, das Platin. »Das Platin ist ein Problem, Solutosan.«

Er schloss sorgfältig Omas Haustür und wandte sich zu ihr um. »Wieso?«

»Ich habe im Internet nachgelesen, dass Edelmetalle nur in Barrenform oder Nuggets gehandelt werden. Dein Platin ist in Platten. Das könnte problematisch werden.«

Solutosan runzelte kurz die Stirn. »Dann ändere ich die Form.«

»Das kannst du?«

Er nickte, nahm sie an die Hand und brachte sie zu ihrem Auto. »Ich möchte mich bei dir bedanken, Aiden. Ich erstatte dir deine Auslagen, sobald ich Dollars habe.«

»Das weiß ich.« Sie lächelte vertrauensvoll zu ihm hoch. Würde er sie wieder küssen? Sie hoffte es so sehr.

»Ich komme Montag um neun Uhr morgens an den Flughafen.« Er ließ ihre Hand los, die sie am liebsten weiter umklammert hätte.

Aiden nickte tapfer und schwang sich in Omas Minivan.

»Sei bitte pünktlich.«

Als Aiden abgefahren war, stieg Solutosan nachdenklich in den Ford und fuhr zum Raumkreuzer. Erstaunlich, wie sich dieser Tag entwickelt hatte. Von den Kriegern war nur noch Meodern wach. Die anderen befanden sich im Ruhemodus – nun alle im Raumschiff, denn das Blockhaus war ja „Alien-Zone".

»*Gut, dass ich dich sehe, Meo. Ich brauche deine Hilfe.*« Solutosan setzte sich an den Hauptrechner des Schiffs und ließ sich Informationen über Platinbarren anzeigen. »*Unser Platin sollte diese Form haben. Ist das für dich machbar?*«

Meo grinste. »*Na klar, kein Problem. Reicht das, wenn du die Barren morgen hast?*«

Solutosan nickte. »*Ich fliege Montag früh mit Aiden nach Vancouver zu einem Makler. Ich hoffe sehr, dass er uns nicht vor die Tür setzt, wenn er das Platin sieht. Die Menschen empfinden es als illegal, weil seine Herkunft für sie nicht nachvollziehbar ist.*«

Meo legte den Kopf schief. »*Aber diese Aiden glaubt dir?*«

»*Ich denke schon.*«

»*Ist sie attraktiv?*« Meos grüne Augen schimmerten.

Solutosan seufzte. »*Meodern, ja sie ist eine hübsche Frau – was nicht unbedingt gleich heißt, dass ich mit ihr kopulieren will.*«

Meo schluckte seine ablehnende Antwort und ließ sich nicht entmutigen. »*Und was möchte sie?*«

Er sah Meodern mit gerunzelten Augenbrauen an. Das war eine gute Frage. Was geschah da überhaupt zwischen ihnen? Er empfand das Bedürfnis, sie zu streicheln. Sie hatte sich an seine Hand geklammert. Er genoss es nach Menschenart ihre Lippen zu berühren und das erregte ihn sogar. In den vielen Äonen, die er auf Duonalia verbracht hatte, war Sexualität für ihn nie ein wichtiges Thema gewesen. Die duonalischen Frauen fürchteten sich vor ihm und seinen kriegerischen Genen. Nun war da eine Menschenfrau, die keine Angst hatte. Er fand das alles verwirrend. Meo wartete immer noch auf eine Antwort. »*Ich bin ihr sehr dankbar, dass sie uns hilft, Meo. Mehr weiß ich im Moment nicht.*«

Meodern erhob sich. »*Nun denn, das wird sich ja bestimmt klären, wenn du mit ihr in Vancouver bist. Ich gehe jetzt in den Ruhemodus.*« Solutosan nickte gedankenverloren.

Nach wie vor hatte das Ernährungsproblem Priorität. Deshalb rief Solutosan seine Männer am nächsten Morgen in den Kommandoraum, um weitere Lebensmitteltests zu machen. Patallia hatte die von Aiden und ihm gekauften Dinge auf eventuelle Schadstoffe untersucht. Nein, Gifte waren keine darin – dafür jede Menge Enzyme und Vitamine, von denen niemand wusste, wie diese auf die Krieger wirken konnten. Patallia wandte sich ihm etwas ratlos zu.

»*Ich denke, wir sollten einen Mann als Testperson auswählen. Wer meldet sich freiwillig?*«

Xanmeran stapfte auf den Tisch mit den Milchprodukten zu. »*Ich mach das. Ich bin im Moment sowieso zu nichts nutze. Es ist völlig offen, ob ich überhaupt noch einmal zum Kämpfen komme. Hier sind keine Bacanis und die Menschen sind wahrlich keine Gegner.*«

»*Niemand weiß genau, wo das Bacani-Schiff abgeblieben ist, Xan*«, bemerkte Patallia.

»*Du vergisst, dass sie ebenfalls in der Anomalie herumgeflogen sind.*« Xan betrachtete einen Becher Joghurt.

»*Was nicht automatisch heißt*«, schaltete sich Chrom ein, »*dass sie zum gleichen Zeitpunkt herauskatapultiert wurden wie wir. Die können überall gelandet sein.*«

Solutosan schüttelte bedächtig den Kopf. »*Erklärt mich für verrückt, aber mein Bauch sagt mir, dass sie auch auf der Erde sind. Sobald wir die Möglichkeit haben, werden wir das weltweit überwachen. Ihr Götter, nicht vorzustellen, was die hier anrichten könnten. Sollten beide Geschlechter überlebt haben, wären sie fähig neue Rudel zu gründen.*«

Xanmeran, der eben einen Schluck Milch getrunken hatte, verzog den Mund. Dann stürzte er, das Gesicht leicht grün verfärbt, Richtung Hygieneraum.

»*Das war es schon mal nicht*«, bemerkte Patallia lakonisch.

Solutosan spendierte großzügig eine Runde Milchriegel. »*Die habe ich bereits überlebt*«, grinste er. »*Probiert mal!*« Er freute sich über die Begeisterung der anderen Männer, die fasziniert kauten. »*Wenn ich aus Vancouver komme, haben wir hoffentlich genügend Dollar, um mehr zu kaufen*«.

Solutosan hatte sich weitergebildet. Er kannte die Namen der Monate und Wochentage und wusste über die primitiven Flugzeuge der Menschen Bescheid. Ganz wohl war ihm ja nicht dabei mit so etwas zu fliegen. Aber hier ging es schließlich um die Existenz der Duocarns, also gab er sich keine Blöße.

Pünktlich stand er in der dunklen Kleidung, das auffällige Haar im Nacken zusammengebunden, mit seinem Metallkoffer am verabredeten Treffpunkt am Flughafen.

Aiden sah ihn schon von weitem. Er überragte die Menschenmenge in der Abflughalle. Ihr Herz schlug heftig. Dumme Kuh, schalt sie sich. Das ist hier kein Date, sondern ein Geschäftstermin. Trotzdem hatte sie sich so sorgfältig fertiggemacht, wie für ein Date. Das enganliegende, taubenblaue Kleid konnte man leider unter dem warmen Wintermantel nicht so richtig sehen. Deshalb hatte sie den Mantel offen gelassen.

Solutosan lächelte ihr entgegen. »Du bist gewachsen«, sagte er zur Begrüßung.

Aiden lief knallrot an. »Nein«, stammelte sie. »Das sind nur die Schuhe.«

Er beäugte ihre glänzenden Highheels neugierig, ließ den Blick über ihre schlanken Beine wandern. Sie hatte es einfach nicht seinlassen können, sich für die Tour nach Vancouver neue Schuhe zu kaufen. Und zwar hohe, denn er war so wunderbar groß neben ihr. Stolz hob sie einen Fuß.

»Und das ist bequem?«, staunte er.

»Aber natürlich.« Sie hätte sich lieber die Zunge abgebissen, als ihm zu gestehen, dass die Dinger ganz schön an den Zehen drückten. Nun, die Schuhe waren jetzt nicht so wichtig – sie hatte noch eine echte Sorge wegen des Platins: Wie sollten sie es durch den Flughafen-Check bekommen? Der Koffer würde durchleuchtet werden. Die Tickets auf Mister und Mrs. McGallahan zu kaufen war kein Problem gewesen.

»Warte Solutosan.« Aiden hielt ihn zurück, als er zum Check-In gehen wollte. »Der Metalldetektor des Flughafens wird das Platin nicht durchlassen.« Sie blickte ihn besorgt an.

Solutosan stutzte. Dann lächelte er. »In diesem Koffer schon, Aiden. Keine Sorge.«

Mit bangem Herzen beobachtete sie Solutosan, wie er den Metallkoffer auf das Laufband legte. Nichts. Es geschah nichts. Der befürchtete Alarm blieb aus. Der Behälter musste eine erstaunliche Beschaffenheit haben. Aiden atmete auf und Solutosan blinzelte ihr aufmunternd zu. Sie hatte nicht damit gerechnet, dass das Problem mit dem Koffer im Flugzeug erst anfing, denn Solutosan saß auf dem Flugzeugsitz und umklammerte ihn fest.

»Solutosan, du musst ihn oben in die Fächer tun.«

Er schüttelte den Kopf.

»Aber da ist er absolut sicher.«

Er schaute gequält zu ihr hinüber.

»Jetzt sag bitte nicht, dass du Flugangst hast.«

Er schluckte.

»Flugzeuge sind doch heutzutage supersicher.«

»Mit der Technik?« Seine Augen wirkten tiefschwarz.

»Natürlich«, tröstete sie ihn, nahm ihm den Koffer ab und hievte ihn mit aller Kraft in das Gepäckfach.

Er faltete die Hände über seinem flachen Bauch und lächelte sie tapfer an.

Aiden schlug das Herz bis zum Hals. Oh, Gott! Er war so süß! Niemals hätte sie gedacht, dass er Angst haben könnte, so selbstsicher, wie er bisher auftrat. Sie überlegte, ob sie seine Hand halten solle, aber entschied sich dagegen. Sie wollte ihn nicht bloßstellen.

Aiden war schon öfter in Vancouver gewesen, jedoch noch nie in der vornehmen Gegend, in der sich Bill Bohlen als Makler etabliert hatte. Laut Doris handelte er im Auftrag von kanadischen Kunden an der englischen Metallbörse mit Stoffen wie Cadmium und Antimon und anderen Metallen. Sie nahmen ein Taxi zur Point Grey Road an der English Bay.

Bill Bohlen, ein schlanker, dunkelhaariger Mann, lächelte ihnen in seinem perfekt sitzenden Anzug mit blauer Krawatte entgegen. Verflixt, hätte sie für Solutosan für diesen Anlass auch einen Anzug besorgen sollen? Jetzt war es zu spät. Immerhin trug er neutrales Schwarz.

Bill schüttelte beiden die Hand und musterte Solutosan nur kurz. Er interessierte sich augenscheinlich mehr für sie in ihrem engen Kleid. Sein Blick schweifte unauffällig zu den Heels, aber sie bemerkte ihn trotzdem. Das war ein guter Anfang. Hier konnte sie vielleicht mit ihren Reizen punkten.

Bill führte sie in sein geschmackvoll eingerichtetes Besprechungszimmer. Er hatte es mit einem ausladenden Schreibtisch, einer edlen Wurzelholzplatte, einem dicken, grauen Teppichboden und schwarzen, eleganten Büromöbeln ausgestattet. Die Wände zierten schwarzweiße, moderne Grafiken.

Sie setzten sich und Bill bot ihnen Kaffee an, den beide annahmen. Aiden musterte Solutosan erstaunt, sah aber dann, dass er die Tasse nicht anrührte.

»Danke für den kurzfristigen Termin«, hob Aiden an und schlug die Beine übereinander. »Du weißt ja, dass ich anderen Menschen gerne helfe. So ist das auch bei Herrn Soluto San. Er ist im Besitz von Platin, das er verkaufen möchte. Deshalb hatte ich die Idee, mich an dich zu wenden.« Sie strahlte Bill an und legte ihren ganzen Charme in ihr Lächeln.

»Na, dann lasst mich die Ware einmal sehen.« Bill lächelte zurück.

Solutosan nickte, stellte den Koffer auf den Tisch und öffnete ihn. Aiden starrte verblüfft auf das Metall. Das Platin hatte plötzlich Barrenform und sah professionell aus.

Bill nahm einen Barren in die Hand und prüfte ihn. »Ohne Stempel. Darf ich fragen, woher es stammt?«

»Über die Herkunft des Metalls kann ich leider keine Auskunft geben«, antwortete Solutosan sanft. »Ich versichere Ihnen, dass es legale Ware ist, die niemals irgendwelche Probleme verursachen wird.«

Bill sah ihn prüfend an. »Ihnen ist klar, dass ich meine Lizenz als Händler verlieren kann, sollte sich das Platin als Diebesgut herausstellen?« Aiden schluckte trocken.

»Da ich über eine unbegrenzte Menge verfüge«, informierte ihn Solutosan mit ruhiger Stimme, »wird es sich bei den dreißig Pfund, die jetzt vor Ihnen liegen, ebenfalls nicht um illegale Ware handeln. Ich bin gekommen, um eine längerfristige Geschäftsbeziehung aufzubauen, die weitere Verkäufe beinhaltet.«

Aiden blickte ihn erstaunt von der Seite an. Das hatte er nicht mit ihr besprochen. Sie war von einem einmaligen Handel ausgegangen. Gleichzeitig merkte sie, dass dieser Aspekt bei dem Makler ein Pluspunkt zu sein schien. Sie lächelte gefasst.

Bills Hände umkrampften den Barren, er bemerkte es und legte ihn zur Seite. Sein Gesicht war angespannt. »Zwanzig Prozent«, stieß er hervor.

Aiden hielt die Luft an. Sie hatte keine Ahnung von handelsüblichen Makler-Provisionen, aber das erschien ihr hoch.

Solutosan blickte ihn einen Moment an. »In Ordnung. Allerdings brauche ich Bargeld.«

»Unmöglich!« Bill Bohlen sprang auf, besann sich dann aber und setzte sich wieder.

»Von wie viel Geld sprechen wir hier eigentlich?«, fragte Aiden betont freundlich. Bill blickte sie mit steinernem Gesicht an.

»Der Inhalt des Koffers ist in etwa eine Million Dollar wert«, beantwortete Solutosan ihre Frage.

Aiden ließ sich in den Sessel zurückfallen. Das überstieg ihre Dimensionen. Wie blauäugig war sie gewesen?

Bill Bohlen trank einen Schluck Kaffee und blickte ihren Begleiter an. Aiden sah sein Gehirn regelrecht arbeiten.

»Wie oft dachten Sie die Verkäufe stattfinden zu lassen?«

»Wenn es Ihnen Recht ist, alle zwei Wochen«, antwortete Solutosan.

Aiden rechnete kurz im Kopf. Bei einer Provision von zwanzig Prozent konnte Bill Bohlen in drei Monaten Millionär sein. Und sie selbst? Lieber Himmel! Wo war sie da hineingeraten? Sie dachte an die enorme Summe. Damit würde sie so viel ausrichten können! Ob das für Bill Bohlen ein Aspekt war?

Sie räusperte sich. »Ich könnte von meiner Provision im Norden von Calgary noch eine zweite Teeküche für Bedürftige einrichten, und würde auch sonst sehr viel Gutes damit tun. Ein Verkauf käme der Allgemeinheit zugute. Ich würde das Geld als Spendengeld annehmen.« Sie schmunzelte und wippte mit dem Fuß.

Bill entspannte sich und lächelte ebenfalls. Hatten sie gewonnen?

»In Ordnung.«

Aiden hätte aufspringen und ihn umarmen mögen, aber zügelte sich. Sie blickte zu Solutosan, der ans Fenster getreten war und auf die English Bay schaute.

»Hast du gehört, Solutosan?«

»Ja, entschuldige, ich war abgelenkt.« Er drehte sich um. »Wann kann ich das Geld haben?«

»Ich benötige für die Analyse und die Beschaffung in etwa sieben Tage.« Bill war ebenfalls aufgestanden. Eine Woche. Das war lang für jemanden, dem es am Notwendigsten fehlte.

»Bill, wir brauchen das erste Geld schneller. Ist das nicht irgendwie machbar?« Aiden stand auf und legte ihm die Hand auf den Arm.

Der seufzte, nahm einen Barren, schloss den Koffer und ging zu seiner Sprechanlage, besann sich dann aber. »Entschuldigt mich einen Moment.« Er verließ das Zimmer und Aiden hörte ihn mit seiner Sekretärin sprechen. Er lächelte sie an, als er zurückkam.

»Martha hat euch ins Rosewood gebucht. Kommt morgen Mittag wieder, dann wickeln wir den ersten Deal ab.« Er blickte kurz zu Solutosan, der erneut am Fenster stand.

»Hast du Lust heute Abend mit mir Essen zu gehen?«, fragte er leise. Aiden trat nah zu ihm.

»Es tut mir wirklich leid, aber Solutosan ist völlig fremd in Vancouver. Ich möchte ihn ungern allein lassen.« Ihr Blick schweifte zu dem Platinkoffer.

Bill folgte ihm und grinste. »Das verstehe ich, Aiden, dann ein anderes Mal.«

Solutosan trat zu ihnen. »Ich freue mich, dass wir uns so gut einigen konnten. Wir sehen uns morgen.«

Bill Bohler streckte ihm die Hand hin, um den Deal zu besiegeln und er ergriff sie. Scheinbar hatte er einen mehr als festen Händedruck, denn Aiden sah Bill zusammenzucken. Solutosan nahm den Koffer in die linke und Aiden demonstrativ an die rechte Hand.

Verzerrt lächelnd massierte Bill seine schmerzende Hand und brachte sie zur Tür.

Sie fuhren mit dem Fahrstuhl nach unten.

Aiden strahlte wie ein Honigkuchenpferd. »Yeah!«, jauchzte sie. »Das ist spitze gelaufen!« Sie hüpfte auf die Straße, vergaß die neuen Heels und schlingerte.

Blitzschnell stand Solutosan hinter ihr und stützte ihren Ellenbogen. »Du bist dir wirklich sicher, dass diese Schuhe bequem sind?«, fragte er noch einmal besorgt.

»Lass uns ins Hotel fahren«, bat sie fröstelnd und wollte einem Taxi winken.

»Nein, Aiden, ich muss zum Wasser.«

»Du willst zum Strand? Aber da ist es so kalt«, gab Aiden zu bedenken.

»Wir kaufen einen wärmeren Mantel für dich«, meinte er nur. Na toll, noch hatten sie das Geld für das Platin nicht bekommen – und da gab er es schon aus. Trotzdem musste sie lachen. Mit ihm unterwegs zu sein, versetzte sie einfach in Hochstimmung. Frohen Herzens hängte sie sich bei ihm ein.

Sie suchten einen Pfad zwischen den Häusern bis zum Strand. Der salzige Wind blies und Aiden fror, denn er fuhr durch die Kleidung bis auf die Haut. Solutosan zog seine Jacke aus und zwang sie, diese ebenfalls anzuziehen. Dann stülpte er ihr die schwarze Wollmütze über den Kopf, die er aus der Tasche zog. Er schien überhaupt nicht zu frieren.

Am Strand blieb er gebannt stehen.

»Sag mal, hast du noch nie das Meer gesehen?«, fragte sie instinktiv.

»Nein.« Er atmete tief ein und strahlte. »Ich will irgendwann einmal am Wasser wohnen«, erklärte er. Achtlos stellte er den Platinkoffer in den Sand, streifte seine weichen, grauen Schuhe ab, zog den Pullover und das T-Shirt aus, und rannte, nur in Jeans, Richtung Meer. Er sprang durch die Brandung und warf sich in die eisigen Wellen.

Aiden stand am Strand – völlig sprachlos und überrascht. Gab es Poseidon? Es musste ihn geben. Und er war eben in den Ozean gestiegen. Sie ließ sich neben seiner Kleidung auf den Sand sinken und beobachtete, wie er im Wasser mit den Wellen tobte, ein Stück hinausschwamm und abtauchte. Fasziniert betrachtete sie ihn, als er den Strand wieder hochkam – tropfnass und glücklich lächelnd. Der lange, nun tiefgoldene, Pferdeschwanz klebte an seinem Leib. Sein starker Oberkörper reflektierte auf eigentümliche Art. Er glitzerte. Das wird das Salzwasser sein, dachte Aiden.

»Du wirst dich erkälten, Solutosan.« Er schüttelte weiterhin lächelnd den Kopf, zog seine Sachen wieder an. Schützend den Arm um sie gelegt, führte er sie zur Straße zurück. Aiden winkte ein Taxi herbei, um zum Rosewood zu fahren.

»Tut mir leid, Miss McGallahan«, lispelte die Empfangsdame, »Herr Bohlen hat für sie ein Doppelzimmer gebucht.«

»Wir möchten aber zwei Einzelzimmer«, beharrte Aiden.

Die Angestellte schüttelte bedauernd den Kopf. »Wir haben im Moment den Kongress der Kürbiszüchter. Es ist alles belegt.« Aiden fügte sich und nahm die Zimmerkarte. Sie hatte bei ihm in der Hütte geschlafen und lebte noch.

Das Zimmer war groß und geräumig, das Bett riesig.

»Meinst du, wir kommen hier so klar?«, fragte sie Solutosan, der dabei war seine nasse Jeans vom Körper zu zerren. Sie schluckte. Er stand nackt vor ihr und nickte. Sie konnte nicht anders – sie musste ihn anschauen.

Geduldig lächelnd hielt er inne. Er war ein Bild von einem Mann. So musste einer der griechischen Götter ausgesehen haben – Apollo oder Herakles. Aiden spürte, wie ihr heiß wurde.

Er drehte sich um und ging ins Bad, kam in einem der Rosewood Hotel-Bademäntel wieder heraus.

»Du kannst das Bett alleine haben«, meinte er. »Ich halte meinen Ruhemodus oft im Stehen.« Sie war ja schon viel von ihm gewöhnt – aber im Stehen schlafen?

Aiden griff zum Telefon und wählte den Zimmerservice. »Einen doppelten Cognac bitte.« Den brauchte sie jetzt.

Aiden saß wieder mit ihm im Flugzeug nach Calgary. Sie hatten doch tatsächlich das Geld bekommen – ohne Probleme. Die Nacht im Hotel war äußerst unromantisch verlaufen, denn er hatte, wie angekündigt, im Stehen an die Wand gelehnt geschlafen. Aber nach dem dritten doppelten Cognac war es ihr egal gewesen. Sie war einfach weggenickt.

Sie schaute ihn von der Seite an. Auf diesem Flug wirkte er schon entspannter. Sie betrachtete sein Profil mit den langen Wimpern, dem sinnlichen Mund. Ihr Hals wurde plötzlich trocken. Das war bestimmt die Nachwirkung des Cognacs. Sie schloss die Augen und dachte darüber nach, was sie nun mit dem Geld machen würde. Ein neues Auto. Aber welches? Sie konnte sich nicht konzentrieren. Immer wieder stieg das Bild in ihr auf, wie er sich ins Meer gestürzt hatte und wie unendlich sexy er wirkte, als er herauskam. Mist, dachte sie, ich verfalle ihm langsam richtig und im Grunde tut er überhaupt nichts – außer er selbst zu sein. Sie seufzte und spürte seine warme Hand tröstend auf der ihren.

Bar saß in der Kommandozentrale und kratzte sich unzufrieden mit der Kralle am Kopf. Die anderen lernten wohl fleißig englisch und die Ernährungsfrage war vorläufig geklärt. Ihm passte nicht, wie die letzten Attacken gelaufen waren. Sie hatten bereits drei Humanoide getötet und einfach liegengelassen. Das war ein Fehler. Die Menschen waren nicht blöd – irgendwann würden sie ihnen auf die Schliche kommen. Sie mussten unbedingt ihren Jagd-Radius erweitern. Dazu brauchten sie ein Transportmittel. Zu diesem Problem kam, dass die Temperatur stark gefallen war und sie dringend wärmere Kleidung benötigten. Sie brauchten das, was die Erdlinge Geld nannten.

Dummerweise hatten sie in ihrer Gier darauf verzichtet, die ausgesaugten Menschen daraufhin zu durchsuchen – ein Fehler, der Bar nie wieder unterlaufen würde. Er erfuhr auf einer Webpage, dass es Geldinstitute gab, die sich Banken nannten. Er erinnerte sich auch, dieses Wort in einem der Dörfer, die sie besucht hatten, gelesen zu haben. Also beschloss er, sich mit Psal in der darauffolgenden Nacht in der Nähe einer dieser Geldquellen auf die Lauer zu legen.

Ihre dicken Pelze schützten sie gut gegen die Kälte, als sie am Abend verwandelt aus der Basis liefen, und den Weg in das Dorf mit der Bank suchten. Psal hatte als Navigatorin eine sehr gute Orientierung und fand den Ort sofort. Das Geldinstitut war geschlossen und nur schwach beleuchtet. Sie warteten im Hausschatten der Bank, eng an den Boden gedrückt. Der eisige Wind jagte die Landstraße entlang und fegte immer wieder Eiskristalle von den starren Bäumen, die die Straße säumten. Ab und zu huschte ein Fahrzeug vorbei. Sie mussten lange warten. Aber unnachgiebiges Verfolgen seiner Ziele gehörte zu Bars Stärken. Ihre Geduld wurde belohnt.

Gegen Mitternacht hielt ein Auto, aus dem hämmernde Musik dröhnte, vor der Bank. Die drei Insassen unterhielten sich lautstark über die bevorstehende Nacht. Einer der Männer stieg aus und brüllte in den Wagen: »Im Puff nehmen sie vielleicht keine Kreditkarten! Ich hol mal lieber Geld!« Ein zustimmendes Grölen der Beifahrer antwortete ihm.

Bar deutete Psal an, dass er die Kerle im Auto übernehmen würde. Die Navigatorin nickte. Sie waren den Menschen mit ihrer Schnelligkeit weit überlegen – die hatten keine Chance.

Der Mann näherte sich der Bank, suchte umständlich nach einer Karte, schob sie in einen Schlitz an der Tür und verschwand in dem Gebäude. Bar stürzte los, riss die Autotür auf, schlug erst dem Mann vorne auf dem Beifahrersitz und dann dem verblüfften Menschen hinten die Krallen in die Kehlen. Beide fassten sich gurgelnd an die Hälse, versuchten verzweifelt, mit aufgerissenen Augen, die spritzende Blutung zu stoppen. Das Radio plärrte nervig weiter. Bar gab ihm einen heftigen Fußtritt, der es sofort zum Verstummen brachte.

Er hatte blitzschnell und präzise gemordet, beobachtete die Geschehnisse draußen und hoffte, dass Psal ebenso reibungslos arbeiten würde. Der Mann kam aus der Bank. Psal hatte bereits neben der Tür gelauert und sprang ihn an. Sie zog ihm eine Klaue über den Kehlkopf, der sofort aufplatzte. Das Opfer kam nicht dazu zu schreien. Psal zog ihm geistesgegenwärtig die pelzgefütterte Kapuze seines Parkas über den Kopf, um ein weiteres Blutspritzen zu vermeiden, und schubste ihn, solange er noch stand, in Richtung der offenen Autotür. Sie schaute in den Wagen. Bar nahm, bereits verwandelt, nackt und blutüberströmt auf dem Fahrersitz sitzend, den Körper in Empfang – zerrte ihn mit den Krallen auf die Rückbank. Eilig schoben sie auch den zuckenden Kadaver des dritten Mannes vom Beifahrersitz und stießen ihn auf die Leichen seiner Freunde. Die Beine eines Opfers ragten nach vorn in den Fahrerraum, was bei der Enge unvermeidlich war.

Psal verwandelte sich. »Lass uns abhauen. Kannst du mit dem Ding umgehen?«

Bar nickte. »Theoretisch.« Er schwang sich auf den blutigen Fahrersitz und Psal schob sich neben ihn. Sie schlossen schnell die Türen und Bar ließ den Motor an. Es war ein Automatikwagen – er hatte Glück. Er drückte den Hebel auf D – so wie er es im Internet gesehen hatte, und gab Gas. Er fand es gar nicht so schwer. Einer der Männer röchelte noch, aber sie beachteten es nicht.

»Zurück zur Basis?«, fragte Psal.

»Nein.« Er steuerte Richtung Glenn Highway, bog die Eagle River Road ab und fuhr höher in einige niedrige Gebirgszüge. Er prüfte den Benzinstand. Der Tank war voll. Sie hatten Glück. Auf einem kleinen Rastplatz hielt er den Wagen an. Bar verwandelte sich erneut und überprüfte die Gegend. Hinter dem Parkplatz ging es steil den Berg hinab. Dorthin schleppten sie die toten Körper. Sie durchsuchten deren Taschen. Einige Ausweispapiere, zirka dreihundert Dollar. Die Gehirne der Männer verschmähten sie als zu alt. Deshalb rollten sie die Leichen ohne ihre Köpfe angetastet zu haben den Abhang hinunter.

Dreihundert Dollar erschienen Bar nicht gerade viel – aber würden sicherlich für warme Kleidung reichen. Immerhin waren sie nun mobil. Er steuerte den gestohlenen Wagen konzentriert durch die Nacht. Psal schwieg erschöpft, wofür er dankbar war.

Sie kamen an der Basis an und Psal öffnete die hohe Tür des zweiten Schuppens, um ihn einzulassen. Das Auto passte ohne Probleme hinein. »Nicht schlecht.« Bar nickte zufrieden. Er brauchte dringend Erfolge.

Psal stand blutig und bibbernd vor Kälte neben ihm. »Los, wir gehen das abwaschen«, fuhr er sie an. Gemeinsam rannten sie in den gefliesten Hygieneraum. Sie ließen sich das eiskalte Wasser über ihre Körper strömen, während Bar der zitternden Psal das Blut mit den Händen abrieb. Zähneklappernd half sie ihm sich ebenfalls zu reinigen. Auch Bar bebte vor Kälte. Egal, Hauptsache er war das klebrige Blut los.

Noch tropfnass zogen sie Kleidung über. Nun war das Geld wichtig. Bar fand einen alten Eimer und begann die blutigen Scheine zu waschen.

Pok und Krran hatten neugierig den Hygieneraum betreten. Ein Fehler, wie sich herausstellte, denn Bar benutzte ihre Anwesenheit sofort dazu, Arbeiten zu verteilen. Er beschloss, Pok die Reinigung des Wagens zu überlassen, der den Auftrag mit wenig Begeisterung entgegennahm.

»Dann lass dir von Krran helfen.« Der schob die Unterlippe vor. Bar fauchte. »Ich dulde keinen Widerspruch, Krran!« Es war äußerst unklug in einem mit Blut besudelten Wagen durch die Gegend zu fahren.

Während er noch seine Autorität demonstrierte, hängte Psal das nasse Geld auf eine Schnur zum Trocknen auf. Sie trug nun wieder das schwarze Kleid.

Bar betrachtete sie nachdenklich, nachdem Pok und Krran sich unwillig verzogen hatten. Sie war wohl keine Nahrungsmutter, aber immerhin ein fruchtbares Weibchen. Es war nur eine Frage der Zeit, bis unter ihnen Kämpfe um sie ausbrechen würden. Ihm war noch nicht klar, wie er das verhindern sollte. Er zog sich ebenfalls ein Kleidungsstück über, das Psal gestohlen hatte – es war ein blauer Bademantel – und ging in den Computerraum.

Psal folgte ihm. Nachdenklich schwang Bar sich auf den wackligen Stuhl. »Was hältst du davon, in Zukunft Englisch zu sprechen? Ich glaube, Pok wird es nur lernen, wenn wir es immer wieder üben.«

»Alles klar«, antwortete Psal auf Englisch.

Bar blickte sie dankbar an. Sie war fähiger als Krran, intelligenter, und hatte eine schnelle Auffassungsgabe. Eigentlich hätte sie der erste Offizier sein müssen. Er verwarf dieses Problem aber sofort wieder. Die Rangordnung jetzt zu klären, würde Unruhe im Rudel entfachen und das war das, was er in diesem Moment am wenigsten gebrauchen konnte.

Aiden hockte vor einer Kaffeetasse in Omas Küche und erzählte von der Reise nach Vancouver, als ihr Handy klingelte. »Ja?«

»Hallo, Aiden.« Solutosans Stimme ließ ihr Herz springen. »Ich möchte dich um einen Rat bitten. Hättest du vielleicht Zeit mich zu besuchen? Außerdem wollte ich dich fragen, wo ich deinen Ford hinbringen soll. Ich habe jetzt einen anderen Wagen – na ja – eigentlich sind es drei. Die Anmeldungen haben mit deiner Vollmacht prima geklappt. Vielen Dank dafür.«

Aiden kicherte. »Das steht dir zu«, meinte sie leichthin. »Ich besitze auch ein neues Auto – einen BMW.« Sie platzte fast vor Stolz. »Ich würde sagen, der Ford hat es hinter sich.«

»Und das heißt?«

»Bring ihn auf den Schrottplatz, jage ihn in die Luft oder stürze ihn von der nächsten Klippe«, empfahl sie übermütig lachend.

»Okay! Kommst du?«

»Ja, ich trinke nur noch meinen Kaffee aus. Ich bin bei Oma.«

Solutosan beendete das Gespräch.

Oma schmunzelte. »Dich hat es ganz schön erwischt, Schneckchen.«

Aiden lächelte verträumt. »Ach, Oma, es ist nur alles etwas kompliziert. Er ist anders als andere Männer.«

»Das ist mir nicht entgangen«, meine die alte Dame. »Aber war es nicht das, was du gesucht hast?«

Aiden nahm Oma in die Arme. »Ja, Omi«, flüsterte sie.

Solutosan stand vor ihr, als sie aus dem Wagen stieg, nur mit Jeans und Shirt bekleidet, ohne Brille mit offenem Haar. Er nahm ihre Hand. »Aiden.« Sein Gesicht war ernst. In Aidens Magen drückte augenblicklich ein dicker Klumpen. »Ich brauche deine Hilfe.« Er korrigierte sich. »**Wir** benötigen deinen Rat.«

Sie blickte ihn gespannt an. Was kam denn jetzt?

»Ich möchte dir nun meine Freunde vorstellen. Bitte höre dir alles in Ruhe an, ja?«

Nun wurde sie nervös. Sie zupfte an dem Pelzbesatz ihres Parkas. »In Ordnung.«

Sie betraten das Blockhaus. Im Kamin brannte ein knisterndes Feuer. Einige Männer lümmelten sich in dessen Schein auf den Betten und Stühlen. Als sie eintrat, erhoben sie sich. Männer? Sie blickte von einem zum anderen. Ihr Herz schlug bis zum Hals. Das waren keine normalen Männer. Sie spürte, wie Solutosan ihre Hand nahm.

»Ich möchte dir gern jeden meiner Freunde einzeln vorstellen: Chrom!«

Ein kleiner, schmächtiger Mann kam auf sie zu. Er war schwarz gekleidet wie Solutosan, hatte ein exzentrisches Gesicht, das sie an einen Faun oder Satyr erinnerte und einen Irokesen-Haarschnitt. An seiner Seite stand – Aidens Herz machte einen Satz – ein grauer Wolf mit gelben Augen.

»Das ist unser Navigator, Chrom.«

Chrom verneigte sich. Als er den Kopf senkte, sah sie, dass das Irokesenhaar in seinem Shirt verschwand, als würde es den Rücken hinunterlaufen. Navigator?, dachte Aiden verwirrt.

Der nächste Mann trat zu ihnen.

»Hier unser Mediziner, Patallia.«

Aiden blieb der Mund offen stehen, merkte, dass es unhöflich war, und schloss ihn. Patallia war ein eleganter, gutaussehender, schlanker Mann mit außergewöhnlichen grau-violetten Augen und einer Glatze. Das Auffällige an ihm war seine weiße, fast transparente Haut. Er lächelte sie an und verbeugte sich ebenfalls. Das Lächeln verzauberte sein Gesicht.

Der Dritte im Bunde war wieder so ein Typ männliches Model.

»Tervenarius«, stellte Solutosan ihn vor.

Dieser war ebenso weiß wie der Arzt, aber auf ganz andere Art. Aiden hatte das Gefühl ihn streicheln zu müssen – seine Haut berühren zu müssen. Ihr stockte der Atem, denn niemals hatte sie derartige, goldene Augen gesehen. Er musterte sie unaufdringlich, senkte dann höflich grüßend den Kopf mit seiner weiß-silbernen Löwenmähne.

»Sehr erfreut«, sagte er.

Der nächste Mann schlenderte heran und baute sich grinsend vor ihr auf.

»Meodern.«

Aiden blickte in zwei blitzende, grüne Augen, betrachtete seine zart-goldene Haut und seinen sportlichen, durchtrainierten Körper, der durch den silbernen Anzug verboten gut betont wurde. Sie war sprachlos. Er verneigte sich mit einem spöttischen Lächeln.

Die Tür hinter ihnen knallte auf und jemand sagte etwas in einer fremden, melodischen Sprache.

Solutosan stöhnte kurz. Er antwortete nicht, aber Aiden hatte das Gefühl, dass er mit dem monströsen Mann kommunizierte, der sich gebeugt durch die Tür quetschte. Der Kerl war rot. Anders konnte man ihn nicht beschreiben. Dunkle Augen musterten sie kritisch, aber nicht unfreundlich. Er war noch größer als Solutosan und muskelbepackt wie ein hochtrainierter Bodybuilder. Seine rote Glatze glänzte.

»Xanmeran«, stellte Solutosan ihn vor.

Aiden bekam weiche Knie. Diese sechs Männer sahen alle wie Menschen aus, jedoch irgendwie auch nicht.

»Du siehst unser Problem«, sagte Solutosan leise. »Wir möchten uns gerne auf der Erde anpassen, aber wissen nicht wie. Ich brauche dich, um uns menschlicher wirken zu lassen.«

Chrom schob Aiden einen Stuhl hin und sie ließ sich darauf sinken. »Ihr seid keine Menschen?«, bemerkte sie matt und eigentlich unnötig.

»Nein«, antwortete Solutosan. »Wir sind Duonalier. – Unsere Kaste nennt sich Duocarns.«

»Wie, zum Teufel, seid ihr denn hierher gekommen?« Solutosan ergriff ihre Hand, zog sie hoch und ging mit ihr bis vor die Tür der Hütte und ein Stückchen durch den Wald. »Ich zeige es dir. - Chrom?«

Der kleine Navigator nickte und spurtete los. Der Wolf lief mit ihm. Beide verloren sich im Nichts.

Solutosan packte ihre Hand fester. Urplötzlich erschien ein riesiges, metallisch glänzendes Raumschiff vor ihrer Nase. Aiden starrte es an. Es war demoliert, ein Schrotthaufen, so viel konnte selbst sie sehen.

»Ich muss es wieder tarnen, das verstehst du bestimmt.« Schlagartig verschwand das Raumschiff.

Aiden lief wie in Trance ins Blockhaus zurück und setzte sich auf eins der Betten. Das war ein völlig neuer Aspekt. Sie war total überrumpelt. Jedoch passten nun ein paar Puzzleteile zusammen. Sie hatte es süß gefunden, dass er Angst vorm Fliegen mit der Airline hatte! Sie hatte seinen Computer als altmodisch bezeichnet! Sie hatte ...

»Unfassbar! Ihr seid hier gestrandet. Aus dem Weltraum auf die Erde gekracht«, presste sie hervor. Ihre Gedanken fuhren Karussell. Sie dachte an ihre gemeinsame Zeit. Was hatte sie bereits alles mit ihm erlebt. Oh mein Gott! Ihr fielen ihre Küsse ein. Sie hatte sich eingebildet ihn zu kennen. Er war anders als normale Männer, das ja – aber gleich **so** außergewöhnlich?

»Aber, aber«, stotterte Aiden – sie erinnerte sich an seine Bitte, »wie soll **ich** euch denn helfen?«

Die Freunde hatten sich alle wieder in der Blockhütte versammelt. Solutosan tigerte auf und ab, die hüftlangen Haare wehten. »Ich kann niemanden so losschicken Platin verkaufen oder etwas besorgen. Ich brauche ... «, er suchte nach den richtigen Worten,

»... eine Maskenbildnerin«, vervollständigte Aiden seinen Satz.

Solutosan ging kurz zu seinem kleinen Computer und ließ sich den Ausdruck erklären. »Genau«, nickte er.

»Ein extra Service«, witzelte Aiden, »zusätzlich zu meinen zehn Prozent?«

»Sag, was du haben möchtest.«

Aiden schoss sofort der Preis durch den Kopf, sprach ihn jedoch nicht aus. Am liebsten hätte sie sagen wollen: »Für einen richtigen Kuss von dir würde ich alles tun.« Aber sie kniff die Lippen zusammen. »Ich helfe euch – ohne Bezahlung.« Sie spürte, wie die Männer sich unterhielten – »nur eine Bedingung: Wenn ich im Raum bin, werdet ihr in Zukunft laut sprechen!«

»Einverstanden«, bestätigte Solutosan und strahlte sie an.

Sie beschlossen, mit dem Umstylen der Männer möglichst bald zu beginnen und die nötigen Sachen sofort einzukaufen. Der kanadische Winter hatte endgültig Einzug gehalten und der Wind fegte Eiskristalle von den schwarzen Tannen, als sie die Hütte verließen.

»Wo sind eigentlich deine Autos?«, wollte sie von Solutosan wissen, der eingemummt neben ihr herstapfte, das lange Haar unter einer Mütze versteckt. Er sah so menschlich aus in seiner Kleidung – wie ein echter Kanadier. Das war einfach bizarr.

Er blinzelte mit seinen goldenen Wimpern und deutete ein Stückchen weiter die Schneise hinauf. Aidens Blick folgte seinem Finger und sah, was er gekauft hatte: Einen schwarzen Volvo Allrad, einen grauen Nissan Pick-Up und – Aiden stockte der Atem – einen metallicblauen Porsche Carrera. Sie lachte laut. Wieso waren eigentlich alle Männer gleich? Auch wenn er nicht von dieser Welt war – sein Geschmack, was Autos anging, hatte sich bereits vermenschlicht. Nach Calgary-City fuhren sie allerdings mit ihrem neuen BMW, auf den sie so stolz war. Die Einkaufsliste war lang.

Auf dem Weg in die Stadt konnte sie den Blick nicht von ihm wenden. Sie half Außerirdischen. Was hätte die menschliche Wissenschaft darum gegeben, einen der Duocarns in die Finger zu bekommen. Und ausgerechnet sie sorgte nun dafür, dass dies niemals geschehen würde. Nein, das verursachte bei ihr überhaupt kein schlechtes Gefühl. Nie zuvor hatte sie derartig höfliche und distinguierte Männer getroffen. Sie erschienen ihr fast wie eine Gentlemen-Rasse. Dazu kam – sie seufzte leise, dass diese Aliens umwerfend attraktiv waren, maskulin und ... Sie unterbrach ihre Gedanken, als sie Solutosans Seitenblick bemerkte.

»Alles in Ordnung?«, fragte er besorgt. Sie nickte. Diesen Mann würde sie beschützen. Und seine Freunde ebenfalls. Sie fasste ihre Handtasche auf dem Schoß fester.

Sie enterten nochmals das Diamond Einkaufszentrum und kauften Unmengen Schminke, Perücken, Hüte, Brillen, farbige Kontaktlinsen, Mützen, Kleidung. Aiden besaß ziemlich genaue Vorstellungen davon, was sie für die Veränderungen brauchte, die passieren mussten, um die Duocarns an ihre Umgebung anzupassen. Es machte ihr enormen Spaß, die Verwandlungen der Männer zu planen. Ihr Problemfall war Xanmeran. Seine rote Haut und seine monströse Größe zu verstecken war nicht möglich.

Zurück in der Hütte begann sie mit Chrom. Sie wollte dem kleinen Navigator zeigen, wie er sich den Nacken rasieren sollte.

Der schüttelte bedauernd den Kopf. »Das geht leider nicht, Aiden«, erklärte er.

»Warum?« Rasieren war doch keine Kunst.

»Weil das mein Fell ist«, gestand er. »So wie du es jetzt siehst, ist es auf die kleinste Größe zusammengezogen.«

»Und wenn du es vergrößerst?«, fragte sie neugierig.

Meo mischte sich ein. »Aiden, Chrom ist ein Bacani. Er gehört zu einer anderen Spezies als wir.«

Chrom nickte. Das mit dem Fell hatte Aiden trotzdem nicht verstanden. Chrom wand sich verlegen.

»Du darfst dich nicht erschrecken«, meinte Meo. »Er sieht gleich völlig verändert aus.«

Chrom entkleidete sich, bis er dünn und nackt vor ihr stand. Sie wollte den Blick diskret abwenden, aber seine Verwandlung war zu faszinierend. Mit offenem Mund sah Aiden zu. Das Haar des Irokesen auf seinem Kopf und Rücken verbreiterte sich plötzlich und zog sich immer weiter über seinen Körper, bis es ihn ganz bedeckte. Es war struppig und gelb-braun gestromt. Sein Gesicht hatte sich zu einer spitzen Schnauze verlängert, in der sie blitzende Fangzähne wahrnahm. Die Verwandlung bescherte ihm außerdem einen kräftigen Körper und einen langen, dünnen, pelzigen Schwanz, der wie eine große Spirale geschwungen auf den Boden peitschte.

Die Wölfin winselte, drückte sich an Chrom. Sie schien begeistert von seiner neuen Gestalt. Er kraulte sie mit seiner krallenbewehrten Hand.

»Ein Werwolf«, stammelte Aiden entsetzt.

»Nein«, dozierte Meodern, »ein Bacani. Du brauchst keine Angst zu haben. Das ist nur Chrom.«

Der Navigator verwandelte sich zurück und zog schweigend seine Hose und das Shirt an.

»Danke für dein Vertrauen«, presste Aiden hervor. Sie kam sich vor wie im Märchenland mit lauter Prinzen und Monstern. Sie fasste sich schnell wieder. Schließlich war sie durch ihren Job an allerhand Bizarres gewöhnt.

»Tja, also kommt rasieren nicht in Frage.« Sie blickte kurz in seine violetten Augen. Ohne zu zögern setzte sie Chrom eine schwarze Perücke auf, die einen typischen Herren-Haarschnitt hatte und hinten lang bis in den Kragen ging. Sie zeigte ihm, wie er Kontaktlinsen in die Augen einfügen konnte. Außerdem bekam er eine Brille verpasst, falls er keine Lust hatte, die Linsen zu tragen. Sie suchte ihm unauffällige Kleidung heraus und drückte ihm alles in die Hand. »Kommst du so klar?«

Chrom strahlte und ließ vor Aufregung seine Fangzähne blitzen. Aiden schüttelte den Kopf und lachte. Was sie da tat, war mehr als verrückt.

»Ich bin der Nächste.« Mit einem frechen Grinsen baute Meodern sich vor ihr auf.

»Du kannst fast so bleiben. Nur deine Haut müssen wir abdecken.« Sie erklärte ihm, wie er ein Make-up auf seinem zart-goldenen Gesicht verteilen musste, und war verblüfft. Meo sah wirklich menschlich aus. Die gleißenden, grünen Augen konnten als Kontaktlinsen durchgehen und sein stacheliger Blondkopf wirkte richtig modisch. Sie suchte ihm sportliche Kleidung heraus und gab ihm zur Sicherheit braune Kontaktlinsen. Meodern verneigte sich mit einem charmanten Lächeln.

Für Patalia holte sie ebenfalls Schminke hervor, um die fast durchsichtige Haut zu verdecken. Das hautfarbene Fluid musste er natürlich auch über seine Glatze streichen. Aiden blickte zufrieden auf das Ergebnis. Die grau-violetten Augen bekamen Kontaktlinsen in einem hübschen Blau-Ton. Er sah edel aus, mit seinen feingeschnittenen Gesichtszügen. Sie verpasste ihm einen weißen Mediziner-Kittel, eine dunkle Stoffhose, ein weißes Hemd sowie einen schwarzen Parka mit Pelzbesatz für draußen.

Mit Tervenarius gab Aiden sich richtig Mühe. Für sie war er der elegante Typ. Sie suchte ihm dementsprechende Kleidung heraus. Die goldenen Augen konnte er unmöglich in der Öffentlichkeit zeigen. Sie drückte ihm braune Kontaktlinsen in die weißen Hände.

Als sie mit dem Make-up anfangen wollte, wehrte Terv ab. »Tut mir leid, so etwas verträgt meine Haut nicht.«

»Er kann gelegentlich ganz schön toxisch sein«, grinste Meo in seinem Jogginganzug. »Unser kleiner Giftpilz«.

Terv trat nach Meo, der geschickt auswich. »Ich bin normalerweise nicht giftig.« Er legte Aidens Hand auf seinen Arm. Er fühlte sich wunderbar weich an. »Das kann sich aber ändern, wenn ich verärgert bin. Keine Sorgen, ich ärgere mich selten.« Er blickte mahnend zu Meodern.

»Wahnsinn«, staunte Aiden und streichelte ihn noch ein bisschen. Er fühlte sich unglaublich an. Sie spürte einen Seitenblick von Solutosan, der an seinem Rechner am Tisch der Hütte saß.

Nun gut, also musste sie sich mit dem bereits Erreichten zufriedengeben. Für die silbern-weiße Mähne gab sie ihm Hut und Mütze – für draußen bekam er einen schwarzen, dicken Mantel, der glücklicherweise auch passte. Alle konnten sich ja weitere Sachen nach ihrem Geschmack kaufen, wenn sie menschlicher aussahen.

Blieb nur noch Xanmeran. Der große, rote Krieger hatte die ganze Zeit missmutig in der Ecke gesessen. Er näherte sich ihr etwas widerwillig. Er hatte offensichtlich keine Lust auf Make-up und Kontaktlinsen. Sie wandte sich an Solutosan. »Bitte suche mal bei Google Bilder von „Indianern". Ich denke, bei Xanmeran kann man nur die Flucht nach vorne antreten.«

»Und das heißt?«, fragte Xan.

»Wir betonen deine Fremdartigkeit und stylen dich wie einen Indianer oder Inuit.« Kurz gab sie den Kriegern eine kleine Lektion zum Thema Ureinwohner Amerikas und Kanadas.

Aiden hatte bereits Sachen für ihn besorgt. Eine hellbraune Wildlederhose, Wildlederjacke mit Fransen, Hemden mit Indianer-Mustern und eine Art Cowboyhut um die rote Glatze zu bedecken. Außerdem ein Lammfellmantel gegen die Kälte.

Xanmeran war glücklich. Die Sachen gefielen ihm ungemein. Vor ihren Augen schlüpfte er aus seinem metallischen Anzug – mit geröteten Wangen blickte sie konzentriert zu Boden – und zog die Wildledersachen an. Super! Sie hatte es genau getroffen und war sehr stolz auf sich. Er sah aus wie ein Indianer – oder zumindest so, wie sich jedermann eine Rothaut vorstellte. Sie gab ihm noch ein kariertes Hemd und etwas Perlenschmuck für die Handgelenke.

»So, fertig.« Sie musterte die ganze Truppe. So konnten sie als Menschen durchgehen. Zusammen wirkten sie wohl ein bisschen wie die Village People, aber sie fand das charmant. Sie machte ein Gruppenfoto mit dem Handy, das dann bei allen herumgereicht wurde. Die Begeisterung war riesig! Die großen Männer freuten sich wie die kleinen Jungen.

»Mir fällt gerade ein ...«, ließ sich nun Xanmeran vernehmen. »Ich habe übrigens etwas von dem Milchzeug getrunken und das ist drin geblieben.«

»Welches war es denn?« Xan verschwand vor die Tür und kam mit der Kefirtüte wieder.

»Kefir! Den produziert meine Oma selbst.« Aiden strahlte. »Sie hat so einen Kefirpilz.«

Solutosan rief Infos über Kefir im Internet auf und studierte sie. »Meinst du, deine Oma würde uns einen Pilz abgeben?«

»Nicht nur einen«, lachte Aiden vergnügt. »Die vermehren sich bei ihr wie wild.«

Solutosan brachte ebenfalls gute Neuigkeiten: Er hatte im Internet in Calgary ein passendes Haus für sie alle gefunden. Ausreichend groß, mit zehn Zimmern und zwei Bädern. Er zeigte die Fotos.

»Was soll es kosten?«, erkundigte sich Aiden.

»Siebenhunderttausend Dollar«, meinte Solutosan. »Das könnten wir in einigen Wochen kaufen.« Er hatte vor, Chrom und Meodern damit zu beauftragen nach Vancouver zu fliegen, um einen weiteren Platindeal zu machen. Chrom allein zu schicken war ihm bei diesen Summen zu riskant. Meo würde ihn beschützen. »Aber das nächste Haus, das ich kaufe, liegt am Meer«, sagte Solutosan verträumt.

Aiden schubste ihn an. »Du meinst wohl „Das Aiden kauft". Ohne Ausweispapiere kann man in Kanada kein Eigenheim erstehen. Vergesst nicht, dass ihr hier als illegale

Einwanderer geltet und eventuell auch so behandelt werdet.«

»Ist es möglich solche Papiere irgendwo zu kaufen?«, fragte Solutosan.

»Das ist ungesetzlich, mein Lieber.«
Er runzelte nachdenklich die Stirn.

Aiden überlegte. »Ich habe keine Erfahrungen mit so etwas. Aber ich kann mich ja einmal umhören.«

Der Tag war lang und anstrengend gewesen. Aiden war
rechtschaffen müde, als Solutosan sie durch den peitschenden Wind zu ihrem BMW brachte, der ein Stück von der
Hütte entfernt parkte. Er legte den Arm um sie und sie kuschelte sich im Gehen an ihn. Wie gern hätte sie mehr von
ihm gehabt, aber nach den heutigen Erkenntnissen war
Aiden, entgegen ihrem offensiven Wesen, eingeschüchtert.
Er und seine Duocarns gehörten einer fremden Spezies an.
Das musste sie erst einmal verarbeiten.

Das gefrorene Gras knirschte unter ihren Stiefeln und ihr
Atem bildete weiße Wolken. »Ich stehe tief in deiner Schuld,
Aiden«, sagte er leise. »Du hast sogar wegen mir deine
Arbeit mit den Leuten, die dich dringend brauchen, ver-
nachlässigt.« Aiden schüttelte verneinend den Kopf.

»Dank der ganzen Aktion habe ich nun die Mittel, den Armen besser zu helfen. Außerdem – bist du mir wichtig.« Er
schob seine Hand unter ihre pelzbesetzte Kapuze und streichelte ihr Haar.

Mir ist egal, was er nun von mir denkt, sagte sich Aiden
und zog mit beiden Händen seinen Kopf zu sich hinunter. Er
hatte die Augen geschlossen, also begann sie bei seinen Au-
genlidern. Sie küsste sie zart, wanderte über seine Wange zu
seinem Mund. Sie wollte ihn so stark, dass sie fast geschrien
hätte. Aber er löste seine Lippen von ihren. »Warum bist du
nur so scheu?«, flüsterte sie.

»Ich bin Berührungen nicht gewöhnt.«

»Gibt es auf eurem Planeten keine Frauen?« Sie versuchte, nicht verärgert zu klingen und zupfte an ihrer Kapuze.

»Doch, aber sie mögen die Duocarns nicht.«

»Also bist du noch Jungfrau«, stellte Aiden fest.

Er senkte den Kopf. Sie fühlte, dass ihm das Thema unangenehm war, jedoch hatte sie sich schon so weit vorgewagt.

»Ich weiß nicht was Jungfrau bedeutet, Aiden. Müssen wir jetzt darüber sprechen?« Er klang gequält.

»Nein«, sie berührte kurz seine Wange. »Nein, natürlich nicht.«

Solutosan war mit Aiden verschwunden und die Krieger lösten die Runde in der Hütte auf. Bei einigen stand der Ruhemodus an. Chrom hatte nicht vor zu schlafen.

Sie hatten für jeden der Männer einen eigenen Laptop gekauft. Chrom zappelte ungeduldig. Er wollte schnell zum Schiff, um den Rechner in seiner Koje in Betrieb nehmen zu können. Er plante, einige Filme über die terranische Tierwelt anzusehen. Eilig sprintete er mit Lady zum Kreuzer. Er hatte sich endlich entschlossen, der Wölfin einen Namen zu geben.

Chrom, der als Einziger im Schiff einen eigenen Ruheraum hatte – aufgrund seines oftmals strengen Geruchs wollte niemand mit ihm diesen Raum teilen – warf sich auf die Unterlage, die er aus der Koje gezerrt hatte. Die dünne Matratze auf dem Boden bot ihm und der großen Wölfin genügend Platz, um darauf eng aneinander gekuschelt zu schlafen.

Er hatte zwei tolle Filme über Wildschweine und Elefanten gesehen, als er seinen Laptop herunterfuhr. Er witterte. Irgendwas war anders. Er schaute zu Lady, die ihn mit bittenden Augen ansah. Er schnüffelte an ihr. Sie rieb ihren Hinterleib an ihm. Sie duftete. Chrom wich erst zurück, aber wurde dann von dem Duft magnetisch angezogen. Die Wölfin war heiß. Wieso war ihm das nicht früher aufgefallen?

Sie presste sich eng an ihn und wimmerte. Kurzerhand verwandelte sich Chrom in seine vierbeinige Gestalt.

Solutosan saß in Aidens Auto und überlegte. Sie waren nun einige Wochen auf dem neuen Planeten und konnten zufrieden sein. Aiden und er hatten Oma besucht und ihr drei Kefirpilze abgeschwatzt, die nun in Plastikdosen hinten auf dem Rücksitz schwappten. Solutosan fand, dass sie wie kleine Gehirne aussahen.

Nun waren sie auf dem Weg zu dem Haus, das Aiden für die Duocarns kaufen sollte. Sie wollten den Makler treffen. Chrom hatte sich als sehr guter Abgesandter erwiesen, als es galt den Platindeal abzuschließen. Ein Bodyguard wie Meodern hatte offensichtlich den Respekt bei Bill Bohlen für sie noch verstärkt. Der Geldstrom war fürs Erste gesichert.

Nachdenklich betrachtete er Aiden von der Seite. Sie hatte die Kapuze ihres Parkas auf die Schultern gezogen und so das rote, hochgesteckte Haar entblößt. Konzentriert blickte sie auf die Straße. Er verdankte ihr viel. Er stand in ihrer Schuld, denn sie hatte wirklich wesentlich mehr getan, als nur beim Platinverkauf zu helfen. Er empfand sie bereits als zur Duocarns-Familie zugehörig. Sie spürte seine Aufmerksamkeit und warf ihm einen fragenden Blick zu. Sie hatte so viele verschiedene Ausdrücke in den Augen, was ihn immer wieder faszinierte. Sie wirkte so viel lebendiger als die duonalischen Frauen und hatte eine Art rauchigen Charme. Ob sie wohl bei ihm bleiben würde, wenn er sie darum bat?

Sie bogen von der Straße ab und fuhren einen schmalen Weg zu dem etwas abgelegenen Haus. Er konzentrierte sich auf das bevorstehende Treffen. Der Makler stand bereits fröstelnd, vor der Tür – ein kleiner, grauhaariger Mann. Er lächelte und begrüßte sie mit Handschlag. »Mrs. McGallahan, Mr. McGallahan.«

Aiden wollte ihn korrigieren, aber Solutosan legte ihr die Hand auf den Arm. Der Mann öffnete die Eingangstür und ließ sie eintreten. Die Wände des Hauses waren komplett cremeweiß gestrichen. Vor ihnen erstreckte sich eine hohe Eingangshalle mit einer breiten Freitreppe in den zweiten Stock. Die untere Etage bestand aus einer monströsen, fertig eingerichteten Küche, einem großen Esszimmer mit einem langen Tisch für zwölf Personen sowie einem riesigen Wohnraum mit Terrasse in den Garten. Das Wohnzimmer war ebenfalls schon mit Möbeln bestückt.

Solutosan betrachtete die braunen, hochwertigen Leder-Polstermöbel. Sie gefielen ihm. Auch das restliche Anwesen war für ihn akzeptabel. Er begutachtete mit Aiden die anschließenden drei unmöblierten Zimmer. Das neben der Küche liegende Bad besaß edle, weiße Marmorfliesen. Das ganze Haus war, recht unüblich für die Gegend, voll unterkellert. Die obere Etage hatte fünf große, lichtdurchflutete Räume und ebenfalls ein Marmorbad – dieses jedoch in grau.

»Wie steht es mit der Sicherheit?«, fragte Solutosan. Er trug blaue Kontaktlinsen und blickte den Makler an.

»Alles auf dem neusten Stand.« Der Mann deutete auf die Fenster mit den fast unsichtbaren Kabeln, die kleinen Kameras in den Decken und zeigte ihnen die Steuerung in den beiden Etagen.

Solutosans Mundwinkel zuckten amüsiert. – Dieses Mal war es Aiden, die ihm die Hand auf den Arm legte, um ihn vor einer unüberlegten Äußerung zu warnen. Er lächelte. Sie kannte ihn inzwischen schon recht gut, so dass sie ohne Worte kommunizieren konnten. »Gefällt dir das Haus?«, fragte sie ihn.

Er nickte. »Für sechshunderttausend nehmen wir es und bezahlen sofort bar.«

Der Makler schluckte trocken. »Sechshundertachtzig.« stieß er hervor. Sie handelten noch eine Weile hin und her, einigten sich auf sechshundertsechzigtausend Dollar.

Solutosan überlegte, was er mit den vierzigtausend machen würde, die er nun gespart hatte. Er sah auf Aidens schlanke Beine, die unter dem schwarzen Mantel hervorlugten, besah sich lächelnd die Heels, die ihr ausgezeichnet standen. Schuhe würde er ihr keine kaufen – aber Juwelen. Er wollte ihr ein Schmuckstück anfertigen lassen.

Aiden verlangte den Vertrag zu sehen und zog sich mit dem Makler für die Unterzeichnung ins Wohnzimmer zurück. Währenddessen holte Solutosan das Geld und die Kefirpilze aus dem Auto. Oma hatte ihm eine genaue Pflegeanleitung gegeben.

Als das Dona verbraucht war, mussten die Duocarns sich eine kurze Zeit von Milchriegeln ernähren. Das hatte Mangelerscheinungen ausgelöst, die besonders bei Tervenarius, schnell sichtbar geworden waren. Nun trank dieser Kefir und seine Haut war wieder in Ordnung.

Der Makler nahm das Geld und ging. Aiden strahlte über das ganze Gesicht. Ihre Augen funkelten. Solutosan strich sanft eine lange Strähne ihres Haares nach hinten, die sich aus der Frisur gelöst hatte. Er merkte, wie die Luft zwischen ihnen erneut knisterte, und betrachtete seine Hände. Sternenstaub-Partikel begannen sich zu lösen. Er rief sie schnell zurück. Sie hatte es bemerkt.

»Was war denn das?«

Solutosan sah verlegen zur Seite. Es war alles schon schwer und ungewohnt genug für sie. Er wollte ihr nicht noch die Wahrheit über seinen Sternenstaub zumuten.

Sie nahm sein Kinn mit der Hand und drehte den Kopf zurück, so dass er sie ansehen musste. »Das hat nichts zu bedeuten«, sagte er leichthin. »Manchmal löst sich bei mir nur etwas Haut.«

Sie runzelte die Brauen, aber fragte nicht weiter. »Die Pilze!« Die standen immer noch in ihren Dosen auf dem Wohnzimmertisch. »Wir müssen sie versorgen.«

Sie trug die Pilze in die Küche, während er den großen Karton Milch aus dem Auto holte, die voluminösen Plastikschüsseln und einige Baumwolltücher. Aiden ließ in jede Schüssel einen kleinen Kefirpilz gleiten und begann dann die Behälter bis zum Rand mit Milch zu füllen. Sie nahm Solutosan die Geschirrtücher aus der Hand und legte sie sorgfältig über die Pilzbehälter.

»So«, bemerkte sie zufrieden. »Die werden jetzt wachsen und euch Kefir liefern so viel ihr wollt.«

Solutosan hob eins der Tücher und tupfte den Zeigefinger in die Milch.

»Nein, so schnell geht das nicht. Das dauert ein paar Tage.« Sie nahm seine Hand und schaute ihm in die Augen. Lächelnd schob sie seinen Finger zwischen ihre Lippen und leckte ihn ab.

Solutosan wurde der Mund augenblicklich trocken. Die Erregung stieg wieder in ihm hoch. Was war das mit ihr? Jetzt wollte er doch mehr wissen. Ohne Mühe fasste er sie um die schlanke Taille und hob sie neben die Pilzschüsseln auf die Küchenanrichte. Zärtlich nahm er ihr Gesicht in seine Hände und senkte den Mund auf ihren. Er war weich und heiß.

Sie strich mit der Zungenspitze leicht über seinen Mund. Er zuckte kurz. Ganz behutsam teilte sie mit der Zunge seine Lippen – streichelte sie von innen. Das ging weiter als alles Vorherige. Er schloss die Augen. Er genoss ihre Berührung, als ihre Zungen sich trafen und umschlangen. Er gab sich ihr hin – erwiderte ihren Kuss. Sie versanken ineinander.

Mit einer Hand löste er die Metallnadeln aus ihrer Hochsteckfrisur und ließ das Haar auf die Schultern gleiten. Die Nadeln fielen klirrend auf die Anrichte. Solutosan streichelte sanft ihren Kopf. Das Haar in seinen Händen fühlte sich so weich an, die Lippen so feucht und warm.

Erst als Aidens Verstand ein wenig zurückkehrte, spürte sie die Veränderung bei ihm. Er reagierte wie ein völlig normaler Menschenmann, nahm sie am Rande wahr. Seine schwarze Jeans war im Schritt geschwollen. Sie öffnete die Lider, um sich zu fassen. Sie durfte ihn auf keinen Fall mit zu heftiger Berührung überfordern, sonst würde er sich wieder zurückziehen. Also streichelte sie sein Gesicht mit den geschlossenen Augen, bewunderte die goldenen Wimpern, die sanft auf seiner ebenmäßigen Haut lagen. »Nimm bitte die Kontaktlinsen heraus.« Sie mochte diesen künstlichen Blick an ihm nicht.

Er tupfte mit einem angefeuchteten Finger in seine Augen und hatte die Linsen sofort in der Hand. Er blinzelte und schon ging sein Sternenhimmel wieder auf.

»Ich, ich«, stammelte sie. Jetzt oder nie, dachte sie. »Ich glaube, ich liebe dich, Solutosan.«

Er sah sie ungläubig an und schluckte.

Verdammt, sie fühlte, dass sie einen Fehler gemacht hatte, aber nun war er geschehen.

»Du sagst nichts?«

»Du weißt zu wenig über mich«, erwiderte er ausweichend.

»Das, was ich weiß und fühle, reicht mir.«

»Ich weiß nicht, was ich empfinde, Aiden«, bekannte er. »Das ist mir alles so fremd.«

Sie sprang von der Anrichte, nahm ihn bei der Hand und zog ihn mit ins Wohnzimmer auf die breite Ledercouch. »Ich möchte mehr über Duonalia erfahren.«

Er nickte und streckte die langen Beine aus. »Was willst du wissen?« Sie blickte unauffällig auf seinen Schritt. Sein Glied hatte sich wieder beruhigt. Sie hatte offensichtlich mit ihrer Liebeserklärung genau das Gegenteil erreicht, dachte sie und seufzte lautlos. Nun gut, dann ging sie eben zur Tagesordnung über.

»Wie vermehren sich die Duonalier?«, fragte sie neugierig.

»Künstliche Befruchtung.«

Oh! Na, das fing ja gut an.

»Na ja«, gestand er. »Es gibt auch kopulierende Paare, aber die halten sich an strenge Rituale.« Er beschrieb ein solches Ritual, das scheinbar mit Gesängen, Tanz und Musik zu tun hatte, jedoch nicht wirklich viel mit Sex.

Aiden staunte. Sie musste jetzt direkt sein. »Ich habe doch eben bei dir etwas gefühlt – da.« Sie zeigte mit dem Finger auf seine Jeans.

»Natürlich muss das Glied steif sein während des Rituals«, erklärte er.

Hm! Das war nicht zufriedenstellend. »Und hast du schon mal so einen Ritus vollzogen?«

»Nein. Die duonalischen Frauen haben Angst vor den Duocarns und halten sie für gefährlich und roh. Es hat wenig Sinn, mich einem weiblichen Wesen zu nähern, das bereits bei meinem Anblick davonläuft.«

Interview beendet, dachte sie. Sie lächelte ihn entschuldigend an. »Es tut mir leid. Ich wollte dich nicht bedrängen.«

»Das ist in Ordnung. Ich bin gerne mit dir zusammen. Deswegen möchte ich dich auch noch etwas fragen.« – Er zögerte kurz. »Was hältst du davon, eins der Zimmer hier zu beziehen? Selbstverständlich nur, wenn du das Haus magst«.

Er fragte, ob sie zu ihm ziehen wollte! Das hatte sie nicht erwartet! Ihr Herz schlug bis zum Hals. Natürlich wollte sie! Am liebsten wäre sie aufgesprungen und hätte auf dem Sofa getanzt!

»Ja, gerne«, strahlte sie. »Selbstverständlich behalte ich meine Wohnung in Calgary auch noch.« So voll und ganz würde sie sich ihm nicht ausliefern.

Er nickte, streckte die Arme aus und zog sie an seine Brust. Sein Brustkorb hob und senkte sich langsam und regelmäßig.

Sie hörte sein Herz schlagen. Haben Aliens so etwas überhaupt? »Hast du ein Herz?«, fragte sie, den Kopf immer noch an ihn geschmiegt.

»Drei«, antwortete er und lächelte.

Er hatte Aiden in Calgary abgesetzt und fuhr die lange Waldstraße in Richtung der Absturzstelle. Er überlegte, was sie mit ihrer Befragung wohl hatte erreichen wollen. Er mochte ihre Nähe, hatte sie gern um sich mit ihrer Lebendigkeit. Aber sollte er wirklich Äonen eines für sie fremden Lebens vor ihr ausbreiten? Nein. Dazu kam, dass es zu seiner Sexualität definitiv nicht viel zu sagen gab. Und seine Besuche auf dem westlichen Mond gingen sie schlichtweg nichts an.

Am Kreuzer angekommen beschrieb er den anderen Kriegern den Weg zum neuen Haus, die sich sofort in die Autos schwangen und fuhren, um es in Beschlag zu nehmen. Nur Chrom blieb noch im Schiff. Solutosan hatte ihn mit der kompletten Datensicherung beauftragt. Die Daten würden dann in den Computerraum im Keller des neuen Hauses eingespeist. Solutosan hatte bereits hochkarätige Rechner für den Raum bestellt.

Er sah Chrom eine Weile zu. Da war etwas mit seinem Navigator, das fühlte er. Solutosan wartete geduldig.

Der kleine Bacani hob schließlich den Kopf. *»Ich muss mit dir sprechen.«*

»Das war mir schon klar.«

»Ich glaube, ich habe einen Fehler gemacht.«

Solutosan blickte ihn mit unbewegtem Gesicht an.

»Es geht um Lady.«

Prüfend schaute Solutosan zu der Wölfin, die ruhig am Boden zu ihren Füßen lag. Er konnte an ihr nichts Ungewöhnliches feststellen.

»Sie ist trächtig.«

Solutosan stutze einen Moment und begriff dann sofort. *»Du warst das!«*

Chrom nickte betreten. *»Sie war läufig und ich weiß nicht, was in mich gefahren ist.«*

»Chrom!« Solutosan sprang auf. *»Wie lange tragen Wölfe?«*

»Laut Internet neun Wochen.

»Und wie lange ist sie schon so?« Chroms Antwort schmetterte ihn nieder.

»Acht Wochen!«

»Bei den Göttern! Gibt es irgendwelche Erfahrungen, wenn sich Bacanis mit Hunden oder Wölfen paaren?«

»Natürlich nicht, denn wir haben ja keine Wölfe auf Duonalia.«

»Chrom, was hast du dir dabei gedacht?« Solutosan überlegte, was bei dieser Paarung entstanden sein konnte. Wolfswelpen? Oder irgendetwas anderes? *»Dir ist klar, dass wir das was hier herauskommt, töten müssen?«*

Chrom nickte betreten.

Solutosan hatte gesehen, wie Aiden in solchen Momenten Cognac trank. Das schien zu helfen. Er wünschte nun zum ersten Mal, sein Magen wäre mit so einem Getränk ebenfalls kompatibel. »*Lass sie nicht mehr aus den Augen. Sollte die Geburt losgehen, rufst du mich sofort an. Egal wo ich bin, ich komme dann und erledige das. Verstanden?*«

»*Es tut mir leid, sie hat so gut gerochen und ...*«

Solutosan brachte ihn mit einer Handbewegung zum Schweigen. »*Mach deine Arbeit hier fertig. Ich aktiviere dann den Selbstzerstörungsmodus. Die Hütte kann Xan abfackeln.*« Er raufte sich durch das Haar. »*Wann soll ich dich abholen?*«

»*Morgen. – Ach so, und könntest du uns noch eine Dose Katzenfutter mitbringen?*«

Jetzt musste Solutosan doch grinsen. In Ermangelung von frischem Fleisch für die Wölfin hatte Patallia Katzenfutter aus dem Supermarkt mitgebracht. Ihm waren die Tierfotos auf der Dosen gleich erschienen. Als Lady dann das Dosenfutter verschlang, rührte sich bei Chrom der Hunger darauf. Erstaunlicherweise hatte sich sein Metabolismus als mit „Kitekat" kompatibel erwiesen. Das brachte ihm natürlich den Spott der Krieger ein, aber das war Chrom gleichgültig. Er war nun unabhängig versorgt, und nur das zählte.

Der Kontrollraum war leer bis auf Bar und seine beiden Computer. Er wollte sich auf seine Arbeit konzentrieren, aber konnte es nicht. »Beim Vraan! Das ist ja nicht auszuhalten«, stöhnte er. Eine wilde Hundemeute hatte sich offensichtlich Zugang zum Gelände verschafft. Die Biester kläfften, knurrten und rauften sich. Bar vermutete, dass der Blutgeruch, der an ihnen und den Fahrzeugen hing, sie angelockt hatte.

Er brüllte nach Krran, der missmutig erschien. »Sag mal, bekommt das außer mir eigentlich niemand mit? Wir sind hier unter der Erde, aber trotzdem sind diese Viecher noch derartig laut zu hören.«

Krran horchte. »Ach, das sind diese Hunde.«

»Ja, ach, ach«, äffte Bar ihn nach. »Nimm dir Pok und mach denen den Garaus. Die lenken noch alle Aufmerksamkeit auf uns.«

Krran nickte und grinste mordlüstern.

Als er verschwunden war, wandte Bar sich wieder seinen Computern zu. Er liebte dieses Google Earth, zeigte es ihm doch sein ganzes Jagdgebiet im Detail. Er hatte von den dreihundert erbeuteten Dollar nicht nur Jacken für alle gekauft, sondern auch einen Drucker. Nun ließ er sich die Karte um Vancouver ausdrucken und steckte die Nadeln, die er in dem Kontrollraum gefunden hatte, an die Orte, an denen sie bereits gewildert hatten. Das Kläffen draußen hatte endlich aufgehört. Er horchte. Sein Gefühl verriet ihm, dass etwas nicht stimmte.

Grunzend erhob er sich in dem blauen Bademantel, lief leichtfüßig den langen Gang hinauf bis zur Stahltür. Es war noch hell. Er spähte aus dem Schuppen. Das Grundstück war völlig zugewachsen, aber in dem hohen, steif gefrorenen Gras bewegte sich etwas. Blitzschnell duckte er sich und pirschte sich heran. Er konnte kaum glauben, was er sah. Überall in der Wiese verstreut lagen blutende, zuckende Hundekörper. Einige Hunde liefen aufgeschreckt und orientierungslos durch die Gegend. Krran und Pok waren eben dabei mit zwei der größeren Hündinnen zu kopulieren – vielmehr Krran war fertig und hing mit dümmlichem Gesichtsausdruck und gefletschten Fangzähnen noch an der Hündin fest.

Bar fiel die Kinnlade herunter. Er richtete sich auf. »Bei den Göttern! Ihr Fluschs! Was treibt ihr da?« Obwohl er eigentlich sah, was sie trieben und sie verwandelt sowieso nicht antworten konnten.

Krran grinste mit seiner spitzen Schnauze. Endlich glitt er aus der Hündin. Er sah nicht so aus, als würde er etwas bereuen.

Fröstelnd zog Bar den Bademantel über der Brust zusammen. Er schüttelte den Kopf. Irgendwie verstand er das ja. Wie lange waren sie nun schon ohne Weibchen? Er wusste es nicht mehr. Psal verweigerte sich ja konsequent. Man konnte es ihnen nicht verübeln.

»Räumt auf jeden Fall die Schweinerei hier weg. Vergrabt sie möglichst tief. Ist mir egal, ob der Boden gefroren ist. Wer Spaß hat, kann auch Arbeiten.« Mit diesen Worten drehte er sich um und ging wieder in den Kontrollraum.

Er fühlte, dass die Basis nicht ewig sicher sein würde. Seine Instinkte zogen ihn in die Innenstadt von Vancouver. Sich einfach zwischen vielen Menschen zu verstecken erschien ihm am klügsten. Vielleicht fanden sie ein leeres Haus, eine Fabrikhalle oder einen alten U-Bahn-Tunnel. Sie brauchten mehr Geld, weitere Fahrzeuge und eine größere Auswahl an Kleidung. Aber zuerst, Bar steckte blaue Fähnchen in diverse Gebiete um Vancouver, würden sie sich ihr Futter in diesen Regionen holen.

Solutosan fuhr mit dem Porsche in die Einfahrt von Omas Haus, als sein Handy klingelte. Er hatte einen riesigen Blumenstrauß im Auto, mit dem er sich bei der alten Dame für die Kefirpilze bedanken wollte. Die Pilze hatten ihn und seine Männer gerettet. Die Körper der Duocarns sprangen auf den Kefir genauso gut an wie auf Dona. Er selbst mochte Kefir auch sehr und Tervenarius war verrückt danach. Er sah auf das Display: Chrom.

»Ausgerechnet jetzt!« Fluchend blickte er auf den Blumenstrauß. Er würde einen neuen kaufen müssen.

Sofort wendete er den Wagen und fuhr zum Raumkreuzer. Lady lag in den Wehen auf einer Decke in der Kommandozentrale. Chrom umkreiste sie händeringend.

»*Mach, das du raus kommst*«, herrschte er Chrom an.

Chrom schaute verzweifelt, aber gehorchte. Solutosan kniete sich neben die Wölfin und streichelte ihren schweren

Kopf. »Das wird schon wieder, mein Mädchen«, tröstete er sie, und hoffte, dass die Geburt nicht zu lange dauerte. Er stand auf, suchte im Hygieneraum einen Metall-Behälter mit Deckel und kam zurück. Lady war eben dabei, eine Art Blutklumpen zu gebären. Er sah keinem Lebewesen ähnlich – es waren einfach nur Fleisch und Blut.

Solutosan schmiss das Stück in den Eimer und schloss den Deckel. Die Wölfin starrte mit ihren gelben Augen zu ihm auf. »Ja, Chrom kommt gleich wieder«, tröstete er sie, nicht wissend, ob sie ihn verstand. Sie presste erneut. Noch ein Fleischklumpen. Seufzend entsorgte Solutosan ihn. Das Tier zitterte und er ging, um eine Zudecke für sie zu suchen.

Als er mit einem Tuch zurückkam und sie damit zugedeckt hatte, drückte sie wieder. Der Fleischbrocken war dieses Mal größer und auf seltsame Art zusammengeringelt.

Beherzt packte Solutosan ihn mit beiden Händen. Der Klumpen flocht sich auf. Fast hätte er das Ding fallengelassen. Das Wesen entrollte sich ganz in seinen Händen. Ein zierlicher Leib richtete sich auf. Dünne Ärmchen falteten sich auseinander. Ein langer, geringelter Schwanz entwickelte sich um sich streckende Beinchen, zum Schluss kam das Köpfchen hoch. Die Äugelchen gingen unverzüglich auf und blickten ihn an.

Solutosan stockte der Atem. Die Augen des Kleinen schimmerten violett. Er hatte eine winzige Ausgabe von Chrom in den Händen. Es unterschied sich dadurch von einem Bacani, dass bei diesem Wesen nicht ausschließlich der Irokese vom Kopf bis zum Steiß lief, sondern es zusätzlich ab Körpermitte bis zu den Füßchen behaart war. Es war ein Männchen. Sein dünner Spiralschwanz schlug, berührte Solutosans Finger. Seine Hände zitterten.

»Ich muss das tun«, rechtfertigte er sich und blickte dem Kleinen in die Äugelchen. Täuschte er sich oder hatte das Kerlchen Tränen in den Augen? Es fuhr mit den Ärmchen um sich, schlug immer wieder auf Solutosans Handrücken.

Solutosan packte ihn mit der rechten Hand und entfesselte mit der linken seinen tödlichen Sternenstaub. Das Baby öffnete das Mäulchen mit den winzigen Fangzähnen als wolle es schreien, es kam jedoch kein Laut.

Wesen wie ihn durfte es nicht geben. Aber wer sagte das eigentlich? Nur die duonalische Moral. War er nicht selbst ein Hybride?

Mit bebenden Händen zog Solutosan seinen Staub zurück. Er konnte den kleinen Chrom so nicht umbringen, ihn einfach ersticken, als wäre er nie da gewesen, und ihn dann zu dem Blut in den Eimer schmeißen. Ganz sacht hob er die Decke, mit der die Wölfin bedeckt war, und legte den Winzling an eine ihrer dick mit Milch gefüllten Zitzen.

Lady hatte zwischenzeitlich noch einen Fleischklumpen geboren. Solutosan entsorgte ihn ebenfalls. Der Deckel des Behälters zitterte in seinen Händen, so dass er ihn kaum schließen konnte. Fassungslos kniete er neben dem starken Tier, das ihn mit gelbem Blick dankbar ansah. Er fühlte hinter sich die Tür aufgehen und Chrom lautlos in den Raum schleichen. Er hatte es offensichtlich nicht mehr ausgehalten zu warten.

»*Ist es vorbei?*«, flüsterte er.

»*Ja*«, presste eSolutosan hervor und nickte, immer noch beeindruckt von dem Geschehen.

Chrom kniete sich neben Lady und streichelte sie. »*Es tut mir so leid.*«

Solutosan hatte den Bacani niemals weinen gesehen. Jetzt fielen riesige, schwarze Tränen auf den dicken Pelz der Wölfin.

»*Nein!*« Er packte Chrom am Arm. »*Nein! - Ich konnte es nicht!*«

Chrom erstarrte, hob langsam den Kopf.

»*Du bist eben Vater geworden.*«

Er lupfte vorsichtig die Decke. Der Kleine hatte sich satt getrunken und war nun am Bauch seiner Mutter eingeschlafen, seine Krällchen hielten noch ihre Zitze umfasst.

»*Darf ich vorstellen*«, sagte Solutosan bewegt. »*Das ist Pan.*«

Chrom bebte am ganzen Körper. Die Tränen liefen in Strömen aus seinen Augen. Er beugte sich zu dem Baby hinunter und eine der dicken, schwarzen Tränen tropfte auf dessen dünnes Ärmchen. Der Kleine murrte, schlief aber weiter. Noch nie hatte Solutosan Chrom so strahlen gesehen. Er lachte mit tränenüberströmtem Gesicht.

»*Das ist ein winziger Bacani! Wie ist das möglich?*«

»*Er ist ja kein reiner Bacani mehr*«, belehrte ihn Solutosan. »*Du siehst, er ist ein Säuger.*«

»*Das ist mir egal.*« Chrom umfasste den großen Schädel der Wölfin. »*Lady du bist einfach wundervoll!*«

Solutosan erhob sich. Er kratzte sich am Kopf. Wie sollte er Aiden das erklären? Noch ein Wesen in ihrem bizarren Zoo. Er hoffte, sie würde tierlieb genug sein.

Er sah auf sein Handy und bemerkte, dass seine Hände blutverschmiert waren. Es war Zeit für den Termin beim Juwelier. Er eilte in den Hygieneraum und wusch sich unter die Ultraschalldusche. Eilig kontrollierte er seine Kontaktlinsen. Dieses Mal hatte er braune gewählt. Er legte den Kopf schief. Was für ein Tag!

Der Juwelier war entzückt, als er verstand, das Solutosan vorhatte, für das Schmuckstück ein kleines Vermögen auszugeben. Gemeinsam zeichneten sie einen Entwurf.

»Leider werde ich dafür einige Wochen brauchen«, sagte der Juwelier mit Bedauern.

»Das ist in Ordnung.« Er gab ihm seine Handynummer. »Bitte rufen Sie mich an, wenn es fertig ist. Ich komme es dann abholen und begleiche den Rest.« Er legte zwanzigtausend Dollar auf den Ladentisch. Das war dem Juwelier recht. Er strahlte über das ganze Gesicht und machte eine Verbeugung, als er Solutosan die Ladentür aufhielt.

Solutosan fuhr zum Schiff zurück, um Chrom und Lady abzuholen und sie zum neuen Haus zu bringen. Da die Datensicherung erledigt war, brauchten sie das Wrack nicht mehr.

Das letzte Stückchen, das sie an Duonalia band, musste nun zerstört werden, aber er ließ sich keinen Spielraum für Sentimentalitäten. Sie würden spurlos verschwinden. Es war bereits ein ungeheures Glück, dass die Menschen sie noch nicht entdeckt hatten.

Chrom erwartete ihn, Pan in eine Decke gewickelt und an die Brust gedrückt. Lady stand schon wieder auf den Beinen und wedelte freudig, als sie ihn sah.

»*So, dann wollen wir mal.*« Er blickte Chrom kurz nach, der mit seiner kleinen Familie in der Tür verschwand. Es war Zeit. Solutosan gab den Code für die Selbstzerstörung ein. Der Kreuzer würde nicht explodieren, sondern schmelzen, bis nur noch ein Klumpen Metall davon übrig war. Er wählte Meoderns Nummer auf der Kurzwahltaste.

»Du kannst dich auf den Weg machen. Bring Xan mit. Ihr habt hier Arbeit.« Meodern bestätigte und legte auf. Er würde seine Vibrationen stark beschleunigen, und so den Metallklumpen des Wracks in seine Atome spalten. Xanmeran konnte in der Zeit die Hütte abbrennen. Nichts wies dann mehr darauf hin, dass sie einmal dort gewesen waren.

Er schlenderte gemächlich zum Porsche zurück und wartete auf die beiden Krieger. Chrom saß hinten im Wagen mit Lady und sprach leise auf den Kleinen in seiner Decke ein.

Bedauerte er irgendetwas? Nein. Er konnte zufrieden sein. Seinen Duocarns ging es bestens, Pan war dazu gekommen und er hatte Aiden gefunden.

Meo und Xan kamen im Geländewagen an und er gab den beiden weitere Anweisungen. Die beiden nickten und witterten – blickten zum Porsche. »*Das erzählen wir euch später*«, meinte Solutosan. »*Sonst wird es dem Kind noch kalt.*«

»*Was für ein Kind?*«, fragte Meo neugierig.

Solutosan machte ein geheimnisvolles Gesicht und stieg grinsend in den Porsche. Er winkte den verblüfften Männern, als er losfuhr.

Solutosan lief grübelnd in seinem neuen Zimmer umher. Ihm ging so vieles durch den Kopf. Er musste dringend über die ganze Sache mit Chrom und der Zeugung des kleinen Pan nachdenken. Fast hätte er das Kind umgebracht. Auf Duonalia wäre der Tod eines solchen Wesens selbstverständlich gewesen. Vermischung der Rassen war verpönt, außer man wurde, wie die Duocarns, aus duonalischen Genen bewusst im Labor gezeugt.

Er hatte Chrom erst für seine Paarung mit der Wölfin verurteilt, aber dachte nun an Aiden und sich selbst. Er war kein Deut besser als Chrom. Es zog ihn zu Aiden hin und sie war ein Mensch. Er fühlte ihren steigenden Druck, der auf eine Vereinigung mit ihm zielte. Er würde mit ihr kopulieren müssen, um sie nicht zu verlieren – nein, er wollte es auch.

Seine Verbindung zu Frauen war schon immer ein kompliziertes Thema gewesen. Und jetzt war er auf der Erde. Er hatte der Erdenfrauen offensive Sexualität bereits zu spüren bekommen. Gleichgültig, wo er auftauchte, lächelten einige ihn einladend an oder starrten ganz unverhohlen. Er hatte sogar schon Telefonnummern an der Windschutzscheibe des Porsches vorgefunden. Was fanden sie an ihm, dass sie so reagierten? Aiden war ebenfalls so offen und direkt. Er fühlte sich verunsichert. Auf der anderen Seite konnte er ja froh über diese Aktivität sein – die Frauen machten es ihm leicht. Seine Scheu war dumm. Das ging so nicht weiter!

Er warf sich auf das breite Bett, verschränkte die Arme hinter dem Kopf und starrte an die weiße Zimmerdecke. Tatsache war, er wollte keine der sich anbietenden Frauen, sondern Aiden, aber er hatte Angst ihr eventuell etwas anzutun. Sein Sternenstaub war überall auf ihm und in ihm, auch auf seinem Glied, in seinem Sperma. Er konnte alles gefährlich Kristalline aus dem Staub nehmen, ihn neutral halten oder wieder die erotische Variante wählen. Seinen gelegentlichen Partnern auf Duonalia hatte er bisher nicht geschadet. Aber eine Erdenfrau war völlig anders. Konnte er mit einer solchen kopulieren, ohne ihr weh zu tun? Diese hauchdünnen Gummis, die die Menschen benutzten, zog er erst gar nicht in Erwägung.

Entschlossen streifte er seine weiche Jogginghose bis über seine Lenden und betrachtete sein Glied. Er hatte ein funktionierendes Werkzeug, von dem er so gut wie nichts wusste. Er würde es überprüfen müssen. Er nahm seinen Penis in die Hand. Was genau gab er von sich?

Solutosan fing an sich selbst zu streicheln und schloss die Augen. Er dachte an Aiden, wie schön sie war und wie erotisch. Ihre ellenlangen, schlanken Beine bedeckte sie jetzt immer mit Hosen wegen der Kälte. Als sie sich kennenlernten, war es Herbst und sie trug noch Röcke. Was sie wohl für Höschen anhatte? Hatte sie rotes Haar zwischen ihren Schenkeln? Er wusste, dass die Menschen dort zur Behaarung neigten. Sie war lebendig und temperamentvoll, und so würde sie vermutlich auch während eines Geschlechtsakts reagieren. Sein Glied war nun völlig steif und pulsierte. In Gedanken fühlte er ihren weichen Mund auf seinem und ihr heißes Geschlecht, das sich an seinem Schenkel rieb. Sein Unterleib bog sich und er hielt eine Hand vor seinen Schwanz. Der Rausch verflog. Wie lange war es her, dass er das mit sich gemacht hatte? Er erinnerte sich nicht mehr.

Da er das Ejakulat nicht zur Überprüfung zu Patallia bringen wollte, begann er es selbst zu analysieren. Es besaß natürlich einen Sternenstaub-Anteil, aber nur wenig. Er witterte die erotische Komponente und testete die Beweglichkeit und vor allem die Konsistenz. Nein, das würde ihr nicht schaden. Es erschien fast wie der Kefir. Spermien in einer Milch. Beruhigt stand er auf und lief ins Bad um sich die Hand an dem ungewohnten Wasserstrahl abzuwaschen. Er legte sich wieder auf das Bett. Sein Körper war bereit für sie. Und sein Geist?

Aiden staunte nicht schlecht, als Solutosan ihr von der Geburt berichtete. Sie betrachtete den kleinen Pan, der zusammengeringelt schlief und fand ihn absolut süß. Ungewöhnlich wohl, aber niedlich. Sie konnte verstehen, dass er nicht fähig gewesen war, den Kleinen zu töten.

Chroms neues Zimmer im Haus war natürlich nicht auf so einen Zuwachs eingestellt. »Man braucht ihn nicht behandeln wie ein Menschenkind«, hatte Solutosan gesagt. »Er ist eher ein Welpe.« Trotzdem organisierte Aiden sofort von einer Freundin eine Wiege und schwatzte Oma ein paar Puppenkleider ab.

Chrom schritt ständig mit vor Stolz geschwellter Brust im Haus umher – Pan immer an sich gedrückt und Lady an seiner Seite. Solutosan sagte, er hätte ihn noch nie so glücklich gesehen.

Aiden lümmelte mit Solutosan auf der Wohnzimmercouch und schaute sich Star Wars an. Er amüsierte sich königlich.

Als der Abspann lief, beugte sie sich zu ihm und fragte harmlos: «Sag mal, kannst du dir hier ein paar Tage freinehmen? Ich habe ein bisschen Ferienzeit und möchte mit dir einen Badeurlaub machen. Irgendwo wo es schön warm ist. Auf den Bahamas zum Beispiel.« Sie hatte ewig keinen Urlaub gemacht, aber das sagte sie ihm nicht.

Solutosan überlegte: »Das würde ich liebend gerne. Jedoch wird es schwierig für mich, ohne Pass in tropische Gefilde zu fliegen, Aiden. Wir werden einen Privatjet chartern müssen, um die Kontrollen zu umgehen.« Er hatte recht. Das hatte sie nicht bedacht. Ohne Ausweis würden diese Ferien nicht nur problematisch, sondern auch sehr teuer. Sie nickte betrübt.

»Ich habe noch nie Urlaub gemacht«, bekannte er. »Und fehlende Papiere werden mich nicht davon abhalten. Wo sind denn die Bahamas?« Er sprang auf und holte seinen kleinen Computer, der jetzt immer in der Küche stand. Aiden zeigte ihm die Inselgruppe.

»Ich bin sicher, über das Internet lässt sich auch solch ein Flug buchen, Aiden«, meinte er lächelnd. »Das ist alles eine Frage des Geldes. Überlass das mir ...«

»Wirklich?«, strahlte sie. Im Winter aus Kanada abzuhauen und die Wärme auf den Bahamas zu genießen, war ihr absoluter Wunschtraum. Dass sie mit ihm dahin fliegen würde, toppte natürlich alles. Er hatte jetzt genügend Geld. Also ignorierte sie die elitären Reiseumstände einfach. Sie wollte diese Reise. »Okay!« Sie klatschte in die Hände. »Nimm eine Badehose mit.« Das mit der Badehose war selbstverständlich Spaß – sie wusste, er hatte keine.

Nassau empfing sie, nach einem kurzen Tankstop, mit strahlend blauem Himmel und wunderbar warmem Klima. Solutosan verstaute ihre kanadischen, wattierten Jacken im Handgepäck. Er hatte einen Flug über eine Agentur namens „Diskrete Dienste" buchen können. Die Reise hatte ein Vermögen gekostet, aber das war ihm völlig gleichgültig. Der Flugbegleiter lotste sie unauffällig von dem großen Jet zu der kleinen Maschine, die sie weiter nach San Salvador bringen sollte.

Auf dem kurzen Weg über das Flugfeld erklärte Aiden ihm, was es mit der Insel San Salvador auf sich hatte. Ein berühmter Seefahrer war dort gelandet, auf der Suche nach einem neuen Kontinent. Solutosan hörte interessiert zu, während sie begeistert erzählte und gestikulierte.

Ihre Aufregung steckte ihn an, als er verstand, wo sie sich befanden. Die kleine Maschine trug sie über hunderte, grüne Inselchen, die wie Saphire in der kristallklaren, türkisfarbenen karibischen See unter ihnen auftauchten. Solutosan presste die Nase an das Fenster. Am liebsten hätte er sich aus dem Flugzeug ins Wasser gestürzt!

Aiden hatte auf San Salvador ein kleines, von Palmen gesäumtes, Gästehaus direkt am Meer gefunden und online buchen können. Einige paradiesische Tage lagen vor ihnen. Solutosan musterte das winzige, rosafarben gestrichene Häuschen mit den hellblauen Fensterläden, wandte sich dann der See zu. Der Sand war hier viel weicher als in Vancouver, der Wind wärmer und der Ozean rauschte in türkisblauen, weiß gekrönten Wellen an den Strand, nicht dunkelblau bis grau wie der Pazifik, den er gewöhnt war. Wie angewurzelt stand er am Sandstrand. Einige Albatrosse fegten kreischend über ihn hinweg Richtung Hafen. Er war fasziniert. So hatte er sich das immer erträumt.

Aiden kam zu ihm, nachdem sie seinen Vorrat an Kefir im Kühlschrank des kleinen Häuschens verstaut hatte.

Solutosan nahm sie kaum richtig wahr, riss sich die Kleider vom Leib und rannte los. »Ich muss gehen! Sorry, Aiden!«, schrie er. Ungestüm stürzte er sich nackt ins Wasser. Bei dieser Wassertemperatur brauchte er seinen schützenden Sternenstaub auf der Haut nur minimal einstellen. Er warf sich in die Brandungswellen, schwamm weit hinaus bis zu den Stellen, an denen das Meer von türkisblau zu einem tiefen, dunklen Blau wechselte. Er tauchte durch die Riffs, bewunderte die vielfarbigen Fische, deren Leiber bei ihrer Flucht vor ihm silbern aufblitzten. Er stupste gegen die farbigen Korallenfächer, nahm eine Riesenmuschel staunend in die Hände. Sein langes Haar wehte wie eine Woge von der Wasserströmung getrieben und streichelte wohlig seinen Körper. Wieso war er eigentlich auf einem Planeten ohne Meer geboren worden? Das war sein Element.

Er schwamm zurück, legte sich in die Dünung und blickte auf, als er sie näher kommen sah.

Es verschlug ihm den Atem. Sie war nackt. Das lange, rote Haar im Wind wehend, die weiße Haut strahlend in der Sonne, die schönen Brüste leicht wogend, kam sie ihm durch die kleinen Brandungswellen entgegen. Er blickte kurz auf ihren unbehaarten Schoß und fühlte, wie ihm das Blut in die Lenden schnellte. Nun gab es kein Zurück mehr. Keine Ausreden. Wozu auch? Es war der ideale Moment. Er streckte ihr die Arme entgegen und sie ließ sich hineinsinken. Er küsste sie zärtlich. Das warme Wasser umspielte ihre Körper.

Verträumt streichelte sie seinen gleißenden Arm. »Du glitzerst. Wie kommt das?« Er hatte nicht vor zu antworten. Sie lag nackt in seinem Arm und er wollte seinen Verstand abschalten – sich seinen Instinkten überlassen.

Deshalb ließ er nicht zu, dass sie weiter fragte, und verschloss ihr die Lippen mit einem erneuten, langen Kuss. Er setzte sich auf und begann ihren Körper zu erforschen. Fing bei ihren Wangen an, die er sacht berührte, ging langsam mit den Fingerspitzen den Hals tiefer bis zu ihren Brüsten. Fasziniert nahm er eine Brust in die Hand und strich liebevoll über die Brustwarze, reizte sie mit dem Fingernagel. Aiden stöhnte. Er sah ihr prüfend ins Gesicht. Das schien ihr zu gefallen. Er streichelte weiter ihren flachen, weißen Bauch hinunter, ließ den Schoß aus und fuhr ihr zart über die Beine. Trotz des warmen Wassers bekam Aiden eine Gänsehaut, die Solutosan fasziniert betastete.

Er entschloss sich, die ganze Reise noch einmal mit dem Mund zu machen. Aidens Körper vibrierte. Dieses Mal ließ er ihren Schoß nicht aus, sondern küsste behutsam ihre Scham. Er strich sich das feuchte, lange Haar auf den Rücken, drückte ihr zart die Beine auseinander, um sich besser ihrem Geschlecht widmen zu können. Aiden wimmerte und kam zuckend nass in seinen Mund. Er stockte kurz, witterte und tauchte die Zunge in ihre feuchte Frucht. Ein gewaltiges Stöhnen entrang sich seiner Brust. Sein glitzerndes Glied war nun voll aufgerichtet.

Ihr Orgasmus hatte ihn überrascht, und offensichtlich hatte er ihre Gier nach ihm noch gesteigert. Sie zwang ihn mit Leichtigkeit dazu, sich auf den Rücken in das niedrige Wasser zu legen. Flink kniete sie sich über ihn – eine lüsterne Reiterin – und ließ sich mit einem begierigen Lächeln auf seinen harten Schwanz hinab. Fassungslos blickte er auf die Stelle, an der sie sich vereinigten. Das ungewohnte Gefühl raubte ihm fast den Atem. Gleichzeitig nahm er den Sand wahr, der von ihren Körpern rieselte. Das konnte unangenehm werden.

Sein Oberkörper fuhr hoch und seine starken Arme umfassten sie – pressten ihren bebenden Leib an ihn.

»Hier ist einfach zu viel Sand«, sagte er mit belegter Stimme und stand auf, ohne aus ihr zu gleiten. Er hielt sie mit den Händen fest um ihre straffen Pobacken - wäre lieber gestorben, als diesen weichen Ort in ihrer Mitte wieder zu verlassen.

Solutosan trug sie ins Haus, stieß mit dem Fuß die Bade-
zimmertür auf und trat mit ihr in die Dusche. Träge lächelnd
drehte sie das Wasser an. Es rieselte über ihre Körper und
spülte den Sand mit sich fort. Langsam nahm er seine Bewegungen wieder auf, füllte sie ganz aus, dehnte sie. Ihr Blick
verschwamm. Bedachtsam stieg er aus der Dusche und platzierte sie vorsichtig auf dem weiß bezogenen, großen Bett.
Er hatte sich so bewegt, als wäre sie nicht mit seinem Leib
verbunden – nicht aufgespießt wie ein Schmetterling.

Aiden lag unter ihm, und er stützte sich mit den Armen ab,
um sie nicht mit seinem massiven Körper zu erdrücken.
Lustvoll dehnte er sie, während er an ihren Brüsten saugte,
und registrierte zufrieden, wie sie sich verkrampfte und sein
Glied mit einer heißen Flut übergoss. Nein, er war noch
nicht am Ende. Er bewegte sich sacht weiter, flüsterte liebe-
volle Worte in duonalisch. Sein Instinkt leitete und führte
ihn. Er überließ sich ihm, gab seinen Verstand endlich völlig
auf und ließ los.

Er öffnete die Lider und begegnete ihrem grünen, berauschten Blick. Diese Augen und ihre halb geöffneten, vom
Küssen geschwollenen, Lippen entfesselten ihn endgültig.
Seine Bewegungen in ihr nahmen an Schnelligkeit zu. Seinem gesamten Körper entströmte erotischer Sternenstaub.
Die Luft um sie herum flimmerte und strahlte. Er puderte
ihren heißen Leib flirrend ein. Ihr Schoß kochte. Sie erwiderte seine Stöße, umklammerte ihn, flog in den Himmel der
Leidenschaft und nahm ihn mit. Er wusste nicht, wer von
ihnen beiden den wollüstigen Schrei ausstieß –oder waren
es zwei Schreie? – als er sich zitternd lange in sie ergoss.... .

Gemächlich setzten sie auf der Erde auf – spürten wieder
das weiche Bett, auf dem sie lagen. Die Schicht auf seiner
Haut glitzerte und glänzte. Er lag erschöpft und benommen
da. Sie strampelte unter ihm, um ihn zu zwingen aus ihr zu
gleiten. Warum war sie plötzlich so wild? Er drehte sich auf
den Rücken.

Sie kam ihm mit dem Gesicht ganz nahe, drückte ihre
Fäuste auf seine Brust. »Jetzt weiß ich es. Du bist das mit

dem Platin – es kommt von dir«, stieß sie hervor. Er nickte mit geschlossenen Augen.

»Meine Güte!«, schrie sie. »Du bist ja ein Vermögen wert!«

Er lag erst still da und platzte dann heraus mit schallendem Gelächter, das durch seine breite Brust bebte. »Endlich weißt du, was du an mir hast«, lachte er – wurde ernst, stützte sich auf seinen Ellenbogen und blickte sie an. »Ich glaube, ich liebe dich auch, Aiden.«

Warum raste die Zeit so? Aiden schienen die nächsten Tage wie im Zeitraffer zu vergehen. Kaum waren sie angekommen, mussten sie auch schon wieder fort. Sie lehnte im Flugzeug den Kopf an seine Schulter und sah aus dem schmalen Fenster auf die weißen Wolken unter ihr. Ihr Verhältnis hatte sich verändert. Sie waren innig zusammengeschmolzen Sie blickte ihn an. Er war im Ruhemodus. Sie war jetzt seine Partnerin und konnte ihr Glück kaum fassen.

Das Einzige, das ihr Kopfzerbrechen bereitete, war sein Geständnis über seine Lebensspanne. Nachdenklich nagte Aiden an ihrer Unterlippe. Er war schon steinalt und würde noch viel, viel älter werden. Solutosan hatte ihr von dem Ritual erzählt, das alle Duocarns durchliefen und das die Unsterblichkeit zur Folge hatte. So ein bisschen war sie wütend auf die Duonalier. Wie praktisch, sich die stärksten Männer dauerhaft als Schutz zu verpflichten, indem man sie ewig leben ließ.

Sie war irgendwann so alt wie Oma. Ob er sie dann immer noch lieben würde?

Er regte sich, verließ den Ruhemodus und blickte sie an. Er trug erneut die blauen Kontaktlinsen.

»Du grübelst? Warum?«

»Ich möchte auch durch das Sternentor gehen und so sein wie du«, erklärte sie trotzig.

»Überleg dir das gut«, meinte er. »Schau genau hin, was mit der Erde passiert. Mir ist nicht ganz wohl bei dem Gedanken, dass ich weiterhin hier herumlaufen werde, wenn die Leute alle längst gestorben sind und der Planet endgültig verstrahlt und vergiftet ist.«

Aus dieser Perspektive hatte sie es noch nicht betrachtet.

»Besteht für dich denn wirklich überhaupt keine Möglichkeit nach Duonalia zurückzukehren?«

»Nein, Aiden. Wir wissen nicht, was das für eine Anomalie war und wie sie entstanden ist. Wir besitzen wohl die Daten aus dem Schiffscomputer, aber die Duocarns haben keinen Wissenschaftler, der darin ausgebildet ist so etwas auszuwerten.« Er küsste sie.

Sie sah auf die tuffigen Wolkenbänke unter dem Flugzeug. Da das Sternentor auf einem völlig anderen Planeten war, den sie garantiert niemals betreten würde, war es eigentlich müßig darüber nachzudenken.

»Ich war schon immer ein Mensch, der im Hier und Jetzt lebt«, bekannte sie. »Ich mag nicht über die Vergangenheit oder die Zukunft nachdenken, sondern ich schätze den Augenblick. Du hast recht. Ein ewiges Leben wäre wohl nichts für mich.«

»Es ist richtig, das so zu sehen«, sagte er und streichelte ihre Wange.

Aufmerksam betrachtete sie ihn und nahm sämtliche Details seines Gesichts auf. Dabei hatte sie bereits jetzt schon das Gefühl, dass sie jede Pore von ihm kannte – und liebte. Wie stark verband sie der gemeinsame Urlaub letztendlich? Sie war so verliebt, dass sie nie wieder auch nur eine Sekunde von seiner Seite weichen wollte und sie das dringende Bedürfnis verspürte ständig an seinem Leben teilzunehmen – alles mit ihm zusammen zu erleben. Er hielt den ganzen Rückflug über ihre Hand.

Die von Solutosan gebuchte Agentur funktionierte reibungslos. Sie wollte überhaupt nicht darüber nachdenken, was dieses komplette Arrangement letztendlich gekostet hatte, und fragte ihn auch nicht danach. Die Reise war ohne Schwierigkeiten und Passkontrollen überstanden, und ehe sie sich versah, saß sie bereits im Taxi vom Flughafen nach Hause.

In Calgary regnete es in Strömen, die Stadt erschien ihr grau und öde. Sie rückte näher an Solutosan heran, um von ihm etwas Wärme zu bekommen. Der Wagen musste an einer roten Ampel halten. Direkt daneben stand eine Zeitungsbox.

Solutosan sah aus dem Fenster und befahl dem Fahrer kurz zu warten. »Komme sofort wieder.« Eilig sprang er aus dem Fahrzeug, kaufte eine Zeitung und kam ebenso schnell zurück.

Aiden wunderte sich über seinen Gesichtsausdruck. Er überflog den Leitartikel, der lautstark Gerechtigkeit forderte für die vielen Morde, die in Vancouver geschahen. Das Blatt berichtete, dass etliche Männer und Frauen brutal abgeschlachtet worden wären – bei allen hätten Augen und Gehirn gefehlt.

»Wie gruselig«, kommentierte sie schaudernd.

Stirnrunzelnd steckte Solutosan die Zeitung ein.

»Was hast du?« Aiden sah ihn prüfend an. Sie fühlte, wie sich eine dunkle Wolke im Auto zusammenbraute.

»Nichts – beziehungsweise ich bin mir nicht sicher. Ich muss mit meinen Kameraden sprechen. Diese Morde sind auffällig.« Sie merkte, dass er nicht mehr dazu sagen wollte und ihr Herz wurde plötzlich tonnenschwer. Er schien nicht bereit zu sein, die erworbene Nähe aufrecht zu halten und sie an seinen Dingen teilnehmen zu lassen. Oder redete er nicht wegen des Taxifahrers und sie bildete sich das nur ein? Sie blickte auf sein steinernes Profil. Die alte Distanz zwischen ihnen hatte sich wieder aufgebaut.

Bar war mit Psal auf dem Weg zurück zur Basis. Er blickte nachdenklich aus dem Fenster, während sie am Lenkrad saß. Bei den Bacanis hatte eine Veränderung stattgefunden. Die fleischliche Nahrung machte ihre Seelen stärker, aber auch wütender und aggressiver. Die Milch der Nahrungsmütter wirkte ausgleichend auf das Gemüt, wie ein leichter Tranquilizer. Das fehlte nun. Bar spürte es an sich selbst. Im Gegensatz zu früher kochte er manchmal regelrecht vor Wut und wurde gewalttätig.

Sie besaßen inzwischen zwei Autos. Nun konnten sie ihre Nahrungsaufnahme besser planen. Bar fuhr gern mit Psal, auch wenn er sich vor ihr verbergen musste, während er die Fortpflanzungsenergie bei den Menschen genoss. Er wusste, das stieß sie ab. Aber er war darauf so gierig geworden – besonders bei dicken und hellhaarigen Opfern. Die saugte er einfach unersättlich tot.

Psal bog mit dem Auto in den Schuppen ein, als ihnen Krran aufgeregt entgegen eilte. »Das müsst ihr euch ansehen!« Er sprach bacanisch und hatte vor lauter Aufregung vergessen, dass es eigentlich längst Gesetz für die Bacanis war, Englisch zu sprechen.

Krran führte sie in einen abgelegenen Teil der Basis in einen Vorratsraum. Dort lag eine der Hündinnen in den Wehen, die er und Pok gedeckt hatten. Neben ihr auf dem blanken Fußboden lag ein kleines Wesen, nackt und fauchend.

Bar kniete sich daneben und betrachtete es erstaunt. Das winzige Tier, das aussah wie ein halb verwandelter Bacani, fauchte kratzbürstig. Sein langer Schwanz schlug peitschend um sich. Bar hob es auf und studierte es näher. Es versuchte sofort, ihn in den Finger zu beißen. Bar lachte heiser und fuhr die Kralle aus, in die es sich festbiss. Die Hündin gebar in diesem Moment winselnd das zweite Wesen der gleichen Art. Psal nahm es hoch. Es war ebenfalls männlich.

Instinktiv beugte sich Bar zu der Hündin, löste das Junge von seiner Kralle und legte es dem Tier ans Gesäuge. Sofort klammerte sich das Geschöpf mit den Krällchen fest und begann zu trinken. Psal schob das andere Wesen daneben.

Bar stand still und starrte einen Moment ins Halbdunkel des Raumes. Nach einer Weile stieß er scharf die Luft aus.

»Heute ist ein denkwürdiger Tag für die Bacanis«, begann er. »Wir vermehren uns wieder. Auf eine Weise, die ich niemals erwartet hätte. Wir werden diese Jungen als Kämpfer ausbilden, die dem Rudel bis in den Tod ergeben sein werden. Ich gebe ihnen den Namen Bacanars.«

Psal und Krran sahen sich mit bewegten Gesichtern an. Was hier geschah, war für ihre Spezies elementar.

Bis sie im Computerraum angekommen waren, hatte Bar bereits eine Strategie ausgearbeitet. »Ich will keine allzu intelligenten Bacanars. Sie sollen sich gut handhaben lassen.« Er zeigte auf Pok, der eben den Raum betrat. »Deshalb bist du, Pok, für die Befruchtung der Hündinnen zuständig.« Pok grinste breit. Na, das war doch mal ein Job, den er gerne übernahm.

»Psal, du wirst für das körperliche Wohl der Kleinen sorgen, sobald sie dem Säuglingsalter entwachsen sind. Da sie Mischlinge sind, werden sie sich vielleicht mit Fleisch ernähren lassen und brauchen keine Gehirne.« Er wandte sich an seinen zweiten Offizier. »Krran, du bist der beste Kämpfer unter uns. Du wirst sie streng ausbilden und an das Rudel binden. Wir haben jetzt eine wichtige Aufgabe vor uns. Wir werden unsere Macht und unseren Einfluss aufbauen. Wir vier sind die Stammväter einer ganz neuen Spezies. Wir können stolz sein!«

Es war bereits Abend, als er mit Aiden am Heim der Duocarns ankam. Sofort bemerkte Solutosan, dass die Sicherheitsvorkehrungen rund um das Haus verstärkt worden waren – allerdings mit duonalischer Technologie. Er nickte zufrieden, und nahm mit Chrom telepathischen Kontakt auf. Zügig tippte er einen Code in die Anlage neben der Tür der Garage ein, die sich lautlos öffnete.

»Kann ich das auch?«, fragte Aiden gespannt.

»Ja, du brauchst nur den Zahlencode und Sternenstaub«, er grinste. »Aber du bist ja voll damit!«

Sie lief dunkelrot an. Das stand ihr gut, fand Solutosan. Hand in Hand betraten sie das Haus.

Aiden konnte es nicht fassen, Pan schon krabbeln zu sehen. Er hatte enorm an Größe und Gewicht zugelegt und saß im Wohnzimmer auf dem Teppich, bewacht von Lady. Die Wölfin stürzte sich winselnd zur Begrüßung auf Solutosan. Er wehrte sie lachend ab. Pan war hinter Lady hergekrabbelt und versuchte ihren wedelnden Schwanz zu erhaschen.

Meodern und Xanmeran belagerten die braune Ledercouch. Sie lachten ebenfalls – ganz die stolzen Onkel.

»Ihr könnt euch nicht vorstellen, was er gemacht hat.« Meo kicherte. »Er hat versucht, Chrom in den Fuß zu beißen! Er wetzt seine Zähnchen überall.«

In der Tat hatten die Holzfüße der Couch bereits Nagestellen. Lady wurde es nun zu viel. Sie packte Pan einfach an seinem Schwanz und trug ihn die Treppe hinauf. Alle lachten.

Solutosan warf sich auf einen der Sessel und zog die willige Aiden auf seinen Schoß.

Meo hob vielsagend die Augenbrauen und sprach laut, damit auch Aiden ihrem Gespräch folgen konnte. »Gut, dass ihr wieder da seid. Wie ich sehe, hat euch die Reise gut getan. Du solltest dir den Keller ansehen.« Solutosan stellte Aiden auf den Fußboden und gemeinsam gingen sie die Treppen hinab.

Der Computerraum war inzwischen mit Rechnern, Druckern und anderem Equipment übersät. Chrom hockte mittendrin auf einem rollbaren Drehstuhl und fuhr zwischen den Geräten hin und her – wie er es auch schon als Navigator auf dem Raumkreuzer gemacht hatte. Er grinste, als er Solutosan sah.

»Na, zurück aus den Flitterwochen?« Ein neues Wort.

Solutosan ging an einen der Rechner und ließ sich den Ausdruck erklären.

»Noch haben wir nicht geheiratet«, erklärte er. »Das kann ich ja auch gar nicht als illegaler Einwanderer.« Er liebte Aiden, aber so eine dauerhafte Bindung lag für ihn in weiter Ferne. Es gab Wichtigeres zu tun. Da sie jedoch neben ihm stand, tat er betroffen, als würde ihm diese Tatsache etwas ausmachen. Die Krieger lachten. Aiden hingegen kniff die Lippen zusammen.

Solutosan blickte fragend zu Xanmeran. »Wo sind Patallia und Terv?«

»Nebenan.«

Sie betraten den nächsten Raum in dem Patallia ein größeres Labor etabliert hatte. Etliche Pflanzen in Gläsern und technisches Gerät standen in den Regalen, dessen Bedeutung wohl nur er kannte. Tervenarius saß am Laborrechner und berechnete Formeln für neue Gifte. Beide strahlten Solutosan an – sie waren in ihrem Element.

»Kommt ihr in den Computerraum?«, fragte er.

»Selbstverständlich.«

Dort verteilten sich die sechs Männer auf die Sitzplätze. Aiden wollte keinen Stuhl und lehnte sich an die Wand. Sie machte einen etwas missmutigen Eindruck, aber Solutosan beachtete es nicht. Seine Duocarns hatten Priorität vor allem. Er zog die Zeitung hervor, die er gekauft hatte.

»Wir haben versäumt, Nachrichten zu lesen. Eventuell kommt uns und den Menschen dieses Versäumnis teuer zu stehen«, hob er an. »Terv, du bist ab heute für diese Art von Information zuständig. Kaufe sämtliche Zeitungen, oder, besser noch, abonniere die wichtigsten, und prüfe alle Nachrichten, auch die kleinen. Wenn mich nicht alles täuscht, sind die Bacanis hier.« Die Krieger raunten überrascht.

»Wie kommst du darauf?«, fragte Xanmeran.

»Ganz einfach. Wir wissen ja, dass die Bacanis normalerweise von der Milch der Nahrungsmütter leben, die aus reinem Eiweiß mit bestimmten Stoffen besteht. Ich gehe davon aus, dass die Bacanis ebenfalls von der Anomalie auf die Erde geschleudert wurden. Es ist nicht anzunehmen, dass ihnen im Moment eine funktionierende Nahrungsmutter zur Verfügung steht. Wir wissen nicht einmal, wie viele Parasiten überlebt haben. Nahrungsmütter befinden sich nie auf Raumschiffen. Es ist zu befürchten, dass auch die Bacanis großen Hunger auf der Erde bekommen haben ... «

»... und nun eiweißhaltige Gehirne und Augen fressen«, komplettierte Meodern Solutosans Satz.

»Das ist noch nicht alles. Das mit den Gehirnen könnte Zufall sein – vielleicht irgendein Psychopath, der seine Artgenossen ausweidet – aber hier diese Aussage hat mir die Bacanis bestätigt.« Er las vor: «Unerklärlich ist es der Polizei von Vancouver, dass die meisten der weiblichen Opfer kleine Schnitte im Unterleib hatten, obwohl dort keine Organe entnommen wurden.« Die Krieger hielten die Luft an.

»Es sind Bacanis auf der Erde«, sagte Patallia tonlos.

Fast hätte er das Schiff verpasst. Die duonalischen Windschiffe fuhren wohl in schöner Regelmäßigkeit, aber Ulquiorra wollte so schnell wie möglich nach Hause zu seiner Mutter. Der Ausbilder hatte ihn so lange mit Fragen aufgehalten. Nun musste er den ganzen Weg zum Hafen rennen und huschte in seinem leichten Gewand aus Donafaser rasch noch auf das Schiff, als es dabei war abzulegen. Erst im letzten Moment nahm er wahr, dass sein Erzfeind Tamaran auch an Bord war. Ulquiorra drückte sich in eine Ecke und hoffte, von dem Quälgeist übersehen zu werden.

»Ha! Der kleine Ulqui!«, kreischte Tamaran so laut, dass sich die anderen Passagiere nach ihm umdrehten. »Hat das Mamasöhnchen wieder mit Puppen gespielt?«

Ulquiorra presste die Lippen zusammen. Er würde sich nicht provozieren lassen. Mit starrem Blick sah er nach vorne, wo sich die vielfarbigen Wolken vor dem Windschiff zusammenballten und betete, dass es bald bei ihm zu Hause anhalten möge.

»Puppen, Puppen!«, hänselte Tamaran laut.

»Mit dir Flusch rede ich nicht.« Ulquiorra drehte ihm den Rücken zu.

»Du kannst ja überhaupt nicht reden«, krähte Tamaran nun gehässig. »Das hat dir dein Vater ja gar nicht beigebracht. Und warum nicht? Weil das Mamasöhnchen gar keinen Vater hat!«

Ulquiorra wollte gerade zu einer Antwort ausholen, als das Windschiff am Hafen des östlichen Mondes anlegte. Schnell sprang er von Bord, streckte Tamaran die Zunge heraus und schritt den weißen, erdigen Weg entlang bis zum Haus seiner Mutter. »Dieser Flusch!« Er kickte einige Steine, die ihm im Weg lagen, mit dem Fuß zur Seite.

Das helle, schlichte Gebäude lag still und wirkte verlassen – zu still! Ulquiorra stieg die Angst in die Brust, schnürte ihm die Kehle zusammen. Da war etwas mit seiner Mutter – das fühlte er.

Er stieß die Tür auf. »Maman?« Niemand antwortete. Beunruhigt durchquerte er das Wohnzimmer, drückte den dicken Stoff von der Türöffnung und trat in das Zimmer seiner Mutter. Diese lag schwer atmend, mit ihren Schleiern bedeckt, auf dem Bett.

»Mutter!«

»Mein Liebling«, stöhnte Tarania unter Schmerzen. »Ich glaube, meine Zeit ist gekommen.« Sie streckte ihre vernarbte Hand nach ihm aus.

Ulquiorra nahm sie und presste sie an seine Wange. »Sag bitte so etwas nicht.«

»Hör mir jetzt gut zu: Du wirst zu deinem Onkel ziehen. Er hat mir schon vor langem zugesagt, dass du dann bei ihm im Silentium wohnen darfst und auch dort studieren kannst.«

Ulquiorra schluchzte. »Ich will nicht ohne dich!.Sie quälen mich alle im Fundamentum wegen meines Vaters.«

»Das ist noch ein Grund mehr ins Silentium zu gehen«, flüsterte Tarania. »Dein Vater war ein guter Mann - lass dir bitte niemals etwas anderes erzählen.«

»Aber er hat dir so weh getan«, schluchzte er.

»Du weißt doch, dass das ein Unfall war. Wir haben uns sehr geliebt. Er war entfesselt und konnte es nicht aufhalten. Du musst ihm verzeihen. Ich habe das schon lange.«

Ulquiorra nickte unter Tränen. Sie war verstummt. »Maman?« – »Maman!«

Er erkannte, dass sie nie wieder mit ihm sprechen würde. Weinend zog er seiner toten Mutter die Schleier vom Kopf, um ihr die starren Augen zu schließen. Lange blickte er in ihr von Säure zerstörtes Gesicht, hielt ihre vernarbte Hand. Jetzt hatte er nur noch seinen Vater – und der war vor einem Äon verschollen. Es gab Gerüchte von einer Anomalie, die an diesem Tag zwischen den Monden lag, als sein Schiff mit den ganzen Duocarns verschwand.

Schwerfällig wie ein alter Mann stand Ulquiorra auf, um seinem Onkel die traurige Nachricht zu bringen. Seine Mutter hatte recht, er wollte fleißig studieren und Astrophysiker werden. Der beste aller Astrophysiker von Duonalia! Und dann würde er seinen Vater suchen. Er war fest entschlossen ihn zu finden – gleichgültig, wie unendlich das Weltall auch war. Seinen Vater, den großen Krieger Xanmeran.

Die Herstellung des Schmuckstücks hatte wesentlich mehr Zeit in Anspruch genommen als geplant, da der Juwelier den schwarzen Diamanten, auf den Solutosan bestanden hatte, erst besorgen musste. Er wollte keinen gefärbten Stein, sondern einen echten.

Solutosan war eben dabei, mit Chrom über Pans Erziehung zu diskutieren, denn der Kleine hatte einen Autoreifen angeknabbert, als sein Handy klingelte. Der Juwelier teilte ihm außerordentlich stolz mit, das Schmuckstück fertiggestellt zu haben – gab allerdings zu bedenken, dass sich der Preis auf fünfzigtausend Dollar erhöht hatte. Solutosan war das gleichgültig. Er machte sich auf den Weg.

Der Winter war über Calgary gekommen. Hohe Schneeschichten bedeckten bereits monatelang die Stadt und die majestätischen Berge. Solutosan überlegte oftmals, warum er sich dieses klirrende, kanadische Klima überhaupt antat. Er hätte mit den Duocarns überall auf der Welt leben können. Aber dann betrachtete er Aiden und wie sie sich liebevoll um ihre Obdachlosen und um Oma kümmerte. Er würde sie nicht verlassen wollen. Allerdings plante er sein nächstes Hauptquartier in Vancouver, denn das war eine Stadt nach seinem Geschmack. Sein Bauchgefühl sagte ihm, dass er in

Vancouver den Bacanis am ehesten nah war – auch wenn die Morde in den vergangenen Wochen eher Richtung Seattle stattfanden.

Aiden gehörte jetzt zu ihm. Er hatte sogar an sich ein neues Gefühl entdeckt – nämlich brandheiße Eifersucht. Besonders auf Meo, der immer wieder versuchte, mit Aiden zu flirten. Es war Zeit, dass sich der Krieger eine eigene Gefährtin suchte, dachte Solutosan. Ihm war es egal, ob es ein Mensch oder Warrantz war – Hauptsache Meodern ließ endlich den Quatsch mit Aiden sein. Das neue Haus würde größer werden, um mehr Abstand zu bekommen – das war ihm völlig klar. Außerdem musste jede Wohneinheit ein eigenes Bad haben. Solutosan seufzte und betrat das Juweliergeschäft.

Der Goldschmied platzte fast vor Stolz, als er eine schwarze, mit rotem Samt ausgeschlagene Dose öffnete und ihm den Anhänger präsentierte. Solutosan betrachtete das Schmuckstück, nahm es in die Hand. Ja, es war gelungen. Zufrieden gab er dem Juwelier einunddreißigtausend Dollar, der vor Demut fast im spiegelnden Fußboden seines Ladens versank.

Solutosan stapfte zurück zum Porsche. Glücklicherweise besaß das Ding Allrad. Bisher war er überall mit dem Wagen hingekommen, ohne irgendwo im Schnee steckenzubleiben. Kurz dachte er an die Windschiffe seiner Heimat, an deren lautlose Eleganz. Er zuckte die Schultern. Es war sinnlos der Vergangenheit hinterherzutrauern. Nun würde er sich eine gute Gelegenheit ausdenken, um Aiden das Schmuckstück zu geben.

Er saß im Wagen und betrachtete die kleine Schmuckdose, drehte sie in den Händen. Wenn er ehrlich zu sich selbst war, wollte er ihr den Schmuck nicht als Liebeserklärung schenken, sondern zum Trost. Der gemeinsame Urlaub auf den Bahamas hatte ihn gelehrt, wie Frauen funktionierten. Das war, zu gegebener Zeit, erregend gewesen und angenehm. Aber Aiden erwartete offensichtlich von ihm, dass es genauso romantisch und erotisch zu Hause weiter ging. Diese Art von Druck mochte er nicht. Er war der Chef der Duocarns und ihnen verpflichtet. Deshalb hatte er sich von ihr zurückgezogen und reagierte oftmals unterkühlt. Er hatte es sogar vermieden, wieder mit ihr zu kopulieren, was sie nicht verstand. Auf der anderen Seite liebte er sie. Er war eifersüchtig. Er wollte ihr ja gerecht werden, und wenn Aiden ihn zu sehr bedrängte, befriedigte er sie mit dem Mund oder der Hand. Ihm war seine Lustlosigkeit selbst unerklärlich. Vielleicht brauche ich Salzwasser, um richtig auf Touren zu kommen, dachte er. Das neue Haus in Vancouver musste am Meer liegen – so viel war sicher.

Solutosan öffnete die Haustüre und wurde mit Geschrei aus der Küche begrüßt. Pan saß auf seinem Kinderstühlchen, hatte keine Lust auf Katzenfutter und auf Kefir schon mal gar nicht, was er lautstark zum Ausdruck brachte. Chrom stand mit verzweifeltem Gesicht vor dem widerspenstigen Kind.

»Und wovon willst du dich ernähren?«, fragte der Bacani genervt. Pan strampelte mit seinen behaarten Beinen. Er trug eine kleine Unterhose mit Häschen darauf und war enorm gewachsen.

»Milchriegel!«, forderte er. Lady hatte dem Ganzen geduldig zugesehen, knurrte nun und ging bedrohlich auf Pan zu. Der zog sofort den Kopf ein, schaute Chrom an und öffnete den Mund mit den Fangzähnen, um sich doch mit einem Löffel Kitekat für Katzenkinder füttern zu lassen.

Jetzt erst wurde Solutosan bemerkt. Lady stürmte auf ihn zu und warf ihn fast um. Sie leckte sein Gesicht.

»Ja, ja«, kommentierte Chrom lakonisch. »Beim Chef darfst du das.« Er grinste breit. Sofort gab er Solutosan den heimischen Statusbericht. Aiden war zur Arbeit gefahren, Patallia arbeitete im Labor. Er hatte einen neuen Pilz entdeckt. Die anderen Krieger trainierten im Fitnessraum.

Solutosan machte sich auf den Weg in den Keller. Inzwischen war der Kraftraum äußerst wichtig für Xanmeran,

Meodern und Tervenarius geworden. Sie trainierten ständig. Solutosan wurde mit Nicken begrüßt.

Sie hatten für Xan eine Holzpuppe anfertigen lassen, der in einiger Entfernung davor stand und seine Dermastrien auf die Puppe zuschweben ließ. Einen Streifen schlang er um den Hals und einen um die Stirn der Übungspuppe. Augenblicklich riss er sie mit einem Ruck zu Boden. Ärgerlich zog er die Dermastrien wieder ein und stellte die Holzpuppe auf. *»Gehe mal Werkzeug holen, um das Ding festzumachen.«*

Meodern warf Messer und Dolche in eine Platte. *»Wolltest du nicht ein Haus in Vancouver kaufen?«*, fragte er zur Begrüßung.

»Ja, Meo, das werde ich.« Solutosan begutachtete, wo die Waffen in der Zielscheibe der Spanplatte steckengeblieben waren.

»Das sollte dann auch einen Schießstand haben. Die Bude hier wird uns langsam zu klein.« Ohne weitere Verzögerung warf er das Messer an Solutosans Ohr vorbei. Es blieb hinter ihm in Xans Holzpuppe stecken.

Solutosan ballte die Fäuste und ging auf Meo zu. Der wich grinsend aus.

»Hey, hey, Frieden!« Tervs Stimme unterbrach die aufkeimende Rangelei, – *»sonst ...«* Eine Wolke Pilzsporen hüllte die beiden ein.

»Bist du wahnsinnig?« Solutosan keuchte. Dann schnupperte er – die Sporen dufteten.

»Champignons«, grinste Tervenarius.

Meo und ihn hatte es abgekühlt. *»Das ist noch nicht erledigt«*, grunzte Solutosan.

»Jederzeit!« Meos grüne Augen blitzten.

Natürlich wusste Solutosan genau, worum es ging. Es ging um die Spannung, die Meo durch seine Flirts mit Aiden aufbaute. Natürlich würden sie das nicht mit Messern regeln – aber dem anderen Duocarn gelegentlich zu drohen oder ihn auch mal zu verprügeln, war ja nicht verkehrt. Solutosan grinste.

Er winkte Terv zu sich in eine Ecke und lehnte sich mit dem Rücken an einen Boxsack. *»Was sagen die Nachrichten?«*

»Seltsamerweise ist alles ruhig. Keine Ahnung, ob die plötzlich auf Diät sind. Oder vielleicht sind diese Vielfraße endlich in einen Supermarkt gegangen und haben kapiert, dass es Katzenfutter für sie auch tut, statt hier reihenweise die Menschen zu sezieren.«

Solutosan nickte. »Die werden auf ihre Lieblingsdroge aber bestimmt nicht lang verzichten. Da bin ich mir sicher. Schlecht nur, dass wir die Frauen nicht vor ihnen warnen können.«

Tervenarius kratzte sich ein Stück seiner Pilzhaut ab und schnupperte daran. »Wirklich genial. Habe jetzt außer Champignons auch Shiitake und Morcheln.«

Solutosan grinste breit. »Dann pass auf, dass nicht irgendwann noch jemand in dich hineinbeißt.«

Aiden lief durch die Teestube und schenkte Tee an die Gäste aus. Die Obdachlosen hatten es bei dieser Witterung wirklich nicht leicht. Aiden fragte sich, wie sie die Übernachtungen unter den Brücken und in den Hausfluren überlebten.

Die Tür tat sich auf. Begleitet von einem Schwall Schneeflocken, marschierte Nasty in den Raum.

»Aha, ein seltener Gast«, begrüßte Aiden ihn. Nasty war einer der zwielichtigsten Gestalten unter den Besuchern der Teestube. Es gab Phasen, da hatte er absolut nichts und war heruntergekommen, aber sie hatte ihn auch schon im teuren Anzug mit einer Rolex am Handgelenk gesehen. Der Winter war wohl eher eine schlechte Zeit für ihn. Er zog sich die alte Wollmütze von den fettigen Haaren und setzte sich an einen der Holztische. Seine Hände zitterten.

Der könnte etwas wissen, dachte Aiden, nahm ihre Teekanne und eine große Tasse und ging zu seinem Tisch. Sie schenkte ihm ein und schob sich neben ihn auf die Bank. »Hör mal, Nasty, ich muss dich mal was fragen.« Er hob den trüben Blick. Sein Gesicht war eingefallen. Entzug, dachte Aiden, ganz klar. Wahrscheinlich Koks.

»Was hast du denn?«, brummte er, nahm die Tasse mit der zitternden Hand und blickte hinein, als könne er aus ihr wahrsagen.

»Weißt du, wo man Papiere für Einwanderer bekommt?«, flüsterte Aiden. Nastys Augenbrauen fuhren in die Höhe.

»Gewagte Frage, Mädel«, grunzte er leise. Er trank einen Schluck Tee und verzog das faltige Gesicht, kratzte sich dann in den schmierigen Haaren.

»Kenne da einen, aber das ist ein schräger Hund. Bei dem musst du aufpassen.«

»Wie heißt er und wo finde ich ihn?« Aiden blickte sich um, jedoch interessierte sich niemand für ihr Gespräch.

»Er heißt Sam Fox und er ist um die Mittagszeit meistens im „Corso“. Kennst du das?« Er stellte die leere Tasse auf den Tisch. Aiden nickte.

»Du weißt nicht durch Zufall jemanden, der ein bisschen Pulver hat?«

Aiden sah ihn fest an. »Zu uns kommen die Leute nur, wenn sie auf dem Nullpunkt sind. Das müsstest du doch eigentlich wissen.«

Nasty nickte betrübt. »Pass auf bei Sam, okay? Wäre schade um so ein nettes Mädel wie dich.«

Aiden erhob sich und klopfte ihm auf die Schulter. »Keine Sorge.«

Sie hatte Solutosan nichts von ihren Plänen gesagt. Der durchforstete zusammen mit Tervenarius alle Zeitungen nach Hinweisen auf die Bacanis, als sie ihm einen Kuss gab und zur Arbeit fuhr. Sie hatte einige Bündel Geld in ihre Handtasche gesteckt und eines ihrer teuren Designerkleider eingepackt, die Solutosan ihr geschenkt hatte. Doris wusste, dass sie einen freien Tag brauchte, und würde sie nicht vermissen.

Mutig fuhr sie zuerst ins Einkaufszentrum, um sich auf der Toilette umzuziehen. Fast kam sie sich so cool vor wie eine Geheimagentin in einem Film. Sie schlenderte bis zur Mittagsstunde in den Läden umher und testete in der Parfümerie ausgiebig neue Produkte. Letztendlich entschied sie sich dann doch erneut für ihr altes „Roma", weil Solutosan den Duft an ihr mochte.

Seufzend steckte sie das bezahlte Päckchen an der Kasse in ihre Tasche. Sie hätte ihn so gern wieder verführt, aber scheiterte ständig. Das brachte sie manchmal fast zur Verzweiflung. Sogar wenn er sie oral befriedigte, hatte sie das Gefühl, er tat es nur für sie, ohne selbst gefühlsmäßig beteiligt zu sein. Sie hatte gedacht, nach den Erlebnissen auf den Bahamas, das Eis für immer gebrochen zu haben, aber dem war nicht so. Er konnte manchmal so eisig kristallin sein wie sein Sternenstaub. Vielleicht würde es ihn aufrütteln, wenn sie etwas für seine Duocarns tat – etwas Gewagtes.

Gegen Mittag ließ sie den BMW im Parkhaus und nahm sich ein Taxi ins Corso. Sie fühlte sich innerlich aufgewühlt. Der Typ, dieser Sam Fox, schien ein echter Gangster zu sein. Sie hatte einen leichten Kloß im Hals, als sie das Restaurant betrat. Im Corso konnte man nur bei Reservierung speisen, also erhielt Aiden einen Platz an der Bar und bestellte einen Fruchtcocktail. Sie wollte einen klaren Kopf behalten. Diskret schaute sie sich um. Wie sollte sie diesen Sam Fox nur finden?

Sie winkte den Barkeeper heran und drückte ihm einen Zehn-Dollar-Schein in die Hand. »Bitte sagen Sie mir, wenn Sam Fox eintrifft.« Der Barmann nickte.

Aiden wartete und bestellte einen Kaffee.

Der Angestellte hinter der Bar neigte sich ihr zu und raunte: »Herr Fox ist jetzt da. Tisch drei.« Er deutete mit dem Kopf auf einen rotgesichtigen Mann, der mit zwei Kerlen, groß wie Kleiderschränke, am Tisch saß und lautstark die Speisekarte kommentierte.

Der Typ war Aiden auf Anhieb unsympathisch. Aber nun war sie einmal da und würde ihren Plan durchziehen. Mit einem eleganten Hüftschwung näherte sie sich dem Tisch.

Fox sah auf und grinste breit. »Na, wer beehrt uns denn da?«

»Herr Fox ich möchte gern mit Ihnen sprechen – geschäftlich«, fügte sie hinzu. Fox deutete seinen Kleiderschränken, sich zu entfernen.

»Was gibt es, Süße?« Er musterte ihr teures Designerkleid. »Setz dich.«

Aiden schob sich auf die gepolsterte Bank und winkte dankend ab, als der Kellner vor ihr stand. »Ich habe Ihren Namen von einem Bekannten erfahren. Ich will direkt zur Sache kommen. Es geht um Papiere für eine ausländische Familie.«

Sie sah, wie das Gesicht des Mannes zu Eis gefror. »Mit so etwas habe ich nichts zu tun«, raunte er.

Ungeduldig öffnete sie ihre Handtasche und ließ ihn die Geldbündel darin sehen. »Ich besitze genügend Mittel und bezahle, was Sie möchten.«

Sam Fox stierte auf das Geld. Er räusperte sich: »Nichts zu machen, Süße. Aber auf einen Drink würde ich dich gerne einladen.«

Aiden erhob sich. »Ich glaube nicht, dass ich mit Ihnen etwas trinken möchte, Herr Fox«, verkündete sie hoheitsvoll und rauschte zur Garderobe, um sich ihren Mantel geben zu lassen. Sie spürte seinen verblüfften Blick im Rücken.

Aiden war schrecklich frustriert, als sie im Parkhaus in ihr Auto stieg und losfuhr. Sie blickte aus dem Autofenster. Sie war einfach keine Kriminelle. Das musste man wohl sein, um an solche Papiere zu kommen.

Sie wollte zunächst zu Oma, um zu sehen, wie es der alten Dame ging. Oma hatte neue Medikamente und seitdem über Unwohlsein geklagt. Aiden überlegte bereits, ob sie Patallia bitten sollte, nach ihr zu schauen.

»Hallo Schneckchen!«, rief ihre Oma aus der Küche. Es war früher Abend. Sie kochte Orangenmarmelade und strahlte Aiden an. »Mir geht es schon viel besser.«

Sam hatte ausgiebig diniert und war mit einem der Bodyguards in seine Lieblingsbar auf einen Absacker eingekehrt. Den anderen, Ken, hatte er auf Aiden angesetzt, der sie verfolgte. Er würde doch keine Frau mit so einem Vermögen einfach laufenlassen. Auf Ken konnte er sich verlassen.

Sein Handy vibrierte und er zog es hervor.

»Ja?«

»Chef? Habe die Lady verfolgt. Stehe jetzt vor ihrem Haus. Soll ich rein und abkassieren?«

»Komm zurück, bin im Beggars. Wir kümmern uns morgen früh darum.« Er klappte das Handy zu. Die kleine Fotze hatte bestimmt einhunderttausend in ihrer Handtasche. Er war auf die Schnelle kaum fähig gewesen die Bündel zu erfassen – aber es waren viele. Was für ein dummes Stück, ihm das ganze Geld zu zeigen.

Er hatte vor es sich zu holen – komme, was da wolle! Wenn ich einmal eine Spur verfolge, dann bin ich wie ein Fuchs, dachte Sam Fox. Er würde der Dame richtig frech am helllichten Tag einen Besuch abstatten. Nur Idioten brechen nachts ein, überlegte Sam und grinste breit.

Zu Hause angekommen und froh bei der Kälte ins Warme zu kommen, gab Aiden ihren Türcode ein. Das Display blinkte „Code abgelehnt". Sie versuchte es noch einmal – mit dem gleichen Ergebnis. Was hatte Solutosan zu ihr gesagt: Code plus Sternenstaub. Plötzlich drückte sie ein dicker Kloß im Hals. Sie hatte keinen Sternenstaub mehr an sich, keine Spur davon in sich. Sie schluckte – hätte weinen mögen. Sie versuchte sich zu fassen. Sie wollte ihn nicht weinend anrufen. Er ging sofort an sein Handy.

»Solutosan? Bitte öffne die Tür. Der Code wird nicht angenommen.«

Sekunden später stand er vor ihr, sah ihr Gesicht und zog sie an seine Brust. »Es tut mir so leid«, flüsterte er und küsste ihre Tränen ab. Er half ihr aus dem Mantel, nahm sie auf die Arme, trug sie hoch in sein Zimmer und legte sie vorsichtig auf sein Bett.

»Ich habe keinen Sternenstaub an mir, Solutosan. Liebst du mich nicht mehr?«

Er setzte sich neben sie auf das Bett. »Aiden, du bist mein Glück. Wie soll ich dich nicht mehr lieben?«

»Aber der Staub«, flüsterte sie.

Wortlos küsste er sie und hielt sie einige Zeit fest umschlungen. »Ich hoffe, ich kann dich hiermit trösten.« Er nahm eine kleine Schachtel vom Tisch, kam zurück und setzte sich eng neben sie. »Aiden, ich liebe dich. Ich weiß nicht, warum ich manchmal diese Distanz brauche. Du bist mein Herz.« Er gab ihr die Dose, die sie langsam entgegennahm.

Ein Schmuckstück! Etwa ein Ring? Sie war sprachlos. Sie schien ihm wirklich wichtig zu sein.

Gespannt, die Tränen noch auf den Wangen, öffnete sie die schwarze Schachtel und hielt erstaunt die Luft an. Vor ihr auf rotem Samt lag ein Anhänger an einer Goldkette. Er war einem seiner Augen nachempfunden. Ein runder Korpus aus Platin war mit dunkelblauem Saphirstaub belegt, in dem in unregelmäßigen Abständen wunderschöne Diamanten funkelten. In der Mitte des Anhängers befand sich ein größerer, schwarzer Diamant. Umsäumt wurde das Schmuckstück mit kleinen Klümpchen aus Gold. Sie starrte sprachlos. Das hatte er für sie anfertigen lassen. Sie blickte in sein fragendes Gesicht und Tränen sprangen ihr regelrecht aus den Augen. Sie konnte es nicht verhindern.

Unter dem Tränenschleier sah sie seine betroffene Miene. Wahrscheinlich dachte er, der Schmuck gefiele ihr nicht. Er sagte etwas zu ihr in seiner melodischen Sprache.

»Oh nein Er gefällt mir!« Sie strahlte unter Tränen, drückte die Schachtel an ihre Brust. Sie umarmte ihn stürmisch, küsste ihn wie wild.

Er saß steif da. Aber allmählich begriff er, dass sie auf ihn nicht böse war, und ließ sich mit ihr auf das Bett sinken.

Sie lag mit dem Kopf auf seiner Schulter und holte den Anhänger aus der Schachtel, hielt ihn neben seine Augen und lächelte. Ihre Brust erfüllte sich mit einer ungeheuren Wärme. Liebe, die sie ihm gerne gezeigt hätte, aber die viel stärker war, als er im Moment vermutlich vertragen konnte. Damit durfte sie ihn nicht überschwemmen.

»Für das Türschloss finden wir eine Lösung, Aiden«, sagte er leise.

Sam Fox traf Ken am nächsten Morgen vor dessen Hotel. Ken nippte missmutig an einem Plastikbecher mit Kaffee. Ihm war diese Uhrzeit eindeutig zu früh. Sie nahmen ein Taxi bis circa eine halbe Meile vor die Adresse, die Ken ausgespäht hatte. Den Rest des Weges stapften sie durch den Schnee.

»Die Bude sieht aber nicht nach viel Geld aus«, meinte Sam und betrachtete das Haus mit den blauen Fensterläden. »Bist du sicher, dass sie gestern Abend hier verschwunden ist?«

»Ganz bestimmt«, bestätigte Ken. »Du weißt doch, die Reichen tun nach außen immer so als ob, und drinnen ist dann alles mit Blattgold.« Sam nickte und tastete nach seiner Waffe hinten im Hosenbund. Die Haustür war nicht verriegelt und ließ sich einfach aufstoßen.

»Bist du das, Schneckchen?«, fragte eine ältliche, brüchige Stimme aus dem Inneren des Hauses.

»Hier sind ZWEI süße Schnecken«, sagte Sam kalt und machte einen Sprung in das Wohnzimmer, in dem eine alte Frau vor dem Fernseher saß.

Solutosan hatte endlich einen Milchmann gefunden, der ins Haus kommen wollte, denn so langsam war ihnen die Schlepperei der vielen Milch lästig. Allein Tervenarius trank so große Mengen Kefir, dessen Herstellung vermutlich die Milchproduktion eines ganzen Bauernhofs umfasste. Er verabschiedete sich von dem Mann in dessen Laden und nahm den Porsche. Aiden hatte ihn gebeten, noch bei Oma vorbeizuschauen, um ihre geliebte Orangenmarmelade abzuholen, die nur die alte Frau so vorzüglich herzustellen wusste.

Solutosan fuhr in den Hof ein und stieg aus. Er witterte und horchte. Irgendetwas war anders. Er konnte allerdings nicht feststellen, was es genau war. Aber sein Bauchgefühl irrte sich nie. Langsam schritt er voran und drückte lautlos die Haustür auf. Er hörte aufgeregte Männerstimmen. Dazu Omas Stimme, die völlig außer sich schien. Wieso hatte die Großmutter Männerbesuch?

Langsam schlich er durch den Flur vorwärts Richtung Wohnzimmer und schob den Kopf vorsichtig so weit vor, bis er in die Türöffnung blicken konnte – zog sich sofort wieder zurück. Die Männer standen rechts und links, Oma in der Mitte. In diesem Moment hörte er ein klatschendes Geräusch und einen dumpfen Aufprall. Die Stimme der alten Frau war verstummt.

Solutosan fühlte, wie ihm wilder Zorn die Wirbelsäule hinaufkletterte. Blitzschnell trat er in der Tür des Wohnzimmers und musterte die Eindringlinge. Oma lag verrenkt auf dem Boden zwischen ihnen.

Er stellte keine Fragen. Solutosan entfesselte seinen tödlichen Sternenstaub, sandte ihn mit der rechten Hand in zwei dünnen Fahnen direkt in die Nasen der Angreifer, durchdrang deren Nasenscheidewände und fräste sich in die Gehirne. Bevor die beiden Männer etwas begriffen, gingen sie zu Boden. Eine alte Frau zu schlagen – das war den Tod wert. Sie röchelten einige Sekunden, zuckten und blickten dann starr zur Decke.

Solutosan kniete sich neben Oma.

Sie lebte noch. Erkannte ihn. »Mein Junge«, flüsterte sie – fasste blind nach seinem Gesicht. Blut rann ihr aus der Nase.

Solutosan griff sein Handy und wählte Patallias Kurzwahl. »Bitte komm sofort zu Omas Haus!« Ein kurzes Okay war die

Antwort. »Es kommt Hilfe, Oma«, sagte Solutosan. Er wusste nicht, wie stark die alte Frau verletzt war, deshalb berührte er sie nicht.

»Sag Aiden, ich habe sie lieb. Und du pass gut auf sie auf, versprichst du das?« Omas Atem ging rasselnd.

»Ich verspreche es!« Er schlug die Faust auf seine Brust.

Oma nickte zufrieden.

Als Patallia mit der aufgelösten Aiden ankam, war sie bereits tot.

»Bei den Göttern, Aiden«, sagte er. »Ich kam zu spät!« Er tigerte in Omas Wohnzimmer auf und ab, schlug dabei eine Faust in die andere. Er machte sich Vorwürfe, nicht sofort in das Geschehen gesprungen zu sein.

Patallia kniete neben der alten Frau und erhob sich dann. »Sie hat den Schlag nicht überlebt«, diagnostizierte er. »Gehirnblutung.«

Aiden starrte immer wieder auf die toten Männer.

»Ich bin schuld«, stammelte sie eins über das andere Mal.

»Nein, Aiden.« Wie kam sie denn nur darauf?

»Doch. Ich habe sie hierher geführt. Ich kenne die Kerle. Ich wollte von ihnen für euch Papiere kaufen.«

Solutosan starrte sie an. »Hast du den Männern Geld gezeigt?« Aiden brach in die Knie und nickte. Solutosan ging rasch zu ihr, half ihr hoch und drückte sie an seine Brust. Sie schluchzte und war nicht mehr zu beruhigen.

»Pat! Ruf Meo an und Terv – nicht Xan – der ist zu auffällig. Sie sollen den Pick-Up mitbringen und Planen. Meo soll die Leichen an der Absturzstelle pulverisieren.

»Aber nicht Oma!«, schrie Aiden außer sich.

»Nein! Aiden, du musst dich jetzt zusammenreißen! Wir müssen die örtlichen Behörden wegen Oma einschalten. Du musst ihnen erzählen, dass du sie besuchen wolltest und sie lag dann schon so da. Hast du mich verstanden?« Aiden sah ihn mit verschwommenen Augen an. Das hatte so keinen

Zweck. »*Patallia, sie muss klarer werden. Kannst du ihr etwas gegen den Schock geben?*« Solutosan benutzte Telepathie, damit Aiden ihn nicht hören konnte.

Patallia erhob sich und kam lächelnd auf Aiden zu, die zurückweichen wollte, jedoch hielt Solutosan sie eisern umschlungen. »Patallia, du willst doch nicht«, stotterte sie, aber der hatte bereits beruhigend seine weiße Hand auf ihren Handrücken gelegt. Solutosan nahm sie in den Arm und wartete einen Moment.

Aiden hob den Kopf. »Danke, jetzt geht es mir besser, Patallia.«

»Okay.« Solutosan neigte sich zu ihr, um sie eindringlich anzuschauen. »Nun erzähl mir die Version, die du der Polizei berichten wirst. Was ist genau passiert? Um wie viel Uhr warst du hier?« Aus den Augenwinkeln sah er, wie Meo und Terv die Leichen der beiden Männer in Planen wickelten und hinaustrugen. Aiden erzählte ihm die Geschichte, die sie für die Beamten parat hatte, sie sprach gefasst und klar.

»Gut.« Er gab ihr ein Handy. »Ruf sie jetzt an und melde den Fall. Dann fahre bitte unverzüglich nach Hause, hörst du, Aiden? Dein Auto lassen wir hier.« Aiden nickte tapfer und wählte die Nummer der Polizei.

Es dauerte zwei Stunden bis Aiden endlich im Haus der Duocarns ankam. Solutosan sah sofort, dass die Wirkung von Patallias Medikament langsam schwand.

Ihr Blick war wieder verschwommen. »Es ist alles in Ordnung«, flüsterte sie. »Die Polizeiärzte sagen, dass ein Sturz mit nachfolgendem Gehirnbluten in ihrem Alter möglich wäre.« Dann gaben ihre Knie nach und Solutosan fing sie auf.

Er trug sie die Treppe hinauf in ihr Zimmer und legte sie auf das Bett. Sie hatte selbst die Wände himmelblau gestrichen. Dazu ein zartblauer Betthimmel, ein großes weißes Bett und andere kleine Möbel. Sie, die sonst so fit und patent war, wirkte nun schwach und zerbrechlich.

Vorsichtig zog Solutosan sie aus und deckte sie zu.

»Bitte geh nicht weg«, murmelte sie.

»Nein.« Er entkleidete sich bis auf Jeans und Shirt und schlüpfte zu ihr unter die Decke. Er streichelte sie zart. Sie schöpfte tief Luft und der Sternenstaub des betäubenden Schlafs vermischte sich mit ihrem Atem.

David stand vor dem Spiegel im Badezimmer und bürstete sein blauschwarzes Haar. Er hatte es länger wachsen lassen, weil das seinem Freund John besser gefiel. Auch trug er fast nur noch Weißtöne. John hatte ihn angelächelt und etwas von „Unschuld" gemurmelt, als er einmal mit einer weißen Jeans und einem hellen Hemd in sein Etablissement kam.

Johns Club in Vancouver war im Moment das absolute Highlight in der kanadischen Schwulenszene. Die Gäste kamen tatsächlich nur für einen Abend aus dem ganzen Land dort hin. Es war ein Nachtclub und keiner dieser wilden Rammel-Schuppen. Die Besucher bestanden meist aus höheren Angestellten oder Chefs und Diskretion war für sie erstrangig. John hütete deren Geheimnisse sogar vor ihm. David verzog den Mund im Spiegel. Als ob er jemals indiskret irgendetwas ausplaudern würde. Ihm war völlig klar, was in den Séparées des Clubs geschah. Und Namen waren Schall und Rauch.

Natürlich war es ein zweischneidiges Schwert, mit so einem berühmten Clubbesitzer befreundet zu sein. Auf der einen Seite wurde er von vielen Männern beneidet, andererseits zerfraß ihn manchmal die Eifersucht wie Säure. Er zog die Brauen über den stahlblauen Augen zusammen und überlegte, ob er sich für diesen Abend Kajal auflegen sollte. Ach nein, das kam zu affig rüber. Nachher dachten die anderen noch, er hätte es nötig.

David verließ das Bad und stolperte dabei über Johns Hemd. Verdammt! Der Kerl ließ aber auch wirklich alles liegen! Als er ins Wohnzimmer trat, verschlug es ihm den Atem. Da hatte John doch tatsächlich seine Hose auf das Aquarium mit den Piranhas gehängt! David hatte große Lust sie zu nehmen und aus dem Fenster zu werfen. Sein Freund respektierte sein Hobby einfach nicht. Vorsichtig nahm er das Kleidungsstück von der Glasplatte und betrachtete seine Lieblinge, lief zum nächsten Behälter, der seinen Steinfisch beherbergte. Auf den war er besonders stolz. Er liebte alles, was im Tier- und Pflanzenreich giftig war.

John meckerte über die Kosten, die die ganzen Aquarien verursachten. Dabei bezahlte er sie noch nicht einmal! Das machte David von seinen Provisionen selbst. Er seufzte. Ob das mit John eine Zukunft hatte, war wirklich unklar. Er würde in den Club fahren und nach ihm sehen. Entschlossen schnappte er den weißen Fellmantel und lief die Treppe hinunter.

Niemals hätte Bar gedacht, dass dieser verdammte kanadische Winter einmal gehen würde – aber er verschwand. Mit ihm gingen die weißen, eisigen Schneemassen, die sich erst in nässende, braune Haufen verwandelten und dann die Straßen hinunter rutschten.

Bar erwartete bereits den Aufschrei der Presse, denn sie hatten die kalte Jahreszeit über alle ihre Opfer unter die Eisschichten diverser Seen und Flüsse gedrückt oder im Eis des Gebirges verschwinden lassen. Nun würden die Leichenberge langsam auftauchen. Ihr winterlicher Nahrungsbedarf war enorm gewesen. Die Bacanars begnügten sich glücklicherweise mit Fleisch. Für sie kaufte er in den Schlachthöfen billige Fleischabfälle. Zu diesem Zweck hatten sie extra einen Pick-Up gestohlen.

Die Basis war bisher unentdeckt geblieben, dank Bars unaufhörlicher Aufmerksamkeit. Er wäre gern endlich dort abgehauen, aber dem Rudel fehlten schlichtweg die Mittel. Sie hatten ihren Todesradius nun weiter gesteckt, was sie jedoch Unmengen Sprit kostete.

Ansonsten war Bar im Großen und Ganzen zufrieden. Sie besaßen neun frische Welpen, die sich prächtig entwickelten. Jetzt kam die Frühjahrshitze, und sie hatten dafür bereits eine Menge kräftige Hündinnen aus den Tierheimen ausgesucht und zur Basis gebracht. Krran brachte ihnen als Erstes bei, mit dem dummen Gekläff aufzuhören. Sie brauchten nicht die Aufmerksamkeit der Menschen, alles musste schön leise vonstatten gehen.

Bar, der inzwischen seine Vorliebe für Lederklamotten entdeckt hatte, schlenderte in dunkler Nappalederhose, Shirt und schwarzer Lederjacke in die Welpenstation. Krran hatte mit den Halbwüchsigen alle Händen voll zu tun. Aber er machte es gut: Zuckerbrot und Peitsche.

Als Bar die Station betrat, brüllte Krran: »Respekt!« Die Jungen warfen sich auf den Boden, Köpfe nach unten, Ärsche nach oben.

Bar nickte und grinste zu Krran. »Das hast du wirklich drauf«, lobte er auf bacanisch, damit die Bacanars ihn nicht verstehen konnten. Die Hybriden wurden grundsätzlich in Englisch erzogen. Bacanisch blieb den Stammvätern vorbehalten. Die langen, behaarten Spiralschwänze der neun Welpen schlugen auf den Boden.

Es war den Bacanar-Hybriden nicht möglich sich zu verwandeln, was ein Problem darstellte. Die Schwänze und die behaarten Beine konnte man unter Kleidung verbergen, für die Fangzähne jedoch hatte er noch keine Lösung gefunden.

»Und wie machen sie sich?« Bar kniff die Augen zusammen.

»Ich muss sie ständig ermüden, aber mit einem ordentlichen militärischen Training wird das schon. Saugen durften sie bisher noch nicht.«

Bar nickte. In dem Moment, wo die Welpen die Droge bekamen, wurden sie schwerer zu kontrollieren. Das sollte auf keinen Fall sein.

»Wo ist Psal?«

»Die besorgt mit Pok noch einige Ketten. Es fehlen uns welche, um die Welpen nachts anzuketten.«

»Du wirst sehen, die Mühe wird sich irgendwann auszahlen, Krran. Ich habe da so etwas im Hinterkopf – eine neue Geldquelle.«

»Beim Vraan«, knurrte Krran. »Geld könnten wir dringend gebrauchen. Es fehlt an allem.«

»Lass dich überraschen.« Er schlug seinem ersten Offizier auf die Schulter und ging zurück in den Kontrollraum.

Er legte die Beine auf den Tisch. Fangzähne. Die Bacanis konnten diese je nach Bedarf einziehen, ebenso wie die Klauen. Das blieb den Hybriden versagt. Er musste die Krallen der Bacanars irgendwie tarnen. Sie zu kürzen war unklug, denn sie waren gute, natürliche Waffen. Und die Zähne?

Bar bohrte mit einer Klaue in der Nase. Wie konnte er die Bacanars mit Fangzähnen unter die Menschen schicken? Sie verdecken, aber wie? Gelangweilt scrollte er die Nachrichten auf seinem Rechner weiter. In Asien war schon wieder so eine Grippe ausgebrochen. Er stutzte. Starrte auf einige Fotos von Japanern mit Mundschutz. Es war offensichtlich dort ganz normal einen Schutz zu tragen, wenn man krank war. Bar schlug sich vor die Stirn. Was für eine simple und effektive Lösung! Und preiswert zudem!

Dessen ungeachtet, sein Geldproblem löste sich nicht so einfach. Alles kostete Geld. Angefangen von dem Abfallfleisch der Schlachthöfe bis hin zu Psals Anziehsachen. Er stöhnte.

Es war klar, dass er nicht auf legalem Weg Geld verdienen konnte. Womit machten die Menschen illegal ihre Vermögen? Die Antwort war natürlich wie immer online zu finden: Waffen, Drogen, Prostitution. Bar rückte sein Glied in der Lederhose zurecht. Scheiße, wer würde schon dafür bezahlen eine Bacanar zu ficken? Nur echte Freaks. Waffen hatten sie außer ihren Krallen und den paar Snidern und Dolchen aus dem Schiff keine. Und Drogen? Na ja, die Energie-Drogen waren nur etwas für Bacanis. Wenn man die irgendwie herstellen könnte und den Menschen einfach erneut verkaufen. Bar grinste. Den Weibern die Fortpflanzungsenergie heraussaugen und dann wieder verticken – das war ein Geschäftsmodell nach seinem Geschmack.

Er fühlte, dass er, was das anbelangte, Hilfe brauchte. Aber von wem? Von seinen Leuten war niemand in Chemie ausgebildet. Das hieß, er musste einen Menschen finden, der korrupt genug war, sich mit den Bacanis zusammenzutun, um diese Sache zu erforschen. Wenn ich hier herumsitze, wird das nie etwas, dachte sich Bar. Er würde sich mal in den einschlägigen Kneipen von Vancouver herumtreiben. Vielleicht tat sich ja eine Möglichkeit auf.

Bar setzte eine Herrenperücke auf, die seinen Irokesen verdeckte, fuhr säuberlich die Krallen ein und grinste sich im Spiegel des Kontrollraums an. Er hatte wohl ein faunisches Gesicht, aber hübsch waren die Menschen ja ebenfalls nicht. Er schnappte sich den Schlüssel des alten Fords und machte sich auf den Weg.

Seit Omas Bestattung war die Stimmung bei den Duocarns gedrückt. Anders konnte Solutosan es nicht bezeichnen. Das lag nicht nur an dem Tod der Großmutter, sondern auch daran, dass der Winter in Kanada ewig dauerte und sich an der Bacani-Front nichts tat.

Solutosan schnupperte in die Luft. Es würde bald wärmer werden – er fühlte es. Und er spürte, dass es dringend Zeit war, die Zelte in Calgary abzubrechen. Aiden kam aus ihrer Depression sonst überhaupt nicht heraus. Er hatte ihr schon zu oft den betäubenden Staub verabreichen müssen, damit sie zur Ruhe kam. Ihre Selbstvorwürfe wollten nicht abreißen. Sie war auch nicht mehr zur Arbeit gegangen.

Solutosan war hilflos. Er hasste es. Am liebsten wäre er in irgendeinen blutigen Kampf gezogen. Alles war besser, als gegen diesen unsichtbaren Feind ankämpfen zu müssen. Ausgerechnet er, der Krieger, hatte nun als einzige Waffe Liebe und Geduld. Seine Freunde waren auch keine wirkliche Hilfe.

Lediglich Pan heiterte sie mit seiner drolligen Art auf. Er konnte sich nicht mehr vorstellen, ohne den kleinen Bacani zu leben. Dass er jemals daran gedacht hatte ihn umzubringen! Der Junge war jetzt fast so groß wie Chrom, halbwüchsig und schlaksig, quicklebendig und auf Abenteuer aus. Das wurde oftmals zum Problem, denn sie mussten ihn vor den Menschen schützen. Da er sich nicht verwandeln konnte, lief er ständig wie ein kleiner Faun durchs Haus. Es war selbst für Aiden unmöglich ihn zu tarnen.

Solutosan wusste, dass Pan unter seiner Isolation litt. Am liebsten wäre er mit den Menschenkindern herumgetollt und in deren Schule gegangen. Aber so musste Chrom ihn unterrichten und Lady passte ununterbrochen auf ihn auf. Immerhin hatte er sich zum kleinen Computergenie entwickelt – der Apfel fiel eben nicht weit vom Stamm – wie die Menschen sagten.

Chrom war unglaublich stolz auf Pan, mochte allerdings dessen Hacking-Ambitionen überhaupt nicht. Für Pan war es ein Sport, sich auf stark geschützte Seiten zu hacken. Chrom meinte, er würde die Duocarns damit noch irgendwann in Teufels Küche bringen. Jedoch Pan war nicht dumm und verschleierte seine Wege im Netz geschickt. Solutosan hatte ihn schon etliche Male gewarnt, die Gesetze der Menschen zu beachten, aber der Kleine nahm alles auf die leichte Schulter.

Solutosan klopfte an Tervs Zimmertür. »Terv?« Tervenarius saß auf seinem Bett und las zwei Bücher gleichzeitig.

»*Muss mit dir reden*«, begann er wie gewohnt telepathisch.

»*Okay.*« Terv legte die Bände zur Seite. »*Was Neues von den Bacanis?*«

»*Nein, bloß wenn mich mein Bauchgefühl nicht trügt, passiert da bald etwas.*«

Terv nickte.

»*Aiden trauert immer noch. Sie kommt aus diesem Tief nicht heraus. Ich will sie in dem Zustand aber nicht allein lassen. Auf der anderen Seite finde ich, dass es Zeit ist, hier zu verschwinden. Calgary geht allen auf die Nerven. Der Winter war lang genug. Wir hauen ab nach Vancouver. Ich wollte dich beauftragen, dort ein geeignetes Haus zu suchen. Wenn du rüber fliegst, kannst du auch direkt den nächsten Platindeal mit Bill machen.*«

»*Okay, kein Problem.*« Terv fand die Idee mit der Ortsveränderung prima. »*Warum schickst du nicht Meo?*«

Solutosan überlegte kurz. »*Nein, du bist der Beste dafür.*« Das hatte er im Gespür.

»*Alles klar, wie du meinst.*« Terv schmunzelte und erhob sich. »*Ich kaufe in Vancouver als Erstes ein weiteres Auto.*«

Solutosan grinste breit. »*Ich lass mich überraschen.*«

Aiden wurde benommen wach. Wo war Solutosan? Sie blinzelte. Er hatte sie wieder betäubt. Sie fühlte sich elend und desorientiert. Sie versuchte, nicht an Oma zu denken, denn das trieb ihr sofort die Tränen in die Augen. Wie hatte sie nur so agieren können? Sich einfach völlig blauäugig an so einen Kerl zu wenden. Wieso hatte sie Nasty nur blindlinks vertraut? Sie packte eines der großen, weißen Kissen und warf den Kopf hinein. Warum konnte sie diese Gedanken nicht loswerden? Zumal sie sah, wie auch Solutosan litt. Er stand ihrem Zustand hilflos gegenüber und hasste es. Das spürte sie.

Doris hatte sie ein paarmal angerufen und versucht, sie wieder in den Job zu locken, aber sie fühlte sich dazu außerstande. Wie sollte sie jemandem in diesem Zustand helfen? Um auf der Straße zu arbeiten, braucht man seelische Stabilität, dachte sie, knuffte das Kissen und drehte es.

Aber war es wirklich die Lösung von Selbstvorwürfen geplagt im Bett liegenzubleiben? Solutosan wollte weg aus Calgary und den Bacanis hinterher. Selbst wenn sich seine Ahnungen als Hirngespinste herausstellen sollten: Das war seine ursprüngliche Aufgabe. Und sie? Sie hatte auf einmal keine Funktion mehr. Sie fühlte sich so leer. So lange hatte sie sich um Oma gekümmert. Oma! Wieder der Gedanke an sie.

Aiden wühlte nach ihrem Taschentuch unter dem Kissen. Vermutlich hatte Solutosan mit seinem Ortswechsel recht. Sie putzte sich die Nase. Sie sah hässlich aus. Ewig verheult. Dass Solutosan sie so überhaupt noch mochte, war ein Wunder. Aber er war sowieso nicht nach menschlichen Maßstäben zu messen. Er hatte andere Werte.

Die Tür öffnete sich. Da stand er. Ihr Herz machte einen fast schmerzhaften Satz. Sie versteckte schnell das Taschentuch und lächelte ihn an. Sie würde versuchen sich zusammenzureißen.

Tervenarius atmete auf, als er aus dem Flugzeug stieg. Ob die Menschen wohl irgendwann einmal von dieser primitiven Verbrennungstechnologie ablassen würden? Er checkte im Rosewood ein und bekam eine schöne Suite mit Blick über Vancouver. Sofort packte er seinen Laptop aus und ging online. Makler – er wollte etliche Häusermakler für sich arbeiten lassen. Die nächsten Stunden verbrachte er mit Telefonieren. Die Termine in seinem Handy häuften sich. Er musste jedoch zuerst mit dem Platinkoffer zu Bill fahren. Inzwischen wurden dort nur noch Koffer getauscht und Kaffee beziehungsweise Kefir getrunken. Die Geschäftsbeziehung war stabil und für alle Seiten befriedigend.

Zunächst zog Terv sich um, denn er liebte es, Geschäftstermine in der offiziellen Menschenkleidung zu erledigen. Von den beiden Anzügen aus seinem Koffer wählte er den schwarzen Armani-Anzug mit weißem Hemd, dazu braune Kontaktlinsen. Einen Moment musste er an die Gewänder aus Donafaser denken, die er zeit seines Lebens getragen hatte, wenn sie nicht im Weltraum waren. Den Kopf zur Seite geneigt befestigte er die Manschettenknöpfe, fuhr sich durchs Haar, das er mit einem Lederband zu einem Pferdeschwanz band. Um seine Haut zu aromatisieren, wählte er aus dem gigantischen Sortiment seiner Pilzsporen den Erdenpilz Lepista Irina – einen Geruch, den er seit einiger Zeit am meisten mochte. Er hatte sich gut an das Leben auf der Erde angepasst, fand er. Nicht schlecht für einen Alien. Er lächelte sich kurz im Spiegel zu.

Bill Bohlen begrüßte ihn wie immer freundlich, musterte seinen Anzug aufmerksam und reichte ihm den Koffer mit dem Geld. Inzwischen wurden die Behälter nicht einmal mehr geöffnet und überprüft. Sie waren alle Ehrenmänner. Für Bill war Tervs geplanter Autokauf wesentlich interessanter. Er wollte ihn sofort unterstützen und mit ihm fachsimpeln. Begeistert klappte Bill seinen Laptop auf und gemeinsam surften sie durch die Autohäuser der Stadt. Wahnsinn! Da stand sein Traumwagen, ein BMW Coupé M6 bei einem Händler in der SW Marine Drive. Bill strahlte und riet ihm unbedingt zum Kauf. Sie verabschiedeten sich wie Freunde.

Tervenarius nahm ein Taxi zum Autohaus und schaute sich das Fahrzeug an. Der Wagen war schwarz und schön unauffällig. Er bezahlte bar und meldete den BMW mit ihrer Vollmacht bei Aidens Versicherung an.

Jetzt war er mobil und konnte die ganzen Termine mit den Maklern absolvieren. Er genoss den starken, schnurrenden Motor, aber hielt sich an die Geschwindigkeitsregeln. Solutosan hatte allen Duocarns eingeschärft, niemals aufzufallen. Das war ihr oberstes Gebot.

Der erste Makler hatte etliche Häuser im Angebot. Allesamt zu klein und nicht am Meer gelegen. Tervenarius war enttäuscht.

Er beschloss, zunächst in einen Supermarkt zu fahren und einige Liter Kefir zu kaufen. Seine Haut war ja schon immer weich gewesen, aber seit er Kefir statt Dona zu sich nahm, war sie so zart geworden, dass er auf die sonst nötige Anti-Säure Creme verzichten konnte.

Es war schwierig einen Supermarkt in der Innenstadt zu finden. Terv surfte mit seinem Handy und fand einen in der vierzehnten Straße. Er fluchte, als er an dem Parkplatz vorbeifuhr – den hatte er verpasst. Aber er konnte einige hundert Meter weiter in einer Seitenstraße parken. Gemächlich schlenderte er in das Geschäft. Phantastisch! Der Laden hatte sogar mehrere Sorten Kefir mit verschiedenen Aromen.

Die Sonne ging unter und tauchte das Häusermeer in flammend rotes Licht, als Terv, die Papiertüte an seine Brust gedrückt, den Supermarkt verließ. Er würde es sich im Rosewood mit dem Kefir gemütlich machen und durch die Pay-TV Kanäle zappen.

»Ich hasse dich, John!«, brüllte David. Er suchte verzweifelt einen Gegenstand, den er seinem Freund nachwerfen konnte, aber der war schon zur Tür hinaus. Wahrscheinlich auf Nimmerwiedersehen. Garantiert für immer, denn David würde ihn **nie** mehr zurücknehmen. Dafür war er zu tief verletzt. Der miese Typ hatte ihn in seinem Club ununterbrochen betrogen! Das wusste er jetzt genau. »Scheißkerl! Scheißkerl!« brüllte er noch, wohl wissend, dass John ihn nicht mehr hörte. Er ließ sich auf einen gelben Ledersessel zwischen seinen Farnen fallen, aber hatte keine Ruhe, um dort sitzenzubleiben. Er musste etwas tun – sich beschäftigen, um nur nicht zu grübeln.

David sprang auf, holte die Gießkanne mit dem abgestandenen Wasser, das seine Gewächse so mochten, und goss die Farne. Wo er schon dabei war, lief er mit seiner Kanne durch alle Pflanzen: Kirschlorbeer, Oleander und Engelstrompeten.

Seine Vorliebe für giftige Fauna und Flora hatte seine Wohnung in einen Dschungel verwandelt. Ebenso liebevoll kümmerte er sich um seine exotischen Giftfische. Seine heißgeliebten Pflanzen und die Fische!

Allmählich entspannte sich sein verkrampfter Magen. Es sah so aus, als würden die Tiere sich an den Scheiben versammeln und ihn anschauen. Als spürten sie, dass mit mir etwas nicht in Ordnung ist, dachte er. Ach was, das war gewiss Einbildung. Aber der Steinfisch stand wirklich an der Glasscheibe und sah ihn an.

Er ließ sich wieder in seinen Sessel fallen und starrte zurück. Ja, Junge, den blöden John sind wir los. Der Kerl, der immer seine Klamotten über die Aquarien geschmissen hat, und dessen Slips ich vom Boden aufheben musste. Er konnte es drehen und wenden wie er wollte: Er war frustriert.

Glücklicherweise war er in dem halben Beziehungsjahr weiterhin unabhängig geblieben und hatte seine Wohnung nie gekündigt oder gar seinen Job aufgegeben. Auch wenn John etliche Male darauf gedrängt hatte, ihn in seinem Club hinter die Bar zu stellen. Pah, er war doch nicht sein Dekohäschen. Hübscher Boy an Bar, Eigentum des Chefs. Nein, danke. Er hatte seinen Maklerjob.

Sein Blick fiel auf den Peyote, der auf dem Tischchen neben dem Steinfisch-Aquarium stand. Jetzt ist der richtige Moment, David, sagte er sich. Heute wirst du es versuchen. Die Zeit ist reif! Er eilte zu seinem Schreibtisch und suchte das Set mit den chirurgischen Instrumenten aus der Schublade. Mit einem Skalpell bewaffnet machte er sich auf den Weg zu seinem Kaktus. Jetzt bist du dran, mein Schatz. Nur ein kleines Stückchen. Vorsichtig stach er in die Haut der Pflanze und schnippelte eine Ecke heraus. Das grüne Fleisch sah gut aus und saftig. Er löste drei weitere Scheibchen.

Na denn! Nun wollen wir mal sehen, ob es stimmt, was die Leute erzählen. Mal versuchen, ob es wirklich so toll wirkt, das Meskalin.

David schob eine kleine Scheibe zwischen die Lippen. Nicht übel. Wie Gurke. Er kaute das Stück langsam und bedächtig. Dann das nächste und noch eins. Er lehnte sich erwartungsvoll in seinem Sessel zurück. Die Wirkung würde bestimmt eine Weile auf sich warten lassen.

Ja, John und seine Unabhängigkeit. Die hatte John immer ein bisschen gewurmt. Aber er mochte seinen Job, denn er hatte ein Faible für erstklassige Häuser. Für SEHR exklusive Domizile. Er hatte sich bereits recht gut auf dem Immobilienmarkt durchgesetzt, allerdings bei durchweg schwuler Kundschaft. Okay, er wusste ja, wie man mit Äußerlichkeiten punktet, war ja nicht so. Mit der Zeit war die Qualität der Immobilien, die er zur Vermittlung anvertraut bekam, immer hochwertiger. Er hatte ein Auge für gute Objekte und sah sofort, wo Schrott verarbeitet war. Höchstwahrscheinlich lag das daran, dass er als Kind schon mit seinem Vater auf Baustellen herumgelaufen war und von ihm wie ein Lehrling behandelt wurde. „David, man sieht doch auf den ersten Blick, dass die Fliesen nicht ordentlich verfugt sind. Siehst du die feinen Haar-Risse?" oder „Schau genau hin. Was stimmt mit dem Haus nicht? Na? - Richtig, die Balkone sind alle nach Norden!"

Norden, dachte er. Norden, Süden, Osten, Westen. Westen hat John auch getragen, oder waren es Vogelkäfige? Hä? Vogelkäfige? War sein Gehirn verstrickt? Er sah seinen Steinfisch an. Der zwitscherte in seinem Becken wie eine Nachtigall. Hahaha! Wie lustig! Er stand auf. Nein, er stand nicht auf, sondern er schnellte hoch! Sein Körper fühlte sich an wie eine Stahlfeder – bereit zum Sprung. Mit einem Satz war er vor dem großen Standspiegel in der Ecke. Er sah aus wie immer – hatte nur ein dümmliches Grinsen im Gesicht. Ein strammes Gefühl in den Kieferknochen. Einen metallischen Geschmack im Mund. Er spitzte die Lippen, um sie zu entspannen. Flapp! Mit einem trockenen Klappgeräusch federte hinter seinem Rücken etwas auf. Ein Flügel! Flack! Auf der anderen Seite ebenso! Schwarze Flügel! Wenn das mal nicht total cool war! Er bewegte die Schultern, um sie vollends zu spüren. Ja, sie waren fest an seinen Schulterblättern verwachsen. So was hatte ja nun wirklich nicht jeder! David breitete sie ganz aus und ließ sie durch die Luft gleiten. Sie rauschten leise. Also schwang er sie stärker. Das Rauschen verstärkte sich und er fühlte, wie ihn der Schwung ein kleines Stückchen vom Boden abhob. Wahnsinn! Er konnte fliegen! Ein uralter Traum von ihm. Er hatte Vancouver ein Mal von oben gesehen, aber nur bei einem Hubschrauber-Rundflug. Das war ein beeindruckendes, jedoch ein sehr lautes Erlebnis gewesen. Die Schwingen ermöglichten es ihm bestimmt lautlos zu gleiten.

David ging schnurstracks zum Fenster, machte es auf und spähte auf die Straße hinab, die von der roten Abendsonne stimmungsvoll beleuchtet wurde. Ob er aus dem zweiten Stock genügend Auftrieb bekäme, um über die Dächer zu fliegen? Er bewegte nochmals die Schultern. Ein sattes Rauschen antwortete ihm. Garantiert! Er stieg auf das Fensterbrett, ließ den Fensterrahmen los und stieß sich ab! Er hörte noch, wie sich das Zwitschern des Steinfischs in ein Kichern verwandelte, aber da war er schon ...

Ein Schatten bewegte sich über ihm. Etwas Schweres fiel auf ihn herab. Ein Körper krachte ihm unvermittelt schmerzhaft auf die Schulter und auf den rechten Arm. Terv ließ seine Kefirtüte fallen. Der Schlag warf ihn um ein Haar von den Füßen. Nur seinem ständigen Training hatte er es zu verdanken, dass er noch stand. Ein schwarzhaariger Mann lag mit verrenktem Bein vor ihm auf dem Boden und stöhnte. Ein Wahnsinniger! Ein Selbstmörder?

Tervenarius beugte sich vor. »Bist du verrückt?« Zuerst sprach er vor Verblüffung duonalisch, aber wiederholte sich schnell auf Englisch. Die Situation war so absurd, dass er seinen eigenen Schmerz sofort vergaß.

Der Mann keuchte und stöhnte. Terv half ihm auf die Beine.

»Ich bin geflogen!«

»Ja, das habe ich bemerkt«

»Wo sind meine Flügel?«

Terv schaute auf seinen Rücken. »Du hast keine.« Die geflügelten Aarns von Manturnaa waren weit weg – er konnte keiner davon sein.

»Scheiße!« Der Mann versuchte zu laufen.

»Der Knöchel ist hin«, bemerkte Tervenarius sachlich.

Der Mann ächzte vor Schmerzen.

»Wohnst du da oben?« Terv sah zu dem offenen Fenster im zweiten Stock. »Ich helfe dir hoch und dann rufst du am besten einen Arzt.« Der ungeflügelte Mann nickte.

Ohne zu Zögern packte Terv ihn, nahm ihn auf die Arme und lief zur Haustür. Sie war verschlossen. »Schlüssel?«

»Ist oben.« Der verletzte Mann starrte ihn an. »Wie ... wie kannst du mich so einfach tragen?«, stammelte er.

Statt zu antworten, trat Terv mit dem Fuß hart gegen die Tür. Sie sprang auf. Er trug den Verletzten bis in den zweiten Stock.

»Schlüssel ist unter der Zeitung.« Die lag neben der Tür. Tervenarius beugte sich hinab und holte darunter den Hausschlüssel hervor. Dabei kam er dem Mann auf seinen Armen mit dem Gesicht recht nahe. Der schnupperte und sog seinen Geruch ein. So überprüft zu werden fand Terv etwas befremdlich, aber er würde ihn hoffentlich gleich loslassen können.

Tervenarius vergaß sein Unbehagen sofort, als er über die Türschwelle schritt. Die Wohnung besaß eine außerordentlich schwüle und angenehme Atmosphäre, die offensichtlich durch eine enorme Menge Pflanzen und Wasserbecken verursacht wurde. Das war ein Klima, in dem er sich als Pilz extrem wohl fühlte. Erstaunt blickte Terv sich um, nachdem er ihn auf einem Ledersessel mitten im Raum abgesetzt hatte. So ein exotisches Heim hatte er nicht erwartet. Beeindruckt ging er durch den Dschungel und stand fasziniert vor den Aquarien.

»Gefallen sie dir?« Der Mann hatte ihn beobachtet und versuchte zwischenzeitlich seinen linken Schuh auszuziehen. Ihm entwich ein Schmerzenslaut.

Terv kam zurück und kniete sich vor ihn. »Gib her.« Vorsichtig löste er den Schuh von dessen Fuß. Dann zog er die Socke ab.

»Ach du meine Güte!« Der ungeflügelte Mann betrachtete den Fuß.

»Kannst du ihn bewegen?«

Mit schmerzverzerrtem Gesicht wackelte er mit den Zehen. Terv umfasste den Fuß vorsichtig und bewegte ihn langsam.

»Bist du Arzt?«

»Nein. - Ich verstehe lediglich ein wenig von Medizin – aber hauptsächlich von Giften.«

Der Mann blickte ihn, trotz der offensichtlichen Schmerzen, begeistert an. »Wirklich? Hast du gesehen, dass ich

143

einen Steinfisch habe? Das ist der giftigste Fisch auf dem ganzen Planeten.«

Tervenarius erhob sich und lief nochmals zu den Aquarien. Er spürte den Blick des anderen im Rücken. Er kam zurück. »Der Steinfisch versteckt sich aber gut«, lächelte er.

Was war nur mit dem Mann? Er konnte dessen Miene nicht deuten, denn er starrte ihn mit riesigen, blauen Augen und halb geöffneten Lippen an. Terv sah auf dessen Hände. Sie zitterten.

»Geht es dir nicht gut?«, fragte er besorgt. Er hatte ja nicht viel Erfahrung mit der Spezies Mensch, aber dieser hier erschien ihm irgendwie gestört.

»Doch, doch! Ich werde jetzt einen Freund anrufen, der Medizin studiert hat. Der wird mir bestimmt helfen.«

Terv nickte. »Ich bin übrigens Tervenarius. Es war schön, dich kennengelernt zu haben.« Er verneigte sich.

»Okay! Ähm ja, ich bin David. Vielen Dank für deine Hilfe!«

Eine seltsame Begegnung. Erleichtert sprang Terv die Treppen hinab und versuchte die eingetretene Eingangstür ein wenig zu richten. Ob sein Kefir noch an seinem Platz war? Die Tüte stand auf dem Bürgersteig, er hatte Glück. Er sah zu dem Fenster im zweiten Stock. Menschen waren wirklich seltsame Wesen. Kopfschüttelnd stieg er in den BMW und fuhr ins Rosewood. Er wollte etwas über Steinfische lesen. Pay-TV war uninteressant geworden.

David fluchte, als er am nächsten Morgen aus dem Bett aufstehen wollte. Seinem Fuß ging es nicht viel besser, obwohl ein alter Freund von ihm, Dave, der Medizinstudent, ihn sich noch am Abend angesehen und als verstaucht erklärt hatte. Die kühlende Salbe starrte fingerdick auf der Haut als David den Verband vorsichtig löste. Auto fahren konnte er mit der Verletzung vergessen. Ärgerlich, denn er hatte eine Verabredung mit einem neuen Kunden. Wayne, ein befreundeter Häusermakler, hatte ihm diesen zugeschoben, da er selbst in

Urlaub war Der Mann suchte dringend ein größeres Objekt und David hatte noch drei geeignete Häuser auf Lager. Er sah auf die Uhr. Wenn er pünktlich um zehn Uhr dort sein wollte, musste er sich sputen.

Das Taxi lud am vereinbarten Treffpunkt in Kitsilano ab. Er bezahlte den Fahrer und stieg etwas schwerfällig aus. Dieser blöde Fuß. Sein Kunde war nicht da. David stellte den Kragen seines Mantels hoch, denn der Wind war morgendlich frisch. Er sah zum Himmel. Immerhin versuchte die Sonne, sich einen Weg durch die graue Himmelssuppe zu bahnen.

Ein schwarzer BMW hielt am Straßenrand. Er verstand nicht viel von Autos, aber sah sofort, dass dieser ein größeres Kaliber war. Das war ja schon einmal ein guter Anfang. Obwohl – sein Vater hatte ihm beigebracht, dass dicke Limousinen auch geleast werden können, und man nicht den Geldbeutel des Fahrers daran messen sollte.

Ein Mann stieg aus und David stockte bei seinem Anblick der Atem. Sein Herz setzte ein paar Schläge lang aus. Wahnsinn! Sein Kunde war ER!

Tervenarius trug einen hellgrauen Armanianzug, der mit ihm zu verschmelzen schien und hatte das silbrige Haar mit einem schwarzen Lederband zurückgebunden. Er zog sich rasch einen dunklen Wollmantel über, drehte sich um und blickte David an. Seine weiße Haut wirkte in dem fahlen Morgenlicht wie von innen beleuchtet. Er lächelte. Grün. Er hatte grüne Augen.

Aber Moment mal. Wieso denn grün? Waren sie nicht am Tag zuvor blau gewesen? Davids Herz kletterte in den Hals und blieb dort laut klopfend stehen. Wie sollte er sich nach dieser verrückten Vorgeschichte verhalten? Professionell, dachte er – am besten fachmännisch und cool.

Er riss sich zusammen und hinkte auf Tervenarius zu. »Guten Morgen! Ich bin David Martinal.« Er reichte ihm die Hand und verdrängte den Gedanken daran, dass die gleiche Hand am Tag zuvor seinen Knöchel berührt hatte. »Wenn Sie wollen, können wir sofort mit der ersten Besichtigung anfangen. Wir haben hier eine Villa, die leider noch bewohnt ist, aber bald frei wird. Zwölf elegante Zimmer.«

Tervenarius lächelte höflich. »Hat sie einen Keller und wie groß ist die Gesamtfläche?« Mit keinem Wort erwähnte einer von ihnen das Erlebnis vom Vortag. Jetzt ging es ums Geschäft. Das schien sein Gegenüber ebenfalls so zu sehen. Also schloss David die Tür der 1976 erbauten, weißen Villa auf und gab ihm die ersten Informationen.

Tervenarius hörte ihm aufmerksam zu. Nun war David mal nicht der dumme August und konnte mit Fachwissen punkten. Er erklärte das Anwesen und lobte die Villa über den grünen Klee.

Sein Kunde schüttelte den Kopf. »Ich befürchte, das Objekt ist zu klein für meine Zwecke.« Hm, schlecht.

»Okay, kein Problem. Ich habe noch zwei weitere Häuser zur Auswahl. Eine schöne Villa und – tja, da ist so eine Art alte Schule. Die hat wohl kaum Wohnqualitäten, aber das kann man ja einrichten. Dafür ist sie riesig und voll unterkellert. Sie liegt sogar nah am Meer.«

»Die möchte ich sehen.«

Sie verließen die Villa und stiegen in den BMW. Der Wagen war wahrlich ein echtes Prachtstück, innen mit Wurzelholz-Armatur und einem beeindruckenden Bordcomputer. »Ein Traumauto.« David lächelte ihn an und blickte auf seine kräftigen, weiße Hände auf dem Lenkrad. Eigentlich hätte er ja lieber gesagt: „Ein Traummann in einem Traumauto." Aber er war zu wohlerzogen um einen potentiellen Käufer so unverhohlen anzuflirten. Also legte er den Kopf an die Kopflehne und schloss eine Sekunde lang die Lider. Am liebsten hätte er in diesem Moment eine Weile in wohligen Gedanken verharrt, aber riss schnell die Augen wieder auf. Der Mann war ein Kunde – er musste sich dringend zusammennehmen.

Wie er versprochen hatte, lag das Haus nah am Meer, im Seafair Drive. Tervenarius parkte und sie stiegen aus. Die Luft war angenehm frisch und salzig. Aus seinem Pferdeschwanz löste sich eine silberweiße Strähne. Sie flatterte im Morgenwind. Sofort begann David erneut zu träumen. Ob er noch einmal die Gelegenheit haben würde, sein Engelshaar zu berühren? Tervenarius strich sich die Haarsträhne hinters Ohr. Urplötzlich fühlte David sich frustriert und leer. Er schloss auf, ließ Tervenarius den Vortritt und folgte ihm hinkend ins Haus.

Die Schule war ein langgestrecktes, weißes, einstöckiges Gebäude. Von einem langen Flur gingen viele Zimmer in alle Richtungen. Das Ganze war, wie David angepriesen hatte, voll unterkellert, der Kellerboden hell gefliest. Sie liefen gemächlich durch das Anwesen, da Davids Fuß weiterhin schmerzte. Jetzt geht es um Geld, dachte er. Ich muss, verdammt noch mal, mit der Träumerei aufhören!

Endlich nickte Tervenarius. »Das sollte umgebaut werden. Was soll das Ganze kosten?«

»Da das Areal sehr groß ist und in der besten Lage 2,2 Millionen.« Dazu kam dann noch seine Vermittlungs-Provision.

Tervenarius überlegte und lief dabei Richtung Eingangstür. David wartete nervös auf seine Antwort. Die alte Schule war ein problematisches Objekt. Sie loszuwerden hätte ihn um einige Kopfschmerzen erleichtert. Er wollte den schönen Mann nicht über den Tisch ziehen, aber Geschäft war Geschäft.

»Da ich sehr hohe Umbaukosten haben werde, würde ich die Schule für zwei Millionen nehmen«, sagte er schließlich.

David schluckte. »2,1.«

Tervenarius lächelte ihn an. »Okay, aber unter einer Bedingung: Sie helfen mir einen fähigen Bauunternehmer zu finden und beaufsichtigen die Umbauarbeiten, wenn ich nicht hier sein kann.«

Was für eine Chance! Jetzt hatte er die Möglichkeit, diesen traumhaften Mann näher kennenzulernen! Doch dann siegte seine Unsicherheit. Er hatte von Innenarchitektur keine Ahnung. David kannte seinen Familiennamen nicht, deshalb sagte er: »Tut mir leid, Tervenarius. Ich weiß leider nichts über Umbauten.« Er hasste sich in diesem Moment für diese Antwort.

Aber sein Kunde blieb hartnäckig. »Sie haben Ihre Wohnung wunderschön hinbekommen – das schaffen Sie bei meinem Haus unter Garantie auch!« Er streckte David die Hand hin.

Der gab sich einen Ruck: »Abgemacht! 2,1 plus Umbau-Beaufsichtigung.« Sie lächelten sich an.

»Das sollten wir zumindest mit einem Kaffee begießen«, grinste David. Es war zu früh für Drinks.

»Kennen Sie eine Milchbar in Vancouver?– Ich bin Milch-Fan.« Tervenarius machte eine Pause. »Wir waren auch schon einmal beim Du.«

David spürte, wie er errötete. Das Erlebnis am Abend vorher war ihm jetzt sehr peinlich. Er kam sich vor wie ein Trottel. »Milchbar? Ja, natürlich.« Er hinkte zu Tervs Auto.

Die Miura Waffle Milk Bar, Downtown, hatte bereits geöffnet. David bestellte sich einen Kaffee und einige Waffeln. Tervenarius wollte Kefir. Lange saßen sie sich schweigend gegenüber und nippten an ihren Getränken.

Er musste irgendetwas sagen. Versuchen zu erklären. »Ich möchte mich noch einmal für gestern Abend bedanken. Ich hätte dich bei meinem „Flug" auch schwer verletzen können. Nicht jeder hätte so freundlich reagiert. Ich war etwas neben der Spur.«

Tervenarius schaute ihn an. »Helfen die Menschen sich denn nicht gegenseitig?«, fragte er.

Was für eine seltsame Frage, dachte David. »Doch natürlich. Manche sind hilfsbereit, aber, besonders in den Großstädten, sind das nicht alle.«

»Warum sind die Menschen in den Städten anders?«

Wieder so eine komische Äußerung. David überlegte. »Ich denke hier ist es die Anonymität, in der sich viele verstecken. Jeder denkt nur an sich, und da bleibt die Menschlichkeit schon mal auf der Strecke.«

»Das ist schade«, bemerkte Tervenarius nur. Das Thema hatte sich offensichtlich schnell für ihn erledigt, was David erleichtert zur Kenntnis nahm. »Ich habe mich übrigens über deinen Exoten schlaugemacht. Wie schafft man es eigentlich Salzwasser künstlich herzustellen?«

David strahlte – sein Lieblingsthema. Sie begannen ein Gespräch über Fische, Pflanzen, Gifte. Er fand in Tervenarius einen gebildeten Gesprächspartner – der schien Fachmann für Pilze zu sein.

Die Zeit verrann und Tervenarius war bereits bei seinem dritten Kefir. Sie mussten zum Geschäftlichen zurückkommen.

»Wann machen wir die Vertragsunterzeichnung?«, fragte David.

»Wenn es dir recht ist, gebe ich dir schon einmal die Hälfte und du quittierst sie mir. Miss Aiden McGallahan wird aus Calgary kommen und das Haus kaufen.«

Verdammt, dachte David, er ist gebunden. Das hätte ich mir ja denken können. Sein Mut sank. »Deine Freundin oder Ehefrau?«

»Nein.« Tervenarius schmunzelte. »Die Frau meines besten Freundes. Sie werden auch mit in Vancouver wohnen.« Er umklammerte mit seinen weißen Händen das Kefirglas. Es sah so aus, als würden beide verschmelzen. David betrachtete ihn fasziniert.

»Aiden wird morgen herkommen. Wo sollen wir uns treffen?«

»Ich kann gern zu euch ins Hotel kommen. Wo wohnst du?«

»Im Rosewood.«

Das war ja eigentlich klar, dachte David. Er nahm seinen Mut zusammen. »Was machst du heute Abend?« Außer Pay-

TV zu schauen hatte Tervenarius nichts vor. »Hast du Lust mit in eine Show zu gehen?«

»Sicher. Warum nicht.«

David strahlte. Seine Freunde würden staunen, wenn er dieses Prachtstück von Mann mitbrachte. »Fein, dann hole ich dich um acht Uhr im Hotel ab. Ich lade dich ein.«

Wie betäubt und aufregt bezahlte David die Rechnung und gemeinsam verließen sie die Milchbar. Er hatte ein Date mit Tervenarius! Er vergaß seinen Knöchel und ging wie in Trance zum Auto. Terv fuhr ihn nach Hause. David betrachtete sein maskulines Profil. Sein Herz klopfte laut bis zum Hals.

Der bemerkte den Blick und lächelte, sah David aber nicht an. »Bis heute Abend.«

Tervenarius war pünktlich. In dunkler Jeans, weißem Hemd und schwarzem Sakko lehnte er an der Wand des Rosewood Hotels. Er trug das Haar offen. Es floss in einem silberweißen Strom über seine Schultern, was ausgesprochen aufregend aussah.

David hatte wieder ein Taxi genommen, denn er war sich nicht sicher, ob der Abend nicht vielleicht doch feuchtfröhlich enden würde.

Sie begrüßten sich mit Handschlag. David hatte sich nervös drei Mal umgezogen. Dann endlich war seine Entscheidung auf eine weiße Hose und ein helles, weiches Versace-Hemd gefallen. Um dem Ganzen einen offiziellen Anstrich zu geben, trug er dazu eine schwarze Krawatte. Es war immer noch recht kühl. Deshalb hatte er seine nachtschwarze Lammfelljacke darüber gezogen. Tervenarius musterte ihn, aber David konnte den Blick nicht deuten. Gefiel ihm, was er sah?

»Wo gehen wir denn hin?«, erkundigte sich Tervenarius.

»Ich dachte, du hättest vielleicht Spaß, dir einmal eine Travestie-Show anzuschauen.«

»Was ist das?«

»Eine Art Cabaret, aber nur mit Männern.«

Tervenarius nickte zustimmend. David war sich nach wie vor nicht klar über seine sexuelle Ausrichtung. Na ja, zumindest schien er tolerant zu sein, denn sonst würde er sich wahrscheinlich nicht bereit erklärt haben, eine reine Männershow zu besuchen. Das ist schon einmal gut, dachte David, als sie aus dem Taxi stiegen und sich dem Eingang näherten.

Madame Ricarda zwinkerte, als sie Terv und ihn durch das kleine Klappfensterchen der Eingangstür betrachtete, und ließ sie ein. Sie lächelte vielsagend.

Sie bekamen einen Platz mit einem guten Blick auf die Bühne. Die Show hatte noch nicht begonnen und die an den runden, schwarzen Lack-Tischchen verteilten Gäste unterhielten sich angeregt. Das rötliche Licht der Wandlampen und der hübschen Glas-Öllampen auf den Tischen schmeichelte dem Aussehen der Besucher. Die gedämpfte Hintergrundmusik ermöglichte leise Gespräche. Ein angenehmes Ambiente. Hoffentlich empfand Terv das auch so.

David blickte sich um. Ausgerechnet an diesem Abend hatte keiner seiner Freunde und Bekannten den Weg ins Cabaret gefunden. Na ja, so schlimm war das nicht. Er konnte nun wohl nicht mit Tervenarius angeben, aber lief auch nicht in Gefahr, seinen Begleiter vielleicht ausgespannt zu bekommen.

Tervenarius musterte die Getränkekarte und bestellte einen Florida-Keeper, den er jedoch nicht anrührte. Er schien wirklich Milchtrinker zu sein. Das war natürlich blöd. So würde er den ganzen Abend auf dem Trocknen sitzen.

»Du trinkst nur Kefir?«

Terv nickte und in diesem Moment begann die Show. Die Wandlampen verdunkelten sich und Scheinwerfer erhellten die mit roten Samtvorhängen eingerahmte Bühne. Die Transe Tatjana imitierte Madonna sehr gekonnt und sang dazu nach einem eigenen Text. Es war klar, dass dieser das Alter des Stars und dessen Bemühungen wie eine junge Sexbombe zu erscheinen, auf die Schippe nahm. Davids Blick huschte zu Tervenarius. Er schien sich nicht zu amüsieren, denn seine Miene blieb unbeteiligt. Vielleicht mochte er Madonna und konnte es nicht leiden, wenn sie durch den Kakao gezogen wurde. David nahm betreten einen Schluck aus seinem Glas. Das war ungünstig.

Danach folgte ein lustiger Auftritt von fünf Can-Can-Tänzerinnen zu lauter Musik. Sie machten ihre Sache wirklich gut, kreischten, warfen die Beine in die Höhe und sangen ein anzügliches Lied. Die Gäste lachten. Ein Seitenblick auf Tervenarius zeigte ihm, dass auch diese Darbietung bei ihm nicht so recht ankam. Verflixt, David hatte den falschen Laden gewählt. Er musste das Desaster schnell beenden.

»Sollen wir lieber irgendwo hingehen, wo es leiser ist?«, fragte er.

Tervenarius sah ihn an und nickte dankbar. »Ja, bitte.«

David winkte dem Crossdresser, der sie bediente hatte und zahlte. Madame Ricarda öffnete ihnen mit erstauntem Gesicht die Tür um sie hinauszulassen. Es half nichts. Er hatte Terv falsch eingeschätzt. Er schien ein ernster Mann zu sein, kein Partygänger. Hoffentlich hat ihm das nicht den ganzen Abend vermiest, dachte David bedrückt.

Erleichtert atmete Terv die kühle Nachtluft vor der Tür. Sein Gesicht wirkte nun viel entspannter. Und was jetzt? Terv beantwortete seine unausgesprochene Frage. »Ich würde mir lieber noch einmal deine Fische anschauen – oder vielleicht ein großes Aquarium besuchen.«

»Das Vancouver Aquarium hat nicht mehr geöffnet«, antwortete David bedauernd. Er wollte den Abend keinesfalls abrupt enden lassen. »Aber wenn du willst, erkläre ich dir gern alle meine Fische.« Sie würden in seine Wohnung zurückkehren.

David winkte einem vorbeifahrenden Taxi, das sofort anhielt und sie mitnahm. Er gab dem Fahrer die Adresse. Vor Aufregung kribbelten seine Fingerspitzen. David bemühte sich, die Finger ruhig zu halten – sie nicht aneinander zu reiben. Nun würde der Abend spannend. Er blickte zu Tervenarius, der interessiert die hell erleuchteten, vorbeihuschenden Straßenzüge betrachtete. Er war David ein Rätsel.

Das verunsicherte ihn auf der einen Seite, aber machte ihn auf der anderen aufgeregt und erwartungsfroh. David bemühte sich, nicht unruhig mit den Knien zu zappeln und war froh, als das Taxi endlich anhielt.

Seine Wohnung empfing sie mit ihrer heimeligen Dschungel-Atmosphäre. Schlagartig erlosch seine Nervosität. Tervenarius fühlte sich offensichtlich auch sofort wieder wohl und legte sein Sakko ab. Er trug ein weißes Hemd, das eng an seinem Körper anlag. An seiner Muskulatur war klar zu sehen, dass er viel Sport machte. David fixierte seinen flachen Bauch und das Sixpack, die ihm natürlich ausnehmend gut gefielen. David wusste, dass es ungezogen war ihn anzustarren, aber konnte den Blick nicht abwenden. Er riss sich am Riemen und tat unbeteiligt.

Fische und Gifte. War das nicht ihr Thema? Daran würde er anknüpfen.

»Komm, wir setzen uns hierher und ich erzähle dir etwas über meine Fische. Sie sind eine Seltenheit, musst du wissen.« Damit konnte er punkten. David lächelte.

Sie ließen sich vor dem Kugelfisch-Aquarium auf den weichen Teppichboden nieder. David begann zu erzählen, was er über Kugelfische wusste: Er berichtete von den japanischen Köchen, deren Kunst darin bestand, die Tiere so zuzubereiten, dass nur so viel Gift auf den Teller kam, damit die Zunge prickelte.

Terv lauschte interessiert und betrachtete die aufgeblasenen Fische. Er tupfte mit dem Finger an das Glas und vollführte kleine Lemniskaten. Die Kugelfische folgten seinen Bewegungen.

War das ein Zufall? Es war faszinierend. David nahm seinen Mut zusammen: »Was ich dich die ganze Zeit schon fragen wollte ...«

Terv sah ihn mit seinen blauen Augen an. Ja, nun waren sie wieder blau.

»Warum trägst du Kontaktlinsen?«

Tervenarius legte den Kopf schief. »Weil es mir gefällt.«

Diese Antwort reichte David nicht. »Und was hast du für eine Augenfarbe?«, fragte er neugierig.

»Golden.«

David lachte ungläubig. »Na klar.«

Tervenarius senkte den Kopf und tupfte sich mit dem angefeuchteten Finger in die Pupillen. Die blauen Linsen lagen in seiner Hand. Daraufhin hob er den Blick.

Es traf David wie ein Blitz. Solche Augen hatte er noch nie gesehen. Plötzlich war Tervs Aussehen vollkommen: die weiße Haut, das silbrige Haar, die Augenfarbe. Nun passte alles harmonisch. David starrte ihn an. Das flatternde Gefühl in seiner Brust wanderte in seine Mitte. Er schluckte trocken. Auf einmal verstand er, was die Leute mit dem Ausdruck „Schmetterlinge im Bauch" meinten.

»Unglaublich«, keuchte er. Terv wollte die Linsen wieder einsetzen, aber David hielt ihn davon ab. »Bitte lass sie für heute Abend draußen – für mich«, bat er leise. Er warf alles in eine Waagschale. »Ich möchte gern noch mehr von dir sehen.«

Terv betrachtete ihn nachdenklich und kritisch. Eine Prüfung, die Davids Herz aufgeregt klopfen ließ. Würde er nun einfach aufstehen und gehen? Das war eine eindeutige Anmache gewesen. War er zu weit gegangen? Er hätte alles darum gegeben zu erfahren, was Terv in diesem Augenblick dachte.

Endlich antwortete der sanft: »Ich zeige dir gern mehr, David, aber ich will nicht angefasst werden.«

Was für ein Abenteuer! Er würde sich ihm präsentieren? Sich ausziehen? Für ihn?

»Das ist okay«, flüsterte David.

Terv blieb auf dem Boden sitzen. Ruhig knöpfte er sein Hemd auf, zog es von den Schultern. Sein Oberkörper war milchweiß und strahlte von innen wie eine Marmorstatue.

David war unfähig sich zu rühren. Es war ihn nun auch gleichgültig, dass er ihn unverhohlen anglotzte.

Tervenarius erhob sich und zog gemächlich seine Schuhe, Strümpfe und Jeans aus. Er trug keinen Slip.

Er hatte sich tatsächlich entkleidet. Als wäre es nichts. David konnte die Augen nicht von ihm abwenden, fühlte, wie es ihm heiß und kalt den Rücken hinablief und er anfing zu schwitzen. Tervenarius stand mitten in seinem Wohnzimmer, nackt, als ob es selbstverständlich wäre, und blickte mit unbewegtem Gesicht auf ihn hinab.

So etwas war ihm noch nie passiert. Er durfte schauen, aber nicht berühren. David lehnte sich an das Aquarium und versuchte seine Stirn an dem Glas zu kühlen.

»Alles in Ordnung mit dir?«, fragte Terv besorgt.

»Ja.« David richtete seinen Blick wieder auf ihn.

Terv hatte sich bereits umgedreht und war zum Aquarium des Steinfischs gegangen – präsentierte ihm so auch seine Kehrseite. Sein Körper war perfekt. Gebannt betrachtete David die beiden Grübchen über seinem sanft gerundeten Po. Sein Schwanz reagierte augenblicklich.

»Du hast mir noch nichts von dem Steinfisch erzählt«, stellte Tervenarius lächelnd fest und blickte über die Schulter.

David würde es in dieser Situation unmöglich schaffen, sich auf einen Aquaristik-Vortrag zu konzentrieren. »Entschuldige, das möchte ich lieber machen, wenn wir uns das nächste Mal sehen«, krächzte er. Sein Hals war entsetzlich trocken.

Tervenarius kam wieder zurück und kniete sich vor ihn auf den Boden. Er blickte ihm forschend ins Gesicht.

»Weißt du eigentlich, wie schön du bist?«, stieß David hervor.

»Du findest mich schön?« Dieser Gedanke schien Terv fremd zu sein.

Wie konnte es sein, dass ein Mann wie er zum einen nicht wusste, wie gut er aussah und es zum anderen nicht ausnutzte?

Plötzlich begriff er offensichtlich, dass David ihm ein Kompliment gemacht hatte, denn er lächelte. Instinktiv streckte David, entgegen ihrer Abmachung, die Hände nach ihm aus. Terv wich zurück.

David ließ die Hände sinken. Wie gelähmt sah er zu, wie das Objekt seiner Begierde das Hemd und die Jeans wieder anzog. Dann Strümpfe und Schuhe. Ja, er hatte sich auf seine Bitte hin ausgezogen. Einfach so. Mehr nicht.

Seine Miene musste Bände gesprochen haben, denn Tervenarius kniete sich vor ihn und nahm sein schweißnasses Gesicht in die Hände. Endlich küsste Terv ihn sanft. Davids Herz setzte einen Schlag lang aus. Seine Lippen waren weich und warm. Sein Duft von Marzipan und Veilchen hüllte ihn sekundenlang ein. Dann war es vorbei.

Tervenarius erhob sich und ging, das Sakko über die Schulter gehängt. »Wir sehen uns morgen um elf Uhr zur Unterzeichnung im Rosewood«, sagte er. David saß da wie hypnotisiert und war nicht einmal mehr fähig ihm zu antworten.

Am nächsten Morgen stand Tervenarius mit Aiden und Solutosan in der Halle des Rosewood und wartete auf den Makler. Er war froh, dass sein auffälliger Chef sich mit blauen Kontaktlinsen und einem Hut getarnt hatte. Solutosan hielt Aiden fest an seiner Seite, als erwarte er einen Anschlag der Bacanis. David erschien nur minimal unpünktlich und entschuldigte sich. Tervenarius stellte ihm die beiden vor. Überrascht musterte David die große, rothaarige Schönheit an Solutosans Seite.

Tervenarius grinste. Er war es gewöhnt, dass das Paar überall Eindruck machte.

Sie hatten eins von Rosewoods Besprechungszimmern gebucht und nahmen in den bequemen Sesseln um den runden Mahagonitisch Platz.

»Möchten Sie das Anwesen erst besichtigen?«, fragte David.

Solutosan lächelte freundlich. »Nicht nötig, ich habe Handyfotos gesehen. Außerdem weiß mein Freund genau, was ich haben will. Wenn die Substanz des Gebäudes in Ordnung ist, kaufen wir es.«

»*Danke für dein Vertrauen*«, sagte Tervenarius telepathisch zu Solutosan. »*Ich denke, dir wird das Haus wirklich gefallen.*

Endlich eins, das groß genug ist. Nach dem Ausbau haben wir dort alles, was wir brauchen.«

»Wirst du den Umbau überwachen, Terv?«

»Wenn du mich nicht woanders eingeplant hast, ja.«

»Okay«, antwortete Solutosan. »Was ist mit dem Makler?«

»Was soll mit dem sein?«, fragte er ablehnend.

»Planst du etwas mit dem? Ich wittere solche Dinge.«

»Ich bin mir nicht sicher, Solutosan. Es ist alles ein wenig verwirrend. Du weißt, wie kompliziert das mit den Menschen werden kann.«

»Oh ja« ... Der Duocarns Chef nickte.

»Du solltest noch etwas wissen, Solutosan. Ich weiß jetzt, warum es die letzten Monate um die Bacanis so ruhig war. Besorge dir die Vancouver Sun für Details. Die ausgefressenen Leichen sind alle aufgetaucht. Sie waren aktiv.«

Aiden wollte die entstandene Stille überbrücken und runzelte unzufrieden die Stirn. »Sie haben das Geld schon erhalten, Herr Martinal?«, fragte sie freundlich.

»Eine Anzahlung.« Sie wandte sich zu Solutosan. »Ich für meinen Teil würde jetzt erst gern zum Haus fahren und es besichtigen. Wir können die Abwicklung ja dort fertigmachen.«

»Selbstverständlich«, antwortete David beflissen.

Solutosan bekam einen Heiterkeitsausbruch, als er den BMW sah, den Tervenarius gekauft hatte.

Aiden schüttelte nur den Kopf. »Männer und ihre Spielsachen.« Aber auch sie musste lachen. Solutosan blickte sie von der Seite an. Sie lachte wieder! Er hatte mit seinem Wechsel nach Vancouver richtig gelegen.

Seafair gefiel ihm und begeistert sah er, dass das Gebäude nur durch eine schmale Straße vom Strand getrennt war. Der Rest war ihm schon fast gleichgültig.

Aiden lief neugierig in den vielen Räumen umher, und machte in Gedanken einen Plan. »Ich glaube, ich werde mit Tervenarius hierbleiben und das Haus umbauen.«

Solutosan hob erstaunt den Kopf. Sie hatte gelacht und konnte sich wieder für etwas begeistern. Das war ein guter Anfang. »Richte es ein, wie du es haben willst, Aiden.« Er zog sie ungeniert in den Arm und küsste sie.

Mit einem Seitenblick nahm er wahr, wie der Makler ihn anstarrte und dann zu Tervenarius lächelte. Er hatte also recht gehabt. Da war etwas zwischen den beiden.

»Ich brauche keinen Architekten«, tat Aiden in diesem Moment kund. »Die kosten nur unnötig Geld – außerdem sind Tervenarius und Herrn Martinal ja hier. Wie ich gehört habe, helfen Sie uns den Bau zusätzlich zu überwachen?«

»Das war so abgemacht«, antwortete der dunkelhaarige Mann.

»Fein!« Sie ließ ihn los, drückte den Kaufvertrag gegen die Wand und setzte schwungvoll ihre Unterschrift darunter.

»Gratuliere zum neuen Haus.« Der junge Makler lächelte und blickte Tervenarius dabei an.

Bar fuhr ins Westend, streunte erst ein wenig im Hafenviertel von Vancouver umher, und klapperte dann nach und nach die ganzen Lokale ab. Jetzt machte sich seine Lederkleidung bezahlt, denn in die meisten Clubs und Kneipen wurde er eingelassen.

Er nahm sich vor, sich später noch weiter im Hafen umzuschauen, um vielleicht eine verlassene, abgelegene Lagerhalle zu finden. So etwas erschien ihm für seine Pläne erstrebenswert. Bar hatte die ewige Fahrerei von seiner Basis im Norden Vancouvers satt. Er wollte näher am Geschehen sein. Im Westend waren die ganzen Touristen. So viele fette Schlachtschweine auf einem Haufen!

Die Kneipe, in der er im Moment stand, war besonders abgetakelt und dreckig. Bar lehnte sich neben die Klotür an die fleckige Wand und betrachtete die zerfetzten Poster, mit denen jemand die Kneipenwände dekoriert hatte. Die Menschen darauf kannte er nicht. Vielleicht Verstorbene, an die so erinnert werden sollte. Er widerstand der Versuchung, sich mit der Kralle am Kopf zu kratzen, als ein dicker Mann völlig betrunken an ihm vorbei auf die Toilette schwankte. Sollte er den Kerl ansprechen? Er brauchte Kontakt – musste mit jemandem kommunizieren. Aber er bezweifelte, dass das besoffene Schwein überhaupt fähig war, ein vernünftiges Wort hervorzubringen.

Während er noch nachdachte, stellte sich eine hagere, dürre Frau neben ihn. Mit rauchiger Stimme hauchte sie ihm ins Ohr: »Na Süßer. Nur fünf Dollar.«

»Wofür?«

»Fünf für Blasen, zehn Verkehr, fünfzehn ohne Gummi, zwanzig anal. Küsse auch.«

Bar runzelte die Stirn. Dass die Menschen wie die Warrantz kopulierten, war ihm bekannt. Aber, dass Frauen ihn so direkt darauf ansprachen – das war neu.

»Ich will Informationen kaufen.« Er sah, wie sie gierig das leichte Geld witterte.

»Komm mit raus«, flüsterte sie heiser.

Zusammen verließen sie die Bar. Er wollte sie so weit wie möglich von der Menschenmenge fortlocken und ging zügig Richtung Hafen.

»Hey! Ich hab keinen Bock auf 'ne ganze Wanderung! Was willste wissen und was zahlste?«

»Ich suche einen Mann, der für Geld alles macht. Einen der studiert hat, wenn du weißt, was ich meine.«

Sie dachte nach. »Ich kenn' da einen – den Professor. Weiß nicht, ob das ein Gelehrter ist, aber jeder nennt ihn so.«

»Wo finde ich den?«

»Erst fünf Dollar!«

»Okay, ich gebe dir zehn, wenn du noch bläst.« Sie streckte die Hand aus. Er sah sich um. In der Nähe war ein Seitenarm des Hafens. Die schmutzigen, kleinen Häuser standen dicht gedrängt und die Gassen dazwischen waren nur schummrig beleuchtet. Ein guter Platz, entschied er.

Zögernd holte er zehn Dollar aus der Hosentasche, nach denen sie gierig griff.

Bar hob den Schein aus ihrer Reichweite. »Erst der Professor.«

»Das war der, der in der Kneipe eben kotzen ging.«

Aha, der Alkoholiker. Den hatte er registriert. Bar öffnete seine Hose und zog sein Glied heraus.

»Hey, was bist du denn für einer? So 'ne Form hab ich ja noch nie gesehn!«

»Halts Maul und mach«, stieß er hervor. Die Frau kniete sich hin und zog ihm umständlich eine Gummihülle über das Glied. Sie gab sich redlich Mühe, aber ihre zitternden Finger schafften es nicht.

»Au Scheiße, ich brauche einen Schuss. Egal, jetzt lassen wir's runter.« Sie nahm seinen Schwanz in den Mund und begann zu saugen.

Nun verstand er, was die Menschen an dieser Art sexuellen Technik fanden. Bar stöhnte und wand sich. Sie versuchte ihn möglichst schnell abzufertigen, was nicht gelang.

Sie gab sich redlich Mühe, aber er kam nicht zum Ende. »Mensch, du kannst wohl nix mit deinem Scheiß-Ding! So, das war genug für den Fünfer.«

Dieses Miststück! Sie brach einfach ab! Er schloss seine Hose. »Warte mal! Ich wollte dir noch etwas schenken.« Unvermittelt trat er näher an sie heran. Mit einem Hieb seiner Kralle schlitzte er ihr die Halsschlagader auf. Voller Panik fasste sie sich an den Hals. Da war er wieder – der Blick, den er schon so oft gesehen hatte: Ungläubigkeit, Entsetzen und Angst standen darin. Bar fletschte verächtlich die Zähne, wartete, bis sie zu Boden gesunken war, holte sich seine zehn Dollar aus ihrer Tasche und fuhr dann die Spiralvene aus. Er wollte sie nicht mit den Fangzähnen berühren, deshalb riss er mit der Kralle ihre Hose auf, nahm den Weg zwischen ihren Beinen, perforierte die Gebärmutter. Er lehnte an der Wand und sog gierig. Fortpflanzungsfähig war die verkommene Frau sogar noch gewesen.

Nachdem er die Vene wieder unter die Zunge gezogen hatte, rollte er den Leichnam mit dem Fuß in den nächsten Kanal, in dem er platschend verschwand. Er verschwendete keinen weiteren Gedanken an sie.

Bar schlenderte langsam zur Kneipe zurück. Seltsam, bei dem dicken Mann in der Bar hatte er schon vorher das Gefühl gehabt, dass der interessant für ihn werden könnte. Er sah sich in der dämmrigen Spelunke um und ging auch ins Klo. Nein, der Kerl war weg. Bar nahm sich vor am nächsten Tag wiederzukommen und nach ihm schauen. Alkoholiker kamen immer zur Tränke, wie Vieh – so viel hatte er verstanden.

Er hatte keine Lust in die Basis zurückzukehren, deshalb fuhr er erneut im Hafenviertel herum und suchte nach verlassenen Ecken und Winkeln. Bar entfernte sich dabei immer weiter vom Westend. Harbourview Park gefiel ihm. Er parkte und streunte zwischen den Industriehallen umher. Bingo! Da standen Hallen, die scheinbar lange nicht benutzt worden waren. Durch die fehlenden Fensterscheiben pfiff der Wind, die alten Türen schlugen und klapperten. Bar nahm eines der Gebäude genauer in Augenschein. Es hatte eine Art Maschinenpark beherbergt. Den Maschinenfragmenten konnte Bar keine Funktion zuordnen. Was ihm gefiel, waren etliche, miteinander verbundene Bodenbecken, die wie einzelne Zimmer in den Untergrund eingelassen waren. Wenn diese eine Abdeckung hätten, wären sie ideale Verstecke. Er überschlug im Kopf, wie viele Bretter er benötigen würde, um die Becken abzudecken. Das war eine Menge – er schätzte die Summe auf einige tausend Dollar. Neugierig inspizierte er das Objekt weiter. Metallplatten stapelten sich auf einem Haufen in einer Ecke des Gebäudes. Für seine Zwecke noch besser geeignet als Holzbretter – und schon vor Ort. Er beschloss, das Projekt im Auge zu behalten. Die Halle war ideal, um seine Pläne fortzuführen.

Er parkte den alten Ford in der Nähe des Geländes und machte es sich bequem, um zu schlafen. Am nächsten Tag würde er sich den Tagesbetrieb in der Gegend betrachten und am Abend nach dem dicken Säufer Ausschau halten. Professor, was bedeutete das? Er nahm sein Handy und ging online, googlete nach dem Wort. Ah, okay – nicht schlecht. Vielleicht war der Mann wirklich geeignet. Er brauchte einen korrupten Chemiker. Bar würde suchen, bis er ihn gefunden hatte.

Mit dem Hausverkauf plus seiner Zusage beim Umbau mitzuhelfen begann sein Desaster. Ja, dachte David und blickte zu Terv, der an einem improvisierten Schreibtisch aus zwei Blöcken und einer Platte saß und an seinem Laptop arbeitete. Das habe ich mir selbst zuzuschreiben. Er will nichts von mir und ich sitze nun hier und himmele ihn an. Warum habe ich mir das angetan?

David betrachtete Terv und nahm jedes Detail in sich auf: die eng sitzende Jeans und den eierschalfarbenen Strickpulli. Das zu einem Pferdeschwanz gebundene Haar hatte sich wie kleine silberweiße Schlangen auf dem Rücken in die groben Maschen des Pullovers verschlungen. Die sehnigen Hände auf der Tastatur, das konzentrierte, vorgeneigte Profil. Tervenarius bemerkte seinen Blick und wandte den Kopf. Er trug Kontaktlinsen, wie immer wenn sie auf der Baustelle waren. An diesem Tag waren sie braun. Nein, er lächelte nicht, sondern sah wieder zum Bildschirm.

Ja, selbst dran schuld. David traute sich nicht zu seufzen. „Ich gehe mal nachsehen, wie weit der Fliesenleger im Keller ist", sagte er zu Terv, der lediglich nickte. David erhob sich und verließ das Zimmer.

Nein, er wollte nicht in den Keller, sondern erst einmal nur fort. Er benahm sich peinlich – er wollte nicht schon wieder so nervig sein, sich unreif verhalten. David lehnte sich an die Wand im Flur. Wie werde ich diese rosarote Brille nur los?, fragte er sich. Er hatte sich derartig rettungslos in Tervenarius verliebt, dass ihm beim jedem seiner Blicke das

Herz in die Hose rutschte. Ich muss cool bleiben. Ich muss mich wie ein Mann verhalten und nicht wie ein kleiner, dummer Junge. Das wird die einzige Möglichkeit sein, um ihn von mir zu überzeugen. Ich werde Kompetenz zeigen. Er nickte. Ja genau, Fachwissen wäre gut. Er beschloss, sich über Innenarchitektur gründlich schlau zu machen. Außerdem würde er versuchen Tervenarius zu Freizeit-Aktivitäten zu überreden. Was gab es denn in Vancouver in diese Richtung? Er hatte keine Ahnung, was die Touristen in seiner Heimatstadt gerne besichtigten. Er selbst kannte nur das Aquarium. Genau, das wollte er machen. Vom Aquarium wusste er, dass es um siebzehn Uhr schloss, also würde er Terv für den Nachmittag einladen mit ihm dorthin zu gehen. Da konnte er auf jeden Fall mit interessanten Informationen aufwarten.

Nun setzte er sich doch in Richtung Keller in Bewegung und warf einen Blick auf den Fußboden. Die Fliesenleger waren fleißig gewesen und hatten die Hälfte geschafft. Zufrieden stieg er die Treppen hinauf.

„Die Hälfte ist fertig", verkündete er im Wohnzimmer angekommen. Terv drehte sich zu ihm und nickte. „Gut. Haben sie auch die Wände des Umkleideraums gemacht?"

Verdammt, da war er natürlich nicht gewesen. Das fing ja gut an mit seiner Kompetenz.

„Da war ich nicht", antwortete er wahrheitsgemäß und setzte sich an den großen Tisch mit den Hausplänen. „Aber wenn du willst, gehe ich nachschauen."

Tervenarius schüttelte den Kopf. „Nicht nötig. Das werden wir ja am Abend sehen."

David nahm seinen Mut zusammen. „Terv?"

„Hm?" Er sah nicht auf.

„Hast du nicht Lust? Ich meine, heute Nachmittag haben wir nicht so viel auf dem Plan." Er stockte. „Möchtest du mit mir ins Aquarium gehen?" Er konnte nicht verhindern, dass er rot wurde.

Tervenarius musterte ihn durchdringend, was seine Röte noch verstärkte. Er hasste sich dafür.

„Warum nicht? Ja, das könnte ganz interessant werden", antwortete Terv und lächelte.

Das war vieldeutig. Oder bildete er sich das ein? Bestimmt hatte Terv nur die Fische gemeint und nicht ihn. Verdammt.

„Prima." Trotz seiner Röte gab er sich Mühe ein unbeteiligtes Gesicht zu machen. „Dann lass uns nach dem Essen losfahren, okay?"

Es war bereits hell als David aufwachte. Samstag. Die Arbeiter würden an diesem Tag später kommen – wenn überhaupt. Aiden war mit Solutosan nach Calgary geflogen. Also hatte er an diesem Tag auf jeden Fall frei.

Er kuschelte sich ins Kissen. Terv ins Aquarium einzuladen war eine prima Idee gewesen. Sie hatten es nötig gehabt einmal aus der Baustelle herauszukommen, um ein paar gemeinsame Stunden zu verbringen, ohne die Probleme des Umbaus zu wälzen. Dementsprechend entspannt waren sie beide durch das riesige Gebäude mit der feucht-warmen Luft von Becken und Becken geschlendert. Ein Mal hatten sich sogar ihre Hände zufällig berührt, als sie vor dem Aquarium mit den Haifischen standen. Ob Terv das bemerkt hatte? Nein, gewiss nicht.

Er konnte Tervs Verhalten nicht deuten, was ihn nach wie vor verunsicherte. Tervenarius hatte ihn geküsst. Machen Hetero-Männer so etwas? Eigentlich nicht. Vielleicht war er schwul aber David war einfach nicht sein Typ? War es eher ein väterlicher Kuss gewesen? Das musste es sein.

Ich gebe nicht so schnell auf, dachte er. Ich werde meinen Plan weiter verfolgen und versuchen mit ihm auszugehen. Irgendwann wird er sicher weich. Oder er sagt mir auf den Kopf zu, dass er nicht will. Das muss ich riskieren. David seufzte. Ach, es wäre so schön, wenn er nachgäbe. Wenn er mich in den Arm nehmen und küssen würde. Ob er wohl ein aktiver Mann war? Ein Top? Oh je, so weit mochte er überhaupt nicht denken. Aber die daunenweichen Kissen verführten ihn zum Träumen. Er liebte es, dass Tervenarius so weich war – Haut und Haar wie Seide. Alle seine bisherigen Liebhaber hatten glatte Haut gehabt, stramm über den Muskeln, und nicht derartig streichelzart. Dazu diese Augen. David seufzte erneut.

Er selbst war in der Männerwelt beliebt. Aber er schien nicht gut und reizvoll genug für Tervenarius. Ob der überhaupt schwul war?

Meine Gedanken drehen sich im Kreis, dachte David frustriert. Ich stehe mal besser auf und informiere mich gründlich über Vancouver und dessen Attraktionen. Ich werde ihn so lange belagern, bis er mir eine Antwort auf meine unausgesprochene Frage gibt.

Tervenarius beobachtete David, wie er sich mit Eifer über die Hauspläne beugte. Er beglückwünschte sich zu der Idee, den Makler für den Umbau verpflichtet zu haben. Der hatte ganze Arbeit geleistet und einen fähigen Bauunternehmer aufgetan, der Lust, und vor allen Dingen Zeit, hatte, die Änderungen am Haus vorzunehmen. Verwundert hatte dieser Aidens Wünsche vernommen, die ihm mit ernstem Gesicht von einem geplanten Trainingszentrum für Sportler erzählte. Tervenarius, der an dem Gespräch mit dem Bauunternehmer teilnahm, musste ein Grinsen unterdrücken und bewunderte ihren Einfallsreichtum. So erklärten sich die vielen Wohneinheiten mit den separaten Bädern. Auch die Trainingsräume wurden somit selbstverständlich. Den Schießstand wollten sie von einem anderen Unternehmer einfügen lassen. Zusätzlich war eine große Garage für die vielen Fahrzeuge neu angebaut worden.

David und er halfen Aiden jeden Tag. Sie planten mit ihr und unterstützen sie, wo es ging. Tervenarius bemerkte, wie diese Arbeit ihn mit dem jungen Mann verband. Aber nicht nur der Umbau schweißte sie zusammen. Auf Grund ihrer vielen gemeinsamen Interessen unternahmen sie öfter etwas miteinander.

David hatte nie wieder versucht, ihn zu einem dieser typischen Männer-Vergnügungen mitzunehmen. Dafür waren sie staunend durch die Museen von Vancouver gelaufen, hatten das Aquarium besucht, das Maritim Museum und den Chinesischen Garten. David kannte seine Heimatstadt wohl selbst nicht so richtig und entdeckte sie jetzt mit ihm zusammen. Oftmals, wenn sie sich näher kamen, bemerkte Tervenarius Davids verliebten und manchmal flehenden Blick, überspielte diese Situationen jedoch mit belanglosen Worten. Er mochte den hübschen David, aber, so wie auch in den Äonen zuvor, fand er sich für ein festes Liebesverhältnis ungeeignet. Deshalb wünschte er, dass David die Annäherungsversuche seinließe. Gelegentlich spürte er sogar deswegen einen leichten Groll, den er jedoch stets unterdrückte.

David bemerkte seinen Blick, hob den Kopf und sah ihn an. Wieder lag diese hoffnungsvolle Erwartung in seinen Augen. So allmählich wurde David zum Problem. Und das drängte auf eine Erledigung. Er musste deswegen dringend mit ihm sprechen.

Es hatte tagelang geregnet. Das Meer schäumte grau und unfreundlich und Sturzfluten von braunem Wasser liefen die Straßen herunter – so viel, dass die Gullis die riesigen Mengen kaum noch aufnehmen konnten. Tervenarius war schlagkaputt und wollte sich in den Ruhemodus in seiner Suite im Rosewood begeben, da klingelte sein Handy. David!

»Hör zu Terv, ich bin am Haus. Ich glaube, uns schwimmt hier gerade die neu gemauerte Garagenwand weg. Wir müssen etwas unternehmen.«

»Ich komme!« Leicht genervt warf Terv sich in eine alte Jeans und eine blaue Jeansjacke, band sich das Haar zusammen und nahm den BMW zum Haus.

Es stimmte, was David gesagt hatte. Die Mauer wurde so unterspült, dass eine neue Wand der Garage einzustürzen drohte. Glücklicherweise hatte David mitgedacht, bereits Material zusammengesucht und Regenkleidung bereitgelegt, die sie sofort anzogen. Mit vereinten Kräften schleppten sie Sandsäcke herbei und stützten die Wand mit Holzbalken ab. In dem Moment, in dem sie dachten, sie hätten es geschafft, gab die Mauer nach und sank regelrecht in sich zusammen. Es war ein aussichtsloser Kampf gewesen. Frustriert und hilflos standen sie davor. Der Regen rauschte immer noch wie aus Kübeln hernieder. Sie würden bis zum Morgengrauen warten müssen, um den Schaden zu beheben.

Terv stapfte auf duonalisch fluchend in die Garage und zerrte an seiner klatschnassen Jacke. Das Wasser war durch den dicken Stoff gedrungen. Er bemerkte David, der sich bereits aus den nassen Kleidungsstücken geschält hatte, und gerade dabei war, seinen völlig durchnässten Slip über die Schenkel nach unten zu ziehen. David lächelte schief. Dann flammte sein stahlblauer Blick. Das war eine solch eindeutige Einladung – Tervenarius konnte sie nicht mehr übergehen. Wütend wie er war, wollte er es auch nicht mehr. Er hatte das Limit der so offensichtlichen Aufforderungen erreicht und wünschte sich, verdammt noch mal, endlich seine Ruhe!

Terv starrte ihn zornig mit zusammengekniffenen Augen an. Ein Knurren drang tief aus seiner Brust, als er sich David näherte. Das würde er nun endgültig regeln. »Jetzt ist Schluss«, grollte er. Er wollte es? Dann bekam er es!

Er packte David am Nacken, drehte ihn nach vorne über ein altes Ölfass. Mit der rechten Hand drückte er ihn kräftig auf das Fass nieder und riss sich mit der linken die gummiartige Hose herunter. Unter dem brutalen Griff drang er unnachgiebig in David ein. Er verlor die Beherrschung. Haut-Sporen lösten sich. Die Luft um sie herum wurde zum Schneiden dick. David röchelte. Er wehrte sich nicht.

Terv ließ Davids Nacken los und umklammerte stattdessen seine Lenden. Er stieß wie ein Wilder – unbarmherzig und entfesselt. Laut keuchend ergoss er sich in ihn, zog mit den

Nägeln tiefe Kratzer über seinen Po. Schmerz und Lust lösten aus Davids Kehle einen heiseren Schrei. Das Ganze hatte nur wenige Minuten gedauert.

Terv stand schwer atmend hinter ihm, die regennasse Jacke noch am Leib, die Hose heruntergelassen. Er fühlte sich völlig überrumpelt. Jetzt erst kehrte sein klarer Verstand wieder. Er hatte die Fassung verloren und David Gewalt angetan. Und ihm waren unabsichtlich Pilzsporen entwichen. Wären sie giftig gewesen ... Entsetzt stierte er auf Davids zerkratzte Lenden – auf sein eigenes Glied. Der Schock drückte ihm die Kehle zusammen. Wie hatte er sich nur so gehenlassen können?

David drehte sein Gesicht zu ihm. »Ich liebe dich«, keuchte er.

Das konnte ja wohl nicht sein. Hatte der Mann denn nicht verstanden, was eben geschehen war? Er musste doch den Schmerz gespürt haben. Wieso sagte er jetzt so etwas?

»Du weißt nicht, was du sagst!« Der Hass auf sich selbst ließ ihn wütend brüllen. »Liebe? Was hatte das mit Liebe zu tun? Ich verliere die Kontrolle und bin gefährlich. Ein Wunder, dass ich dich nicht umgebracht habe! Ich bin ... ich bin ... ein Monster! Mich kann man nicht lieben ...« Seine Stimme erstarb.

David hört ihn nicht. »Endlich!«, stieß er hervor. »Endlich bist du bei mir!« Er musste reden, aber er wollte ihn gleichzeitig auch küssen, tief und hungrig. »Du bist da! Ich liebe dich!« Er steckte Tervenarius die Zunge in den Hals, biss ihn, biss in seiner Hektik sich selbst, klammerte sich an ihn, so dass Terv das beklemmende Gefühl bekam, David wolle ihn verschlingen.

Verwirrt schob Tervenarius ihn von sich. Er verstand nicht, wieso David nach dem, was eben geschehen war, nicht mit Abscheu reagierte. Der junge Mann hatte sich wochenlang um ihn bemüht, war freundlich und liebevoll, und er? Er hatte sich nicht in Griff und schändete ihn, weil er mit seiner Art von Zuneigung nicht klarkam. Er war verachtungswürdig. Terv stand erschüttert da, konnte nicht verhindern, dass ein Schluchzen in seiner Brust aufstieg.

Entschlossen zog David seinen Kopf auf seine Schulter und schlang die Arme um ihn, streichelte ihn und sprach sanfte, beruhigende Worte.

Der Mann war so warm – so lieb. Er, den er misshandelt hatte, wollte ihn jetzt trösten. So etwas hatte er noch nie erlebt. Er spürte Tränen aus seinen Augen dringen. Einige kugelten Davids nackten Rücken hinunter, klickten mit einem kleinen, metallischen Geräusch auf den Deckel des Ölfasses.

Wie konnte er das nur wieder in Ordnung bringen? Entschlossen entzog sich Terv Davids Umklammerung, streifte endgültig die nassen Sachen ab und rannte splitterfasernackt zum Auto, um eine Decke zu holen. Er fand eine Wolldecke und auch ein altes Handtuch.

David stand fassungslos, nackt, vor Kälte zitternd, im Schein der einzigen Glühbirne und starrte auf die goldenen, erstarrten Tränen in seiner Handfläche, die er von dem Fass genommen hatte.

Er würde sich den Tod holen. Energisch schloss Tervenarius Davids Hand um die Tränen, zog ihn mit sich und drückte ihn auf einen Haufen Zementsäcke, die in der Garage auf einer Holzpalette gestapelt waren. Sorgfältig wickelte er die Decke um Davids bebenden Leib. Nachdem er seine Pilzschicht verstärkt hatte, schlang er sich das Handtuch um die Lenden. Wortlos setzte Terv sich neben ihn und legte den Arm um seine Schulter. Beide versanken in Gedanken.

Aus der Garage konnten sie auf den Ozean schauen. Es hatte aufgehört zu regnen und das Meer wellte sich nun mit kleinen Schaumkrönchen, die ans Ufer schwappten. Er hatte mit David kopuliert und ihm weh getan. Wie war ihm derartig die Kontrolle über sich entglitten? Das schockierte ihn. Aber David hatte mit Liebe reagiert – ihn sogar getröstet. Wieso? Er war noch nie einem Wesen wie ihm begegnet – so sanft und gleichzeitig so stark. Etwas rührte sich in ihm. Ein warmes Gefühl breitete sich in seiner Brust aus, wenn er den Mann neben sich betrachtete.

David legte sacht die Hand auf seinen Arm. »Frierst du nicht?«

»Nein.«

»Du bist kein Mensch, stimmt's?« Er schloss die Faust fest um die goldenen Tränen.

»Ich bin Duonalier. Es ist eine lange Geschichte.« David schien nicht einmal schockiert. Er hockte eine Weile schweigend neben ihm.

»Ist es in deiner Welt normal so einen heftigen Sex zu machen?«, stieß er dann hervor.

Tervenarius spürte, wie er erbleichte.

»Nein«, Terv senkte beschämt den Kopf. »Ich war wütend und habe mich gehenlassen. Das ist unverzeihlich. Ich hatte gehofft, dass mir so eine Entgleisung nie wieder passiert. Ich ...«, er verstummte.

»Du warst zu wild, das ist wahr. Aber ich verzeihe dir.« David blickte ihm ernst in die Augen. »Geschehen ist geschehen.«

»So etwas wird nicht mehr passieren«, bestätigte Tervenarius reumütig.

Ruckartig richtete sich David auf. Die Decke rutschte von seinen nackten Schultern. »Oh doch! Wir werden es wieder machen! Nur wirst du verstehen, dass es Regeln gibt, die man beachten muss. Man kann sich nicht einfach nehmen, was man will!«

Terv blickte ihn prüfend an. Das schien sein Ernst zu sein. Er wollte ihn weiterhin, obwohl er sich als solcher Warrantz erwiesen hatte. Er lächelte ungläubig. »Ihr Menschen seid schwer zu begreifen. Ich habe noch nie jemanden wie dich getroffen. Du bist, wie soll ich das sagen ...«, er zögerte, »... großherzig, außergewöhnlich, sensibel und dazu – sehr begehrenswert.«

David schoss die Röte ins Gesicht. »Ich finde mich ganz normal«, stotterte er. Komplimente waren ihm offensichtlich unangenehm. Er zupfte einen Fussel von der Decke und wechselte eilig das Thema. »Erzähle mir lieber, wo du herkommst. Warum willst du dich ausgerechnet in Vancouver niederlassen?«

Terv nahm seine Hand und strich sacht nacheinander über jeden seiner Finger. David war bewunderungswürdig, ungewöhnlich und – liebenswert. Wieso war ihm das nicht früher aufgefallen? Er musterte David in seiner Decke. Der hatte den Kopf gesenkt und betrachtete ihre verschlungenen Hände. Sein schönes, blauschwarzes Haar schimmerte.

»Wir kommen von einer Welt namens Duonalia. Auf einer Weltraumpatrouille sind wir in eine Raumverzerrung geraten, wahrscheinlich eine Anomalie oder ein schwarzes Loch. Dadurch kamen wir vom Kurs ab und sind mit einem Raumkreuzer in Calgary gestrandet. Unser Führer hat kürzlich beschlossen, nach Vancouver umzuziehen.«

»Raumschiff?« David blickte ihn begeistert an.

»Ja.«

»Kann ich das mal sehen?«, fragte er aufgeregt.

»Der Kreuzer wurde bei der Notlandung beschädigt und wir haben ihn danach zerstört. Einer meiner Freunde hat ihn in Atome zerteilt.«

Davids hoffnungsvoller Ausdruck erlosch. »Ich kenne nur Solutosan und Aiden, Terv. Wer sind denn die anderen? Kommen sie alle nach Vancouver? Ist das Haus deshalb so ausgebaut worden?«

Tervenarius nickte und streichelte ihm sanft die Wange. »Du brauchst nicht so besorgt schauen, David. Wir sind keine Menschenfresser. Wir wollen eigentlich nur in Ruhe untertauchen und hoffen auf eine Chance irgendwann zurückzufliegen. Unsere Kaste nennt sich Duocarns, bestehend aus fünf Kriegern und einem Navigator. Solutosan ist der Chef. Er hat Aiden in Calgary kennengelernt. Sie hat uns viel geholfen.«

»Fand sie es nicht außergewöhnlich echten Aliens zu begegnen?«

»Doch, natürlich. Sie hat sich jedoch Hals über Kopf in Solutosan verliebt. Und du? Findest du es nicht befremdlich neben einem Duonalier zu sitzen?«

David antwortete nicht, sondern schloss einen Moment die Augen, denn Tervs streichelnde Hand glitt über seine Nase, berührte seinen Mund, das Kinn. Sie fuhr seinen Hals hinab, umfasste das Genick und zog ihn zu sich heran. Keine Antwort ist auch eine Antwort, dachte Terv.

Jetzt wollte er es wissen. Ihm waren Davids weiche Lippen noch in Erinnerung an dem Tag, als sie gemeinsam in seiner Wohnung vor dem Aquarium saßen. Aber das war kein richtiger Menschenkuss gewesen, wie er ihn im Fernsehn und im Internet gesehen hatte. Vorsichtig öffnete Terv seine Lippen und umschlang Davids Zunge mit seiner. Der erwiderte die Bewegung leidenschaftlich. Sie liebkosten sich und Terv merkte, dass sein Schwanz schlagartig hart wurde und sein Verstand völlig versank. Der Kuss war heiß, erregend, zärtlich und berauschend. Benommen löste er seinen Mund.

Zufrieden kuschelte David sich an seine nackte, Schulter. Terv verstärkte dort sofort die Pilzschicht, um ihn weicher zu betten. David blickte zu ihm auf. »Ich finde, dass du sehr menschenähnlich bist. Ich hätte nie gedacht, dass sich Außerirdische küssen.«

Tervenarius lachte leise. »Das tun sie auch nicht. Das mit dem Küssen habe ich im Internet gesehen. Ihr habt da solche Filme ... Es fasziniert mich, dass diese Art sich gegenseitig zu penetrieren, derartig anregend ist.«

David schluckte trocken.

»Ihr küsst nicht, aber es gibt doch bei euch bestimmt zwei Geschlechter, oder?«, fragte er vorsichtig.

Tervenarius nickte. »Ja, und wie du an mir siehst, ähneln wir den Humanoiden. Wir sind ebenfalls lebendgebärend und die Frauen säugen die Kinder.«

»Und Mann und Frau haben Sex wie die Menschen?«, erkundigte sich David gespannt.

»Nein, meist bitten die Frauen den Mann ihrer Wahl um eine Samenspende für eine künstliche Befruchtung. Kopulationen laufen nach einem strengend Ritual.«

»Oh!« David senkte nachdenklich den Kopf. Dann blickte er ihn verwirrt an. »Es gibt also auf Duonalia keine Männer, die Männer lieben?«

Terv lachte. »Offiziell nicht. Aber du kannst dir vorstellen, dass bei dieser Art von steriler oder ritualisierter Sexualität eine homosexuelle Gemeinschaft existiert. Nur würde niemals jemand offen darüber sprechen.«

David erbleichte und blickte verlegen auf die Decke, spielte mit Tervs Fingern.

Tervenarius griff unter sein Kinn und hob sein Gesicht zu sich empor. »Was ist, David?«

»Ist noch ein weiterer Homosexueller bei den Duocarns?«, fragte er. Er senkte den Blick und nagte nervös an der Unterlippe.

Tervenarius lachte wieder. »Du bist köstlich. Willst du mich für dich alleine?« Er ließ ihn los.

David nickte verlegen.

»Ja, ich glaube, dass sich Patallia, der Mediziner der Duocarns, ebenfalls nur für Männer interessiert. Aber, halt, bevor du dir deswegen Sorgen machst, ich käme nie auf die Idee, mit ihm etwas anzufangen. Wir sind nur Kameraden. Eigentlich sind alle Duocarns Einzelgänger. Patallia ist Sexualität gleichgültig. Er kennt nur seine Forschung.«

Diese Auskunft schien David zufriedenzustellen. Er lächelte zu Terv noch. Sein Lächeln wurde zu einem Strahlen. In diesem Moment blinzelte die Abendsonne einen letzten Schein durch die Wolken, bevor sie endgültig hinter dem Horizont versank. Sie erleuchtete sein Gesicht und ließ ihn wesentlich jünger erscheinen. Er hat etwas, dachte Terv. Eine Faszination, der ich auf den Grund gehen werde. Er vereint so viele Gegensätze in sich, denn er ist ein Mann und gleichzeitig ein Kind, er ist sanft und doch hartnäckig, erscheint schwach, aber ist dann wieder von einer erstaunlichen Stärke. Ich versuche es und nehme ihn zum Partner. Ihr Götter! Einen Menschen – und meine erste feste Bindung nach Äonen des Alleinseins. Wenn das mal gutgeht.

David ließ ihm keine lange Zeit zu sinnieren, denn er zog seinen Kopf unerbittlich zu sich und küsste ihn leidenschaftlich. Wieder und wieder.

Bar ärgerte sich über die drei Dollar, die er am nächsten Abend zum X-ten Mal in der Kneipe für ein sinnloses Getränk ausgeben musste, nur um sich dort aufhalten zu können. Ohne diesen Obolus hätte der Barkeeper ihn an die Luft gesetzt. Er schaute sich um. Tatsächlich, in einer Ecke saß der dicke Säufer wieder, den Kopf in einer Bierlache. Bar wollte eben von seinem Barhocker gleiten und zu ihm gehen, als die Tür der Spelunke aufgestoßen wurde. Ein rothaariger Mann mit Brille stampfte mit missmutigem Gesicht in die Kneipe. Er schaute sich suchend um - erspähte den dicken Kerl.

»Verdammte Scheiße!«, presste er zwischen den Zähnen hervor. »Dieses versoffene Schwein! – Hey, Tiger, ich nehm den Alten jetzt mit!«, brüllte er zu dem Barkeeper.

»Nix da, Ron! Zehn Dollar!«

Der Mann wurde hochrot. »Das kannste dir abschminken – ich zahl doch nicht dem seine Zeche! Hol's dir von ihm, wenn er wieder nüchtern ist!« Er packte den Dicken und hob ihn auf seine Schulter. »Los, Paps, Zeit zu gehen!« Er schlug dem Betrunkenen rechts und links auf die Wangen, um ihn zum Laufen zu bringen.

Bar schlich hinter den beiden her, nahm sich aber dann den Mut und sprach den Rothaarigen direkt an. »Soll ich dir helfen?« Der wollte eben etwas Unfreundliches erwidern, als ihm der Dicke von der Schulter rutschte.

»Scheiße!« Der Alte war zu schwer. »Es ist nicht weit«, erklärte er Bar, der sich den anderen Arm griff. Der besoffene Mann stank nach Kloake, und Bar verschloss die Nüstern. Er hatte ein Ziel. Davon würden ihn schlechte Gerüche garantiert nicht abbringen.

Gemeinsam schleppten sie ihn drei Straßen weiter in eine stille Gasse mit winzigen, heruntergekommenen Steinhäusern. Ron stieß mit dem Fuß die Haustür auf, sie zerrten den Dicken eine Treppe hoch ins Haus und ließen ihn dort auf eine zerfetzte Couch gleiten. Uff! Beide Männer wischten sich den Schweiß von der Stirn. »Ich hab noch 'n Bier – willste eins?« Bar nickte, nahm die beschlagene, kalte Flasche entgegen und tat als würde er trinken.

Neugierig schaute er sich in dem halbdunklen Raum um. Alle Wände waren mit Bücherregalen bedeckt, in denen sich verstaubte Bücher und Zeitschriften stapelten. In der Mitte auf dem wackligen Tisch flackerte ein Laptop in den letzten Zügen. »Gemütlich hast du es hier«, kommentierte Bar gedehnt. »Erinnert mich an zu Hause.«

Ron bleckte die Zähne.

»Sind die ganzen Bücher vom Professor?«

Der Mann lachte meckernd. »Der? Der hat sich doch schon vor ewigen Zeiten das Gehirn totgesoffen. Die sind von mir.«

Bar erhob sich gemächlich. Eine Wand nur Chemiebücher. Sein Herz schlug schneller. »Du bist Chemiker?«

»Was geht dich das an?« Der Mann kniff die Augen zusammen und betrachtete ihn.

»Weil mich Chemie interessiert.«

Ron zuckte die Achseln. »Das ist doch alles Scheiße. Da studiert man und was hat man davon? Man passt nicht in deren Uni-Schema und schon sitzt man auf der Straße!«

Bar hörte zu, konnte diese Problematik jedoch nicht nachvollziehen.

»Du bist wohl nicht von hier«, grunzte Ron.

»Bin aus Russland«, antwortete Bar. Das war das Land, das ihm am entferntesten schien.

»Aha! Na, da wird's auch nicht besser sein.«

»Stimmt, deshalb bin ich ja in Kanada.«

Ron stieß ein freundloses Lachen aus.

»Wieso hast du denn die Uni verlassen?« Er wusste wohl nicht genau, was eine Uni war, aber musste das Gespräch am Laufen halten, um mehr zu erfahren.

Diese Frage machte Ron misstrauisch. »Sag mal, bist du hier um mich auszuhorchen? Vielleicht für den alten Scheiß-Professor? Ich habe dessen Kram nicht genommen. Das kannst du ihm von mir ausrichten!«

»Nein«, erwiderte Bar. »Ich kenne hier niemanden. Aber ich habe eine Geschäftsidee und suche einen Chemiker.«

Ron horchte auf. »Was denn für eine Geschäftsidee?«

Bar blickte ihm ins Gesicht. »Die Entwicklung einer neuen Droge.«

Ron fiel die Kinnlade herunter. »Im Ernst?«

»Ja.«

Der Rothaarige nuckelte an seiner Bierflasche. »Und wie wird das Zeug wirken?«

»So ähnlich wie Speed.«

Ron legte die Füße auf einen schäbigen Sessel und pfiff leise durch die Zähne. »Ich will dir nicht deine Geschäftsidee abluchsen, aber kannst du nicht ein bisschen mehr erzählen?«

Bar überlegte. Noch hatte er keinen Plan, wie man die Energie aus den Bacanars herauskristallieren konnte, wenn sie erst einmal damit abgefüllt waren. Die Bacanars waren leicht herzustellen und zu ersetzen. Wo war denn die Droge, nachdem sie durch die Spiralvene gesogen war? Sie ging ins Blut und dann ins Gehirn. Man müsste sie aus dem Blut filtern können.

Bar tat erneut so, als würde er Bier trinken. »Es geht darum, jemandem, der Rauschgift genommen hat, dieses wieder herauszufiltern.«

Ron lachte schallend. »Wiederverwertbare Drogen?«

Bar kniff die Augen zusammen. Sollte er diesen Menschen einweihen? Aber was riskierte er? Der Kerl war tot, bevor er nur den falschen Finger krumm machen konnte. »Muss ich dir zeigen.«

Ron überlegte. »Hör mal – wie heißt du überhaupt?«

»Ich heiße Bar.«

»Was ist denn das für ein Name? Na egal, hör zu, Bar, ich kümmere mich jetzt mal um meinen Alten, sonst erstickt er vielleicht endgültig an seiner Kotze. Komm morgen um diese Zeit wieder. Wo müssen wir denn hin?«

»In den Norden.«

»Hast du eine Karre?«

Bar nickte.

»Okay, abgemacht.« Er erhob sich und stellte die Bierflasche auf den klebrigen Tisch. »Morgen!« Er tippte sich an die Stirn.

Er würde Krran mitbringen, falls es Probleme gab. Entweder hatte er jetzt den Chemiker, den er gesucht hatte oder er hatte einfach eine Leiche mehr.

Ron stieg in Bars alten Ford und schaute sich nach dem Kerl um, der auf dem Rücksitz hockte und ihn mit seinen dunklen Augen verächtlich musterte. »Wer ist denn das?«, fragte er zu Bar gewandt. Bar in Lederklamotten auf dem Fahrersitz zögerte nur einen Moment.

»Das ist ein Kumpel von mir, Krran.«

»Noch ein Russe? Na soll mir recht sein. Los geht's!« Ron kurbelte das Fenster herunter, um die Nachtluft in den Wagen zu lassen. Irgendwie rochen die beiden streng.

»Ich hoffe, du hast für unsere kleine Vorsichtsmaßnahme Verständnis.« Ron konnte kaum so schnell reagieren, da hatte Krran ihm schon von hinten eine braune Papiertüte über den Kopf gestülpt. »Es ist empfehlenswert, die aufzulassen«, hörte er Bar sagen. Das hätte er sich ja denken können. Die beiden wollten ihren Schlupfwinkel vor ihm geheim halten.

Sie fuhren in der Stadt herum, bis die Geräusche leiser wurden. Sie schienen außerhalb im Wald angekommen zu sein. Krran half Ron dabei auszusteigen und führte ihn durch mehrere Räume. Ron hatte innerhalb kürzester Zeit die Orientierung verloren.

»Setz dich!« Bar zog ihm die Tüte vom Kopf und deutete auf einen alten Stapelstuhl. Da von dem keine Gefahr auszugehen schien, ließ Ron sich nieder. Er hatte allerdings nicht bemerkt, wie nah der Stuhl an einem Eisenrohr stand, das aus der Wand ragte. Kaum hatte er Platz genommen, war Krran über ihm, klappte eine Seite einer stabilen Handschelle um sein Handgelenk und ließ die andere Schelle um das Wandrohr einrasten.

»Hey!« Ron zerrte an der Handfessel. »Was soll denn die Scheiße?«

»Kleine Sicherheitsmaßnahme«, knurrte Bar und Krran pfiff kurz. Eine Seitentür schlug auf. Einige Wesen stürzten in den Raum und stellten sich in eine Reihe.

Ron quollen fast die Augen aus den Höhlen. »Was zum ...! Was soll denn die Maskerade?«

»Das ist keine Verkleidung«, sagte Bar eisig. »Das sind Bacanars.«

Ron betrachtete die halb-menschlich wirkenden Lebewesen. Einigermaßen humanoide Gesichter und Körperformen hatten sie ja, so wie die beiden Russen neben ihm – auch wenn diese sehr dürr und drahtig waren. Aber da hörte die Ähnlichkeit mit den Menschen bereits auf. Die nackten Wesen besaßen ab Körpermitte eine dicke Behaarung, in der ihre Geschlechter fast verschwanden. Alle hatten Fangzähne und Krallen an Händen und Füßen. Angeekelt betrachtete Ron die schlagenden, behaarten Schwänze, die wie Spiralen gebogen, auf den schmutzigen Betonboden schlugen.

»Respekt!«, fauchte Krran. Die Kreaturen warfen sich auf den Boden in demütiger Haltung.

»Ach, du Scheiße«, stieß Ron hervor. Er sah zu Bar.

»Das sind unsere Drogenlieferanten.«

Meine Fresse, dachte Ron, es geht hier um außerirdische Drogen! Er schluckte trocken – hätte gern ein Bier gehabt.

»Ich erkläre es dir genau«, fuhr Bar fort und Krran pfiff einen der Mutanten heran. »Spiralvene!«, kommandierte Krran. Die Kreatur öffnete den Mund und zu seinem Entsetzen sah Ron, wie sich eine Art Tentakel löste und ganz langsam unter der hochgeklappten Zunge hervorschob. Das verfluchte Ding war garantiert fast zwei Meter lang.

»Damit werden die Drogen gesaugt«, erklärte Bar. »Sie holen sie aus den Gehirnen der Menschen, besonders gern aber aus den Unterleibern der Frauen.«

Ron merkte, wie sein Magen rebellierte. Er unterdrückte ein Würgen. »Was soll das für eine Droge sein?« Er hatte es nicht kapiert.

»Es ist Energie. Pure Energie aus dem Gehirn und die Kraft, die zur Fortpflanzung benutzt wird.«

Ron wurde blass. Sein Verstand arbeitete fieberhaft. »Sag mal, kann es sein, dass ihr mit den vielen Morden in Vancouver etwas zu tun habt?« Bar grinste vielsagend. Ron begriff augenblicklich, in welch tödlicher Gefahr er sich befand. »Ach, du Scheiße!«, krächzte er nur lahm. Seine Kehle war endgültig ausgedörrt.

»Da haben wir also die Energie in dem Blut der Bacanars. Die ist so wahnsinnig stark, dass sie den dümmsten Penner wieder zum Supermann macht.«

Ron horchte auf. »Du suchst jemanden, der dir hilft das Verfahren zu entwickeln, die Droge aus dem Blut zu filtern und verkaufsfähig zu machen, stimmts?«

Bar nickte. »Das wird ein Geschäft - da können die ganzen Heroin- und Kokaindealer ihren armseligen Stoff weg-schmeißen oder verschenken.«

Ron dachte nach. Was hier von ihm verlangt wurde, war, seiner gesamten Spezies zu schaden. »Sterben die Men-schen, wenn man sie der Energie beraubt?«

»Nur wenn man die Gehirne anzapft. Bei der Fortpflan-zungsenergie nicht. Da behalten die Frauen nur kleine Schnitte im Unterleib zurück. Meist sind sie danach un-fruchtbar.«

Das wäre noch zu verkraften, dachte Ron. Er hatte wohl nur wenige Sympathien für seine Mitmenschen, aber Mör-der wollte er keiner sein. Die Erdbevölkerung vermehrte sich sowieso viel zu stark. Würde er die Russen unterstüt-zen, hätte er der Menschheit sogar noch einen Gefallen ge-tan. Von der Seite ging das also in Ordnung. Er musste Bar dann nur darauf fest nageln, nur die Fortpflanzungsenergie zu nutzen.

»Kann es sein deine Baca...«

»Bacanars«, half Bar ihm.

»Genau! Ist es möglich, dass die sterben, wenn man ihnen das Blut abzapft?«

»Kommt natürlich darauf an, wie viel man nimmt.«

Bar nickte. »Die Bacanars sind zu ersetzen. Wir können sie züchten.«

Ron staunte nicht schlecht. »Was ist das denn für eine Art von Genetik?« So langsam interessierte ihn die Sache.

Bars Gesicht wurde zu einem Pokerface. »Wir haben eine Art sie durch künstliche Befruchtung zu erzeugen.«

»Ich denke mal, es ist sinnlos zu fragen, wie ihr das genau macht«, bemerkte Ron ironisch.

»So ist es. – Und was meinst du? Machbar?«

»Ich werde eine Menge Blut brauchen«, überlegte Ron laut und sah zu den immer noch knienden Bacanars. Krran schloss die Handschelle an seinem Handgelenk auf.

Bar nickte zufrieden. »Ich besitze eine Halle in Vancouver, in der du arbeiten kannst. Ich brauche eine Liste, was du alles an Equipment haben musst. Halte dich zurück. Nur das Notwendigste. Wenn der Verkauf läuft, können wir aufstocken. Ich dachte daran, dass du auf prozentualer Basis arbeitest.«

»Fünfzig Prozent?«

Bar brach in höhnisches Gelächter aus. »Wir sind vier Leute – du bist der Fünfte. – Also zwanzig Prozent oder du darfst wieder gehen.«

Ron blickte Bar an. Das war ihm alles ernst. Die Kerle waren Massenmörder. Sie würden ihn niemals einfach so gehenlassen. Und hier winkte für relativ simple Arbeit gutes Geld. »In Ordnung, zwanzig. Aber ich habe noch eine Bedingung: keine Gehirnenergie mehr! Nur die von den Weibern.«

Bar starrte ihn an. »Okay, nur die Weiberenergie.« Er reichte Ron die Hand.

Ron nahm sie, ohne zu zögern.

Ulquiorra, auf dem Weg ins Silentium, blickte vor dem majestätischen, weißen Gebäude den Weg zurück, ehe er die schweren Flügeltüren aufdrückte. Ihn plagte jetzt bereits pochender Kopfschmerz, bevor er überhaupt mit der Tagesarbeit begonnen hatte. Er atmete noch einmal tief durch und betrachtete die Sphärenschleier in der Ferne, die sich zart bunt zwischen dem westlichen und nördlichen Mond von Duonalia wanden. Als Kind hatte er sich gewünscht mit einem der Windschiffe einfach in die Schleier zu fliegen, um dann für alle Zeit dazubleiben.

Die Duonalier glaubten, dass sich die Seelen ihrer Verstorbenen in den Schleiern aufhielten. Vermutlich wäre seine sanfte Mutter dort, die ihn in den Arm nehmen würde. Er hatte sich immer vorgestellt, dass auch sein starker Vater in den Spähren stünde. Aber nein, das konnte nicht sein. Er wusste aus Erzählungen, dass Xanmeran durch das unsterblich machende Sternentor gegangen war. Damals, als er selbst noch in der Wiege lag. So hatte sein Vater sich verdammt, für ewig mit seinem Körper vereint zu sein.

Ulquiorra seufzte, drückte die schweren Türen auf und lief langsam in sein Labor. So lange Zeit hatte er nun geforscht. Niemand unterstützte ihn mehr. Er besaß nur noch geringe Mittel. Sein Onkel, der immer an ihn geglaubt hatte, war zwischenzeitlich gestorben.

Er war dabei seinen Arbeitskittel anzulegen, als es leise an die Tür klopfte. Trianoras bleiches Gesicht erschien im Türspalt.

»Darf ich dich stören?«, fragte sie telepathisch.

»Du störst nicht, Triasan.« So hatte er sie stets in ihrer Kindheit genannt. Sie war damals die Einzige im Fundamentum gewesen, die ihm freundlich entgegen gekommen war.

Trianora trat ein. Wie immer trug sie ihr weites, strahlend weißes Gewand aus Dona-Faser. Allerdings hatte sie nun ein hellblaues Nichts von Schleier darüber gezogen. Langes, glattes, blondes Haar wallte ihr über den ganzen Rücken – nicht, wie sonst, der geflochtene Zopf.

Er runzelte die Stirn. »Ein Festgewand? Wozu das?« Trianora lächelte ihn an. Ihre großen, silbernen Augen strahlten. »Weil wir zwei gleich weg müssen«, sagte sie und schmunzelte spitzbübisch. »Ich habe eine sehr gute Nachricht: Marschall Folderan möchte uns sehen!«

»Aber doch bestimmt nicht jetzt!«

Sie nickte. »In drei Pax.«

»Ich muss mich umziehen!« Er blickte an sich herunter. Sein Dona-Gewand, das er unter dem Arbeitskittel trug, war verschmutzt. Er hatte an diesem Morgen kein Sauberes mehr gefunden. Lächelnd deutete Trianora auf eine geflochtene, weiche Umhängetasche neben der Tür.

Ulquiorra seufzte. *»Ohne dich wäre ich verloren, Triasan.«* Er ging, um die Tasche zu holen, und entkleidete sich auf dem Weg.

»Warte, ich helfe dir!« Trianora zog ihm das Gewand über den Kopf. Er stand nun nackt vor ihr, aber er schämte sich nicht. Sie waren schon immer wie Bruder und Schwester gewesen. Zufrieden nahm er das Festtagsgewand von ihr entgegen, das seinen Leib mit weißen Wogen bedeckte. Sein Überkleid war ebenfalls blau, aber in einem dunkleren Farbton. Sie strich ihm durch das fast hüftlange, nachtschwarze Haar, um es zu ordnen.

Er war sehr froh über ihre Betreuung und lächelte dankbar. Sie kannte seine Stärken und Schwächen. Trianora war ihm bei Beginn seiner Untersuchungen als Assistentin zugeteilt worden, als sein Onkel noch lebte. Seitdem widmeten sie sich zusammen der Forschung, sammelten Daten über die Raumverzerrung, in der sein Vater und die anderen Duocarns vor so langer Zeit verschwunden waren. Sie hatten kleine, nur minimale, Fortschritte gemacht – besaßen nun eine leise Ahnung, wie die Anomalie entstanden war. Aber, nach Ulquiorras Ansicht, gab es noch keinen wirklichen Durchbruch. Was konnte Marschall Folderan also von ihnen wollen?

Sie eilten die weißen Wege des Silentiums entlang und nahmen dann ein Transportband zum Regierungsviertel. Trianora schob heimlich in der Fülle ihrer Gewänder ihre kleine Hand in seine. Sie war offensichtlich nervös. Er drückte beruhigend ihre Finger. Marschall Folderan war der höchste Duonalier, gewählt vom Duonat. Die Regierung aus Rat und Marschall hatte sich als optimal und leistungsfähig für Duonalia erwiesen – seit Jahren standen sie an der Spitze zum Wohle aller.

Da sie angemeldet waren, schwangen die Türen zum Domizil des Marschalls lautlos auf. Dieser eilte mit besorgtem

Gesicht vor der Fensterfront, die sich über eine komplette Wand seines Büros erstreckte, auf und ab und bemerkte sie zunächst nicht. Nach einer Weile blickte er auf, und kam, um sie zu begrüßen. Ulquiorra betrachtete kurz den faszinierenden Blick auf die Monde Duonalias, konzentrierte sich jedoch sofort auf ihren Gastgeber.

Sie verbeugten sich respektvoll voreinander. Folderan war ein kräftiger Mann mit grauem, kurzgeschnittenem Haar und hellblauen Augen. Aufgrund seines hohen Standes trug er ein violettes Übergewand. Der Marschall deutete auf die weiße Sitzgruppe in einer Ecke des Raumes. Nachdem sie Platz genommen hatten, räusperte er sich:

»Sie wundern sich gewiss über meine kurzfristige Einladung.« Ulquiorra und Trianora senkten zustimmend die Häupter. *»Sie sind Wissenschaftler und leben ständig im Silentium?«* Wieder neigten sie die Köpfe. *»Das dachte ich mir.«* Er pausierte. *»Dann werde ich Sie etwas weitreichender informieren müssen.«* Seine Hände spielten nervös mit seinem Gewand.

»Unserer Bevölkerung geht es nicht gut. Der größte Teil lebt inzwischen in Angst und Schrecken vor den Bacanis. Sie haben sich ungeheuer vermehrt. Wir haben ihrer heimtückischen Gier kaum etwas entgegenzusetzen.«

»Ihre Jäger sind ja auch fort«, warf Ulquiorra ein.

»So ist es«. knüpfte der Marschall an. *»Ich denke, wir haben dieses Problem weit unterschätzt. Die Parasiten haben sich völlig mit unserem Volk verwoben und saugen es aus. Wir wissen ja um deren Verlangen nach den Fortpflanzungskräften. Mit Besorgnis beobachten wir den ständigen Geburtenrückgang. Die Zahlen sind nun an einem so kritischen Punkt angekommen, dass ich befürchte, wir werden bald aussterben und den Planeten freimachen für die Bacanis.«*

Ulquiorra und Trianora erstarrten. *»Das war uns nicht bewusst.«* Trianora standen Tränen in den Augen.

»Natürlich nicht – Sie wohnen und arbeiten ja auch im geschützten Silentium.« Er fuhr fort. *»Die Bevölkerung hat sich weitgehend mit Sicherheitsmaßnahmen abgeschottet – besonders die Frauen. Das ganze soziale Leben leidet darunter.«*

»Eine Katastrophe«, knirschte Ulquiorra.

»Ich bin noch nicht am Ende. Tatsache ist, dass wir keine Möglichkeit haben, uns gegen die Bacanis zu wehren. Unsere einzige Waffe waren die Duocarns.« Er seufzte. »Mit Solutosan, Meodern, Tervenarius, Patallia und auch Ihrem Vater sind uns alle kämpferischen, offensiven Gene abhandengekommen.«

Ulquiorra stand auf: »Das sehen Sie so falsch, Marschall Folderan! *Ich* bin noch *da! Und ich bin Xanmerans Sohn!*« Er ballte die Fäuste. »Wir wissen bereits, dass das Raumschiff der Krieger durch eine Anomalie aus dem normalen Raum geschleudert wurde. Ich werde forschen, bis ich das Phänomen rekonstruieren und so die Duocarns wieder zurückholen kann. Ein Staubkorn davon ist uns schon gelungen.«

»Genau das ist der Grund, warum ich Sie rufen ließ, Ulquiorra. Ich wollte Ihnen mitteilen, dass ich Sie nach Kräften in Zukunft bei Ihrer Forschung unterstützen werde – mit welchen Mitteln auch immer. So wie ich das im Moment sehe, sind Sie unsere einzige Hoffnung.«

Der Besuch war vorüber – sie waren entlassen. Wie betäubt stand Ulquiorra auf dem Transportband und fühlte erneut Trianoras Hand in seiner. Sie wanderten über die weißen Wege des Silentiums, als er endlich einen klaren Gedanken fassen konnte.

»Triasan, wir müssen dringend überlegen, wie wir die Forschungen ausweiten und vergrößern können. Jetzt ist unsere Chance! Ich werde arbeiten bis zum Umfallen.«

Trianora nickte und umklammerte seine Hand fester. »Wir finden die Duocarns, du wirst sehen. Wir müssen! Ohne die Alpha-Männer ist unser Schicksal besiegelt.«

»Auch ich kann kämpfen, Triasan, vergiss das nicht. Ich werde meinem Vater Ehre machen!«

Das Handy in Aidens Handtasche hörte nicht auf zu klingeln. Sie legte den Pinsel weg, mit dem sie dabei war ihre hellblaue Kommode wieder weiß zu streichen und nahm das Gespräch an.

»Hallo?«

»Aiden?« Eine krächzende Stimme, die ihr irgendwie bekannt vorkam.

»Ja?«, fragte sie misstrauisch.

»Hier ist Nasty.«

Ach du meine Güte! Eine Gestalt aus der Vergangenheit! Was konnte er wollen? Woher hatte er ihre Nummer?

»Also«, er wirkte verlegen. »Ich habe gehört, was dir damals aufgrund meines blöden Tipps passiert ist.«

»Was?« Wieso wusste er davon? Vielleicht war ihm der Polizeibericht in die Finger geraten und er hatte sich seinen Teil dazu gereimt.

»Ich will jetzt am Telefon nicht ins Detail gehen, Aiden. Nur so viel: Ich würde das gern wieder gut machen. Könntest du nach Calgary kommen? Es wäre wirklich wichtig. Und bring doch bitte Fotos deiner Kinder mit.« Das Letzte kam mit beschwörender Stimme aus dem Handy.

»Meiner Kinder?« Sie überlegte. Sprach er etwa von Passfotos für die falschen Ausweispapiere?

»Ach, du meinst bestimmt die Kinder, die ich damals in der Teestube erwähnte«, mutmaßte sie.

»Genau die.« Sie fühlte, wie er lächelte.

Hatte er wirklich vor, sich selbst um die Papiere zu kümmern?

»Deine Kinder kosten ja sehr viel Geld«, fuhr er fort.

»In der Tat«, antwortete Aiden geistesgegenwärtig. »Was glaubst du, wie hoch die Ausgaben sein werden?«

»Oh, ich würde sagen, dass Erziehung und Schulgeld sicherlich so um die zehntausend pro Kind verschlingen.« Sie hörte ihn regelrecht grinsen.

»Wenn du damit mal hinkommst, mein Freund«, entgegnete sie. »Vergiss nicht, dass ich sechs Kinder habe.«

»In Ordnung«, sagte Nasty. »Wir treffen uns übermorgen Mittag in der neuen Teestube im Norden. Wird sowieso Zeit, dass du mal siehst, was Doris da auf die Beine gestellt hat. Schönen Gruß von ihr übrigens.«

»Danke, Nasty, ich werde da sein.« Sie legte auf.

Wahnsinn! Er hatte ein schlechtes Gewissen. Hoffentlich war er der Einzige, der begriffen hatte, dass Sam Fox und sein ekelhafter Bodyguard diesen Planeten für immer verlassen hatten – und dass sie etwas damit zu tun hatte. Ihr Gefühl sagte ihr, dass er ihr nicht schaden würde.

Einer Eingebung folgend rief sie Doris an. Die überraschte Doris freute sich so ihre Stimme zu hören, dass Aiden fast ein schlechtes Gewissen bekam. Sie hatte so lange Funkstille gehalten. Ja, Doris hatte Nasty ihre Telefonnummer gegeben, denn er wollte seinen unheilvollen Ratschlag wiedergutmachen. Ihre ehemalige Kollegin gestand ihr, sich in den abgetakelten Obdachlosen verliebt zu haben. Sie freue sich wahnsinnig Aiden wiederzusehen.

Aiden legte auf. Doris und Nasty ein Paar? Auf alles wäre sie gekommen, nur darauf nicht. In dem Moment verstand sie, dass ihr Geheimnis sicher war. Doris war ihre beste Freundin und hatte immer zu ihr gestanden. Jetzt freute sie sich richtig auf Calgary. Es würde kein Besuch der bösen Erinnerungen werden.

Xanmeran langweilte sich. Er saß auf dem braunen Ledersofa im Wohnzimmer des Hauptquartiers in Calgary und zog seine Dermastrien am Arm in kleinen Streifen ab und legte sie zurück. Mit einem Seitenblick betrachtete er den Fernseher. Die Menschen waren hohl und oberflächlich – der Inhalt dieser Fernsehsendungen verdeutlichte es ihm immer wieder. Er schaltete um. Sportkanal, Wrestling. Okay, das entsprach schon eher seinem Geschmack.

Warum meldeten sich die anderen eigentlich nicht? Er blickte auf das Display seines Handys. An diesem Tag sollte der Umzug beginnen. Der Computerraum würde ebenfalls auf die Reise gehen. Chrom war deswegen regelrecht am Ausflippen. Dass Pan noch seelenruhig an seinem Rechner saß und einen Shooter spielte, brachte ihn fast an den Rand der Verzweiflung. Deshalb hatte Xan sich nach oben verdrückt. Wie alle Duonalier hasste er Unruhe.

Er fühlte ihn eher, als dass er ihn hörte. Meodern war mit dem Truck angekommen. Xan machte einen erleichterten Satz zur Tür und blickte in das grinsende Gesicht seines Kameraden.

»Na, alles schon in den Startlöchern?«

Xanmeran hob den Daumen.

»Ich muss jetzt nur unten denen den Saft abdrehen, sonst fahren die ihre Rechner nie herunter.«

Meo und Xan krempelten die Ärmel hoch und machten sich ans Werk.

Das Haus auszuräumen war eine gute Übung. Sie freuten sich auf die neuen Möglichkeiten in Vancouver. Alle hatten Calgary satt.

Chrom kam die Kellertreppe hinauf. Mit feierlicher Miene trug er den Schatz der Duocarns an die schmale Brust gedrückt: den Laptop mit den Daten des Raumkreuzers. Er hielt im Flur vor der Küche an, als würde er auf den Mediziner warten.

In Patallias Gesicht lag der gleiche andächtige Ausdruck wie bei Chrom – nur mit dem Unterschied, dass er die große Schüssel mit den Kefirpilzen umklammerte. Wie eine kleine Prozession schritten beide zum LKW und setzten sich vorsichtig in die Fahrerkabine. Pan kletterte dazu, hampelte noch ein paar Meilen herum, ärgerte Lady und schlief dann ein. Die eintausend Kilometer mit dem Truck ging Xanmeran in den Ruhemodus.

Aiden wartete mit Solutosan, Tervenarius und David vor dem Anwesen in Seafair, als Meodern den Truck rückwärts vor die Garage setzte.

»Pan, sofort ins Haus!«, kommandierte Chrom. Mit gesenktem Kopf und schleifendem Schwanz, kleine Steinchen vor sich her kickend, verschwand Pan mit Lady im Hauseingang. Aiden tat der Junge richtig leid, aber auch sie wusste, dass die neue Nachbarschaft, die glücklicherweise durch das weitläufige Grundstück um einiges entfernt war, auf Pans Anblick panisch reagieren würde.

Als die Abendsonne in das rotgoldene Meer eintauchte, war der LKW leer und die Duocarns hatten ein neues Zuhause.

Müde und erschöpft lagerten alle in dem großen Wohnzimmer.

Nun endlich konnte sie mit ihren Neuigkeiten aufwarten. Aiden strahlte die Männer an: »Meine Lieben, nehmt euch morgen nichts vor. Ich brauche jeden um Porträtfotos zu machen. Denkt euch Namen aus – menschliche Vor- und Familiennamen – denn«, sie holte tief Luft, »wenn alles klappt, werdet ihr kanadische Staatsbürger.« Totenstille. Noch mehr Stille.

»Seid nicht so unhöflich«, blaffte Solutosan. »Freut euch gefälligst laut!«

Die Krieger stürzten zu Aiden.

Meo hob sie an der Taille hoch und schwenkte sie herum. »Freiheit!« Er war begeistert. »Ich will John Miller heißen.«

»Bitte nicht John«, bemerkte David aus seiner Ecke.

»Okay, dann James.«

Sie redeten durcheinander, auf Englisch und auf duonalisch, Gelächter.

»Das hast du wirklich gut gemacht.« Solutosan lächelte Aiden an und nahm zärtlich ihre Hand. Ja, sie hatte es geschafft.

»Ich muss übermorgen nach Calgary. Ich hoffe, es klappt alles wie geplant.« Sie strahlte über das ganze Gesicht.

Sein erster Abend im neuen Haus in Vancouver. Die Sterne schienen besonders hell in dieser Nacht. Der Vollmond glühte wie eine riesige Orange am Himmel. Solutosan wurde von dem Rauschen des Meeres vor seinem Hauptquartier regelrecht gerufen. Da nicht anzunehmen war, dass ihn jemand sah, verließ er unbekleidet das Haus, einen schwarzen Schatten an seiner Seite. Die Wölfin Lady schloss sich ihm wie selbstverständlich an, als hörte auch sie die Stimme des vollen Mondes.

Gemeinsam überquerten sie die schmale Straße zum Strand, der seinen feinkörnigen Sand zwischen seine Zehen drückte und ihnen befahl, bis zu den sich aufbäumenden Schaumkronen der Wellen zu rennen, die kräuselnd in der Brandung verebbten. Solutosan lief mit wehendem, langen Haar den Strand entlang, bewegte die Muskeln in einem harmonischen Zusammenspiel. Seine Füße flogen. Die Wölfin sprang begeistert mit ihm. Er genoss den stürmischen Lauf. Er hatte sich auf der Erde angepasst, das ja, aber die Wildheit in seinem Inneren war geblieben, so wie auch bei dem Tier an seiner Seite.

Sein Körper entfesselte aus jeder Pore kleine Mengen Sternenstaub. Er zog eine schmale, leuchtende Spur hinter sich her. Wo seine Füße den Sandboden berührten, hinterließ er ein Glitzern auf den feinen Körnern, als hätte eine Fee sie mit ihrem Zauberstab dort angetippt.

Solutosan blieb stehen und schaute in den Sternenhimmel und zum ersten Mal, seit er auf der Erde war, spürte er heftiges Heimweh. Seine Brust war hart wie Stein und er meinte seine Herzen wollten herausspringen in Richtung der Sterne. Sie suchten sich einen Weg durch die unendlichen Sternensysteme, nach Hause, nach Duonalia. Sein Sternenstaub dehnte sich aus. Stieg in den Nachthimmel auf, verdünnte sich zu einem feinen Schleier, hob sich weiter hinauf, verließ die Galaxie und verteilte sich suchend im All. Lady winselte leise an seiner Seite.

Deutlich kam die Stimme in seinen Geist. Er hörte sie, als stünde jemand neben ihm: *Beo menucans!* Rein und klar. Solutosan bebte. Er warf sich ins Wasser. Das Meer fing ihn mit aufschäumenden Gischt-Armen auf. *Beo menucans!* Er schwamm weit hinaus. Lady war nur noch ein dunkler Punkt am weißen Ufer. Er tauchte tief ab. Geschmeidig bewegte er sich – passte sich den Wogen an, die ihn langsam Richtung

Strand trugen. Auch hier unten war die Stimme zu hören. *Beo menucans!*

Das Meer spie ihn ans Ufer. Regungslos lag er im Sand, von der Wölfin umkreist. Sie bellte – ganz ungewöhnlich für sie. Aufgeregt kläffte sie einen unsichtbaren Geist an, der sich über ihn gebeugt hatte. *Beo menucans! – Komm nach Hause!*

Solutosan grub seine Hand in das Fell der Wölfin, die augenblicklich verstummte. Einen Moment lang war er versucht der Verzweiflung nachzugeben – seinen Kopf in Ladys Hals zu vergraben und zu weinen. Aber er war ein Krieger und kein Kind. Er würde der Stimme folgen – wenn nicht jetzt, dann später. Er hatte alle Zeit der Welt.

Langsam schritt er zum Haus zurück. Ging die Treppe hinauf in sein Zimmer, hinterließ eine Sternenstaub-Spur. Nass und nackt legte er sich auf sein Bett, starrte zur Decke und beschloss, diese aufbrechen zu lassen, um ein großes Fenster zum Himmel einzufügen. Vielleicht wurde er dann irgendwann gefunden.

Aiden kam aus der Küche. Sie sah den Sternenstaub auf dem Boden, der die Treppe hinauf lief und dort aus ihrem Blickfeld verschwand. Sie ließ das Glas Milch, das sie in der Hand gehalten hatte, fallen und eilte der Spur hinterher. Solutosan lag nackt auf dem Bett, die Zeichen führten zu ihm. Er lag in einem glitzernden Licht, die Augen geschlossen. Aiden befiel panische Angst. Sie stürzte zu ihm. Kniete neben ihm und nahm ihn an den Schultern. Sie zuckte zurück. Der Staub war kristallin und schnitt leicht in die Haut ihrer Hände. Er öffnete die Lider. Diesen Ausdruck hatte sie noch nie an ihm gesehen. »Beo menucans«, flüsterte er rau. Dann erkannte er sie.

Er bemerkte ihren Schrecken, als sie auf ihre mit Sternenstaub bestäubten Hände blickte. Er blinzelte. Der Schmerz ließ sofort nach.

»Entschuldige«, stieß er heiser hervor. »Habe ich dir weh getan?«

»Nein.« Sie sah nach der Sternenstaubspur.

Er zog die Spur in seinen Körper zurück.

Bedächtig, wie hypnotisiert, erfasste Solutosan den Kragen ihres Morgenrocks und löste ihn von ihren Schultern – streifte ihr das Nachthemd über den Kopf. Nackt nahm er sie in die Arme. Er roch nach Salz und Meer, nach frischer, klarer Luft. Sie schmiegte sich an ihn.

Langsam löste sich der Schmerz in seiner Brust auf und wich einem sanften Gefühl. Aiden war da. Sie lag bei ihm, warm und weich. Er atmete den Duft ihres Haares. Sie war sein Trost auf der Erde. Er fuhr mit der Hand ihren schlanken Rücken hinunter, bis zu ihren weißen Schenkeln. Er durfte nicht undankbar sein. Er hatte viel verloren – war jedoch auch reich beschenkt worden.

Aiden knabberte an seinem Hals und verursachte ein Prickeln, das über seinen ganzen Leib schauerte. Sie wollte ihn, sie brauchte ihn. Er hatte sich so weit von ihr entfernt. Sie benötigte seine Stärke, genauso wie er die ihre. Er nahm ihre weichen Brüste sacht in seine großen Hände und brachte ihre Brustwarzen zum Erblühen und ihre Beine dazu, sich zu spreizen. Sie erinnerte ihn an die Ismeranien im Garten des Silentiums. Diese Blüten öffneten sich ebenfalls bei sanfter Reibung und Wärme – so wie sich ihre Schenkel jetzt spreizten um ihn zu empfangen. Wogen der Erregung fluteten durch seinen Körper, wie die Wellen draußen am Strand. Sie schwemmten über seinen Kopf und seinen Verstand hinweg.

Er ließ es zu. Badete Aiden in seinem wollüstigen Staub. Verteilte ihn genussvoll auf ihrem schlanken, weißen Leib. Bestäubte ihren Schoß damit, der sich wie eine Blüte öffnete. Er kostete den Nektar. Herbsüß und sinnlich. Sie zerfloss zwischen seinen Händen, in seinem Mund.

Er knabberte sanft an den Innenseiten ihrer Schenkel, umrundete die Scham, bis sie vor Verlangen schrie. Das Versenken in ihr kam einer Erlösung gleich. Sie nahm ihn auf, umfasste ihn tief, ließ ihn vergessen. Er ertrank in einem endlosen Abgrund – fühlte sich zerfließen – und strömte, bis er sich selbst schreien hörte, fest an sie geklammert – dankbar, dass sie ihn führte.

Aiden bäumte sich ihm entgegen, verschlang und empfing ihn ganz, bis sich ein nachtschwarzer Himmel über sie senkte – mit unzähligen verzehrenden Sternen.

Der Morgen schickte seine goldenen Sonnenstrahlen in ihr Schlafzimmer und badete sie und Solutosan in ihrem Bett. Sein Kopf lag auf ihrer Brust, das lange Haar bedeckte ihren Körper in Wellen bis zu ihren Schenkeln. Es kitzelte. Sie wachte davon auf und betrachtete ihn. Er war im Ruhemodus, tief versunken. Sie strich die weichen Haarsträhnen von ihrem Leib. Er erwachte, blickte verschwommen zu ihr hoch. Wo er wohl gewesen war? Der Blick wurde klarer. Er schaute auf ihre rosige Brustwarze vor seinen Augen. Kuschelte sich wieder mit geschlossenen Lidern an ihre weiche Brust – weigerte sich vollends aufzuwachen.

»Was hast du gestern zu mir gesagt?«, wollte sie leise wissen. »Du hast es ein paarmal wiederholt. Es war duonalisch.«

Er öffnete die Augen wieder, dachte nach. »Ich weiß es nicht mehr. Ich war mit Lady baden und mir war, als hätte mich jemand gerufen.« Er zuckte mit den Schultern und blickte zur Zimmerdecke. »Jetzt erinnere ich mich!« Er strahlte. »Ich will die Decke aufreißen und über unserem Bett ein großes Fenster einbauen lassen!«

»Oh ja!« Sie fand die Idee großartig. »Und jedes Mal wenn wir eine Sternschnuppe sehen, musst du mit mir schlafen.« Das war ihr ohne nachzudenken entwichen. Sie wurde rot.

Er lachte. »Woher weißt du, dass ich die Sternschnuppen nicht beeinflussen kann?« Sie spürte, wie ihr Rot sich noch vertiefte. Dieser Satz war vieldeutig. Solutosan zog sie in seine Arme.

»Wie spät ist es?« Aiden richtete sich hektisch auf und angelte nach ihrem Handy. »Mein Flug! Lass mich los, Solutosan! Ich muss weg! Sonst wird das nichts mit den Papieren!« Er ließ sie sofort los und beobachtete sie beim Anziehen. Sie schnappte sich den Umschlag mit den Fotos der Duocarns und die Tüte mit dem Geld, stopfte beides in ihre große Umhängetasche. Sie küsste ihn flüchtig und hastete die Treppen hinunter, hüpfte über Pan, der am Treppenabsatz spielte, und brauste in ihrem BMW zum Flughafen.

David schlief selig in seinen Armen. Tervenarius verstärkte seine Pilzschicht, um ihn noch weicher zu betten. Er hatte ihm nicht mehr weh getan. Zwischen ihnen war mittlerweile eine angenehme, ruhige Vertrautheit, die gelegentlich einem wilden und erregenden Spiel wich.

Terv sah David prüfend an. Seine langen, dunklen Wimpern zuckten im Schlaf. Sein Geliebter war weder dumm noch schwach. Ja, David hatte ihn gewonnen. Er hatte ihn auf seine unnachahmlich hartnäckige und doch sanfte Weise überzeugt, sein Leben als Einzelwesen aufzugeben. Fühlte er sich unwohl? Nein, er war glücklich mit David. Er war froh, so einen starken Partner gefunden zu haben – und liebte es, wenn dieser in den Momenten der Lust weich und nachgiebig war.

Im Alltag stand er neben ihm, selbstbewusst und mit erhobenem Haupt. Tervenarius ahnte, dass diese Festigkeit bald wichtig werden würde. Es war zu lange ruhig gewesen. Es braute sich etwas zusammen. Ihre Feinde waren in Vancouver. Es konnte nicht sein, dass sie nach ihren Schandtaten immer spurlos verschwanden! Alle Krieger verfügten über außergewöhnliche Gaben. Außerdem hatten sie noch

Lady. Es wurde Zeit, auf Streife zu gehen, und die Parasiten zu suchen. Die Bacanis waren eine Gefahr für die Erde.

Terv küsste David sanft auf die zuckenden Lider. Der Schießstand war bald fertig. Er wollte, dass sein Freund sich bewaffnete. Er selbst war im Nahkampf geübt und musste David nicht nur beibringen sich zu verteidigen, sondern auch anzugreifen.

Er fühlte, wie Davids Glied sich an seinen Schenkel drängte. Das mit dem Training hatte aber noch ein paar Stunden Zeit, dachte er lüstern. Zuerst würde er mit ihm eine andere Art Nahkampf trainieren.

Vorsichtig, um seinen Geliebten nicht zu wecken, rutschte er an dessen warmem Körper tiefer. David gefiel es sehr, dass Tervenarius' Leib völlig haarlos war, und hatte sich ebenfalls enthaart. Terv nahm sein Glied, sonderte ein wenig Sporenflüssigkeit in die Handflächen ab und ließ beide Hände streichelnd mit behutsamem Druck über den Schaft gleiten. Bei jeder Abwärtsbewegung küsste er sanft die glatte Eichel, benetzte sie mit seinem Speichel. War David wach geworden? Er hob den Kopf. Nein, scheinbar nicht. Sein Atem ging nach wie vor regelmäßig. Tervenarius setzte seine wollüstige Aktion fort, verwöhnte Davids Penis nun vollends mit den Lippen. Erregung schoss in sein eigenes Genital. Er drückte es gegen die Matratze – rieb es daran. Er reizte Davids Frenulum intensiv und stark, bemerkte mit Entzücken, dass Davids Glied sehnsüchtige, kristallklare Tropfen von sich gab. Gleichzeitig veränderte sich die Atmung seines Geliebten. Sie kam unregelmäßig und stoßweise. Tervenarius lächelte. So mochte er es. Wann würde David wohl aufwachen? Nun wollte er es wissen. Hart umfasste er das Glied an der Wurzel und nahm es in den Mund, trieb es rhythmisch in seinen Schlund und beschleunigte das Tempo. Er genoss diese Aktion in vollen Zügen. Jetzt war David wach! Kurz vor seinem Orgasmus stieß er ein klares Stöhnen aus, packte Tervs Kopf mit beiden Händen, hielt ihn fest und strömte zuckend in seinen Mund. Tervenarius schloss wohlig die Augen, genoss den wollüstigen Moment. Er schmeckte den salzig-warmen Saft seines Geliebten, der ihm die Kehle hinunterlief. Dieser triebhafte Geruch und Geschmack löste in ihm eine heiße, ziehende Welle, die jegliche Gedanken auslöschte und als flammende Woge in seinen Unterleib stieß. Die erlösende Ejakulation befeuchtete seinen Leib und das Tuch unter ihm. Keuchend hielt er die Lenden seines Geliebten umklammert. Er schmiegte den Kopf in seinen Schoß, gab dem langsam weicher werdenden Glied zarte Küsse auf die Spitze. Erst allmählich kam er wieder zu Bewusstsein. Benommen glitt er an Davids Körper hoch und ließ sich schwer neben ihn sinken.

»Guten Morgen!« David strahlte ihn an, schlang die Arme fest um ihn und bedeckte sein Gesicht mit Küssen. »Du hast ja sogar schon gefrühstückt!« Er versuchte ernst und tadelnd auszusehen. »War es besser als Dona oder Kefir?«

Tervenarius lächelte sinnlich. »Probier es selbst«, antwortete er und küsste David tief.

Nach einer gefühlten Ewigkeit löste der sich von ihm. Seine Augen schimmerten. »Apropos Essen: Ich hatte eine Idee und möchte wissen, was du davon hältst.« Er setzte sich im Bett auf und Terv bemerkte, dass er sich auf eine kleine Ansprache vorbereitete, da er die Bettdecke ordentlich zurechtzog und seine Hände nebeneinander darauflegte. Was kam denn nun? »Also ich habe mir überlegt, dass ich auch gerne nützlich für die Duocarns sein möchte – so wie Aiden. Deswegen will ich kochen lernen.«

Terv blickte ihn überrascht an. Dann lachte er: »Aber David, du weißt doch, dass wir nur Kefir und Wasser trinken, und vielleicht mal eine Milchschnitte essen.«

Mit geduldiger Miene schüttelte David den Kopf. »Aiden und ich brauchen ja Nahrung, und wäre das nicht eine tolle Gelegenheit für die Duocarns die Aromen und Gerüche der menschlichen Lebensmittel besser kennenzulernen?«

Terv blickte ihn verblüfft an. »Da hast du recht. Das ist eine phantastische Idee! Das würdest du für uns tun?« David nickte und errötete, was Terv unglaublich hübsch fand. Er rutschte näher und zog seinen Freund in die Arme, küsste zärtlich seine Stirn, wanderte mit den Lippen zu seinen

Wangen, blieb auf seinem Mund. Das war wirklich ein ausgezeichneter Plan, zumal David auf diesem Weg die anderen Bewohner besser kennenlernen würde. Die Duocarns mit ihren bizarren Eigenarten, sowie auch Chrom und Pan, waren definitiv gewöhnungsbedürftig und einen Schritt auf seine Freunde zuzugehen, war mutig und zeigte, dass es David wirklich ernst mit ihm war.

Aiden hatte nicht erwartet abgeholt zu werden, aber Doris stand winkend in einem roten Mantel in der Ankunftshalle. Ihre blonden Haare umgaben ihren Kopf wie ein wildes Storchennest.

Sie strahlte und umarmte Aiden. »Ach, ist das schön dich zu sehn!« Sie erzählte und plapperte, bis sie im Norden der Stadt in der neuen Teestube ankamen, die Doris mit dem Geld der Duocarns aus dem Boden gestampft hatte. Aiden staunte nicht schlecht. Ihre Freundin hatte ein altes, griechisches Restaurant umgebaut. Es besaß einen hellen und freundlichen Gastraum mit einer breiten, mit vielen Grünpflanzen zugewucherten, Fensterfront. Alles war blitzsauber. Im hinteren Bereich befanden sich drei Ruheräume und zwei große Bäder mit Duschen. Die Junkies hatten keinen Druckraum bekommen, aber Doris berichtete, dass es ihnen erlaubt war, unter Aufsicht in den Ruheräumen zu konsumieren. Wie Aiden aus ihren Worten entnehmen konnte, hatte Nasty sich offenbar sehr für die Drogenabhängigen eingesetzt. Zwei ältere Damen halfen, und kümmerten sich zusätzlich um die Bedürftigen.

Aiden setzte sich zufrieden und stolz an einen Tisch im Gastraum. So hatte sie sich das vorgestellt. Fast alle Plätze waren besetzt. Die Leute erhielten warmes Essen und Tee.

Doris stellte ihr eine dampfende Tasse vor die Nase, als sich die Tür öffnete und ein Mann eintrat. Aiden blinzelte. Nasty war kaum wiederzuerkennen.

Er trug eine saubere Bluejeans und eine Jeansjacke, die halblangen Haare zu einer frechen Gel-Frisur gestylt, was verwegen aussah, und ihm richtig gut stand. Die grauen, klaren Augen lächelten sie an.

»Wow!«, stieß Aiden hervor. Nasty nahm Doris schwungvoll in die Arme. Die beiden strahlten sich an. Potzblitz! Was hatte Doris aus dem heruntergekommenen Kerl gezaubert!

»Na, Aiden, das hättest du nicht gedacht, was?«, grinste Nasty und setzte sich falsch herum auf einen Stuhl neben sie. Scheinbar hatte Doris ihn zum Zahnarzt geschleppt, denn seine Zähne blitzen. »Ja, ich habe auch meine High-Times«, lächelte er. »Lass uns mal in einen der Ruheräume verschwinden, okay?« Er legte den Kopf schief.

Aiden nickte und erhob sich.

»Nehmt den linken«, empfahl Doris und zwinkerte.

Nasty schloss die Tür von innen. »Soso, sechs Kinder hast du. Na, dann lass mal sehen.«

Aiden öffnete die Tasche, zog die Fotos der Duocarns heraus und breitete sie auf dem Bett aus. Nasty betrachtete sie lange. »Was für eine Truppe. Die sind ja fast zu schön für diese Welt.«

Aiden schluckte. »Na ja, nicht alle.« Sie nahm Chroms Foto in die Hand. Nasty grinste. »Lass mal überlegen, welcher deiner ist.«

»Was?« Aiden schnaufte empört.

»Beruhige dich, war ja nur Spaß«, meinte Nasty und nahm Solutosans Foto in die Hand. »Der hier.«

»Verdammt, das spielt jetzt wirklich keine Rolle! Ich habe das Geld dabei. Vor- und Zunamen kannst du dir ausdenken und Alter auch. Meine „Kinder" haben keine Extrawünsche.« Aiden hielt kurz inne. »Doch warte. Nur bitte nicht den Namen John.«

Bar hatte zu guter Letzt den Besitzer der verrotteten Industriehalle in Harbourview Park ausfindig machen können.

Zähe Verhandlungen per Telefon folgten. Nachdem Bar mit dem eilig erfundenen Plan aufwartete, dort ein Zentrum für arbeitslose Jugendliche aufbauen zu wollen, hatte sich der Eigentümer endlich bereit erklärt, die Halle zu verpachten. Er war sogar damit einverstanden, dass Bar die verbliebenen Maschinenteile unentgeltlich nutzte. Auf diese Art hatte er für kleines Geld eine neue, zentrale Basis mitten in Vancouver. Da der Besitzer in New York saß, war kaum anzunehmen, dass er nach der Halle schauen würde, solange er ihm pünktlich die Pacht überwies. Dass er kein Bankkonto besaß, ärgerte Bar schon seit längerem. Bar legte das Handy auf die Mittelkonsole seines alten Fords, schob den Finger unter die Perücke und kratzte sich mit der Kralle den Haaransatz. Nachdenklich schaute er aus dem Autofenster auf die triste Front der Halle. So langsam formte sich in seinem Kopf eine Lösung des Bank-Problems.

Die alte Halle instand zu setzen war eine irrsinnige Schufterei. Ron war nicht wirklich hilfreich. Deshalb hatte er sich in seiner Verzweiflung entschieden, den Van mit Bacanars vollzuladen und diese zur Hilfe heranzuziehen. Die Idee erwies sich als ausgezeichnet, denn auf ein Mal ging die Arbeit zügig vonstatten. Sie hatten in den Nächten die zerstörten Fenster mit Spanplatten ersetzt und die Türen wieder zum Schließen gebracht. Alle unterirdischen Räume waren mit Metallplatten abgedeckt und auf den ersten Blick nicht zu erkennen. Sie schoben noch einige Maschinenteile über die Platten, hüteten sich jedoch, die Abdeckung zu überlasten. Den Strom hatte Bar wieder anmelden können. In seinem Büro in der Basis stapelten sich die Rechnungen. Er achtete peinlich genau darauf, sein Budget nicht zu überziehen und alles pünktlich zu bezahlen. Die ständige Rennerei wegen der Barzahlungen nervte ihn allerdings gehörig.

Die Bacanars waren für diesen Tag von Krran fortgeschafft worden. Bar stand in der fertigen Halle und schaute sich um. Der große Innenraum wirkte völlig unauffällig. Staub würde sich von selbst wieder absetzen und die ganzen Fußstapfen und die Spuren der Bacanar Schwanz-Schläge bedecken. Es dämmerte und er schaltete in den unteren Räumen das Licht an – kontrollierte, ob im Fußboden noch ein Lichtschein zu sehen war, und stellte alle leuchtenden Lücken mit alten Kisten zu.

Bar hatte in einem Seitenraum ein paar alte Scheinwerfer gefunden, die ihn auf eine Idee brachten. Er ließ sie von einem Bacanar auf Hochglanz putzen und besorgte sich zwei klappbare Regiestühle. Menschen waren ja so dumm – das würde er ausnutzen.

Am nächsten Morgen fuhr er mit dem alten Ford zur Geschäftsstelle der Vancouver Sun. Er hatte glücklicherweise noch einige Dollar und betrat das Büro der Anzeigenannahme. Er legte das Geld auf den Tisch und bestellte eine Anzeige. »Ausländische Filmproduktion sucht für lukrative Rolle einen 30-40 Jahre alten Mann. Kleiner, schlanker Körperbau bevorzugt. Vorstellung Dienstag 10-14 Uhr.« Die dickliche Angestellte tippte seine Annonce und gab ihm noch zwei Dollar wieder. Er fluchte innerlich. Aber manche Dinge kosteten eben Geld, wie zum Beispiel auch das Equipment, das er für Ron gekauft hatte, und das nun in den Produktions-Räumen darauf wartete, in Betrieb genommen zu werden. Für das Geld war er eine lange Strecke gefahren. Dann endlich fand er eine Tankstelle, die sich auszurauben lohnte. Fünf Menschen mussten ihr Leben lassen. Nach dem Raubzug war er so satt gewesen, dass er sich fast übergab. Er grinste zuversichtlich. Es nahm alles seinen Lauf.

Er rief Krran zu Hilfe und orderte Psal in die Halle, der er befahl, eine für eine Sekretärin passende Kleidung anzuziehen. Er gab ihr einen Block und einen Stift. Dann postierte er sich in seinen schwarzen Lederklamotten auf einem der Regiestühle in der Mitte der Halle und wartete. Und er brauchte nicht lange zu warten. Der Raum füllte sich mit Bewerbern. Alle waren gekommen, um für eine Rolle interviewt zu werden. Bar grinste Krran an und winkte den ersten Mann heran. Er war so groß wie er selbst, schmächtig und hässlich. Sie wechselte ein paar belanglose Worte und Bar ließ ihn einige Sätze vorsprechen. Er wies ihn an, seinen Namen, Anschrift und Telefonnummer bei seiner „Sekretärin" zu lassen. Man würde sich dann melden.

Psal notierte gewissenhaft die Angaben und der Mann verschwand. Bar nahm ihr den Block aus der Hand und machte neben seinem Namen ein Kreuz. Und so ging es voran. Bis vierzehn Uhr hatte Bar fünfunddreißig angebliche Schauspieler interviewt und fünf potentielle Opfer herausgesucht, die ihm und Krran ähnlich sahen. Zufrieden betrachtete er seinen Block.

Ron stiefelte in die Halle, setzte seine Brille auf die Stirn und kratzte sich den roten Schopf. »Wo ist denn der ganze Labor-Kram?« Er musterte Psal eindringlich und zog verächtlich auf einer Seite die Oberlippe hoch. »Ihr habt Weiber dabei?«

Bar nickte. »Ich habe dir gesagt, dass wir zu viert sind. Ja, Psal gehört dazu. Sie ist für die Aufzucht der Bacanars zuständig und wird meist im Norden bleiben.«

»Das ist auch gut so«, grunzte Ron. »Weiber und Geschäfte sind scheiße zusammen.« Psal ignorierte ihn und wandte sich ab.

Bar zeigte ihm den versteckten Eingang zu den unterirdischen Räumen, die die Bacanars mit verdeckten Lüftungsrohren ausgestattet hatten. Ron pfiff durch die Zähne, als er das Labor-Equipment sah. Er war in seinem Element und nahm sofort die Arbeit auf. Bar musterte ihn kritisch. Ron hantierte professionell und sicher. Er wusste augenscheinlich, was er tat. Er erklärte Bar, dass er vorhatte, zuerst Blutmehl herzustellen, um dann an diesem die ersten Versuche zu machen. Ron wollte natürlich so viel Drogenanteil wie möglich aus dem Blut filtern.

»Wann kannst du das erste Blut liefern?«, fragte er Bar, der lässig an der Wand lehnte.

Er überlegte. »Wie wäre es, wenn du die anfänglichen Versuche mit Schlachthausblut machst? Das mit dem Bacanar-Blut muss ich erstmal organisieren.«

Ron nickte. Das war ihm recht. Sie verabredeten die erste Blutlieferung drei Tage später. Bis dahin würde Ron alles aufgebaut haben. Diese Zeit wollte Bar nutzen, um die Adressen der fünf Kerle abzuklappern, die er ausgewählt hatte.

Er fuhr mit Krran und Psal zur Basis zurück.

»Pok hat bald überhaupt nichts mehr im Kopf, Bar«, meckerte Psal. »Der hat sich auch den letzten Funken Verstand weggefickt!«

»Das ist sein Job«, grunzte Bar. »Wie viele junge Bacanars haben wir denn?«

Psal runzelte die Stirn. »Im Moment haben wir die neun Ausgewachsenen, drei Halbwüchsige und einige Welpen – schätze mal sechs. Ich sag dir, das ist von mir allein kaum noch zu bewältigen. Ich muss dir gleich mal eines der Weibchen zeigen. Die würde ich gern zur Helferin ausbilden und nicht ganz so dumm halten. Ich habe ihr sogar schon einen Namen gegeben – Frran.«

»Was?«, Bar war außer sich. »Über meinen Kopf hinweg?«

»Beruhige dich«, zischte Psal kalt. »Ein Name allein macht noch kein intelligentes Geschöpf.« Das war ein schlagendes Argument und Bar ließ es dabei. In der Basis angekommen, ging er mit Psal zur Aufzucht-Station. Die erwachsenen Bacanars lagerten in Ketten auf dem Betonboden.

Psal deutete auf ein Geschöpf mit hellem Irokesen und braunem Pelz. Das Fell hatte ebenfalls weiße Spitzen, was hübsch aussah. Bar bemerkte es sofort. Psal holte das Weibchen heran, das sich vor Bar auf den Boden werfen wollte.

»Nein!«, befahl er.

Sie blickte ihn überrascht an. Sie hatte, wie alle Bacanars, schwarze Augen, aber in ihnen einen violetten Schimmer. Bar schaute genau hin. Ja, das war violett. Es gab nur wenige Bacanis mit violetten Augen. Er selbst kannte nur Psal.

Wieso hatten die des Weibchens diese Farbe? Frran betrachtete ihn ebenso aufmerksam, wie er sie. Ihr Spiralschwanz schlug nicht auf den Boden, was auf Selbstbeherrschung deutete.

»Du heißt ab heute Frran«, teilte er ihr mit. »Du wirst alles tun, was Psal dir sagt.«

Die Bacanar senkte den Kopf.

»Ich denke, dass sie die Tochter Krrans ist, aus der ersten Kopulation«, informierte ihn Psal.

Bar nickte. Das würde die aufkeimende Intelligenz erklären.

»Wann fährst du wieder zum Schlachthof?«, fragte Psal.

»Fahr dieses Mal selbst, Psal – ich habe zu tun«, antwortete er barsch. Und das stimmte ja auch.

Der erste Kerl wohnte nicht weit vom Westend. Hafengegend, nicht weit von Rons Bleibe entfernt. Bar, der sich den Ausweis einer Vancouver Telefongesellschaft ausgedruckt hatte, klopfte an die schmutzige Tür. Schlurfende Schritte näherten sich. Eine fette Frau in einem bunten Kittel mit schrill gefärbtem, blondem Haar, öffnete ihm. Bar lief das Wasser im Mund zusammen. Das war genau der Weibertyp, dem er so gern im Unterleib herumsaugte.

»Guten Tag, ich bin von der Vancouver Telefon-Gesellschaft. Darf ich bitte Herrn Brad Butler sprechen?«

»Worum geht's denn?« Sie musterte ihn von oben bis unten. Er trug einen billigen, grauen Anzug, hatte die Lederhose und Lederjacke in einen preiswerten Aktenkoffer verstaut, den er mit ernster Miene unter dem Arm geklemmt hielt.

»Hat seine Rechnung nicht bezahlt!«

Die Frau lachte schrill. »Das Arschloch! Nee, der is nich zu Hause!«

Sie wollte die Tür schon schließen, da stellte Bar den Fuß dazwischen. »Tut mir leid, unter diesen Umständen muss ich den Apparat mitnehmen!« Er hatte keine Ahnung, ob das so einfach möglich war, aber riskierte es.

»Mir egal! Na dann komm mal rein!«

Die Blonde führte ihn in ein mit Müll übersätes Zimmer.

»Wo ist denn das Telefon?«

»Scheiße«, blaffte sie, »suchs doch selbst! Ich hab auch noch was anderes zu tun!« Sie ließ ihn einfach stehen.

Bar begann, die Wohnung zu durchwühlen. Er hatte schon fast aufgegeben, da entdeckte er unter einem Tisch voller gestapelter Pizzadeckel einen Aktenordner. Er grinste und nahm alle Papiere des Mannes an sich, samt Sozialversicherungs-Ausweis.

»Habe kein Telefon gefunden, M'am!«, meinte er im Hinausgehen. Er wartete ihre Antwort nicht ab.

Er legte sich neben dem Haus auf die Lauer. In der Dämmerung kam der Brad Butler leicht schwankend die Straße entlang und hielt vor der Haustür.

»Pst!«, flüsterte Bar. »Die Frau hier hat gesagt, dass sie verdammt scharf auf dich ist«

Der Mann stand mit offenem Mund da und starrte ihn an. »Welche Frau?«, fragte er und schaute um die Hausecke.

»Scheiße. Wo ist sie?«, fluchte Bar scheinheilig. »Die ist sicher schon vorausgegangen, die Drinks kaltstellen. Sie wohnt da hinten.«

Er deutete auf Rons leeres Haus, davon ausgehend, dass Ron in der Halle und sein Vater in der Kneipe war.

Der Mann wurde neugierig. »Und die wartet echt auf mich?«

»Klar«, erwiderte Bar, »und die hat Monstertitten!« Jetzt war der Kerl endgültig angespitzt. Er stapfte zu Rons Haus und stieß die Eingangstür auf.

»Wo ist sie?«

Bar folgte ihm. »In der Küche.«

Der Kerl blickte suchend um sich, während Bar einen Plastikeimer unter Rons Spüle hervorzog. Ohne zu zögern, sprang er den Mann jäh an und schlitzte ihm mit einer seiner scharfen Krallen die Kehle auf. Die Hände an den Hals gepresst sank sein Opfer röchelnd neben dem Küchentisch zusammen. Bevor er den Boden erreicht hatte zerrte Bar ihn mit dem Oberkörper auf den Stuhl, schlug die Arme fort und stellte den Eimer unter die pulsierende Vene. Er wusste genau, was er tat.

»Schön still halten«, grunzte er. »Gleich kommen jede Menge Engelchen mit dicken Titten«. Und er lachte schallend mit gebleckten Fangzähnen über seinen eigenen Witz.

Er hockte sich an Rons Küchentisch, kratzte sich ausgiebig mit der Kralle unter der Perücke und betrachtete den sterbenden Menschen. Der sah ihm wirklich ähnlich. Vielleicht sollte er an seiner Haartracht etwas herum schneiden. Brad Butler, der Name war überhaupt nicht übel. Daran konnte er sich gewöhnen. Er würde das Blut zu Ron bringen. Menschenblut war ja wohl genauso gut wie Schweineblut. Die Leiche wollte er zur Basis transportieren, als Futter für die Hündinnen. Ich lasse eben nichts verkommen und arbeite wiederverwertend, dachte er und grinste. Brad hatte endlich aufgehört zu zucken. Also machte Bar sich auf den Weg.

Ron sah den Eimer an. »Sag mal, bist du schon mal auf die Idee gekommen, dass wir die Suppe kühlen müssen?« Beim Vraan, er hatte recht. Das hatte Bar nicht kalkuliert. Er durchwühlte seine Taschen. Er besaß noch ein paar Dollar. Im Hauptquartier lagen zweihundert. Er würde den größten, gebrauchten Kühlschrank kaufen, den er auftreiben konnte. Aber zuerst musste er einen weiteren Mann finden.

Es war Nacht geworden, als Bar endlich zur Basis zurückkam. Er war erschöpft und hatte zwei Leichen im Van. Eine von Wesley Trum und die von Brad Butler. Krran entsorgte die Körper sofort zu den Hündinnen.

»Na, Wesley!« Bar grinste breit und reichte ihm seine neuen Papiere. Die beiden Kerle würde niemand vermissen. Er hatte sie gut ausgewählt. Am nächsten Tag wollte er endlich ein Bankkonto eröffnen.

David zielte und drückte ab. Es gelang ihm inzwischen ganz gut, den Rückschlag der Baretta abzufedern. Terv, der mit Kopfhörern aufmerksam neben ihm stand, hob zufrieden den Daumen.

David nahm seinen Gehörschutz ab.

»Lass uns etwas essen, und dann machen wir noch ein wenig Nahkampf-Training!« Tervenarius strich ihm eine Strähne seines rabenschwarzen Haares zärtlich zurück. »Ich hoffe, du kannst ein paar blaue Flecke vertragen.«

David nickte. Terv hatte ihm erklärt, wofür sie das alles machen mussten. Was Bacanis waren, hatte er ja an Chrom gesehen. Er hatte ihn sogar gebeten, sich für ihn zu verwandeln. Was er daraufhin erblickt hatte, ließ ihn immer noch schlecht träumen! Wenn diese Viecher die Menschen bedrohten, was sie ja augenscheinlich taten, und Terv seine Hilfe im Kampf gegen sie brauchte, dann würde er da sein.

Sie betraten die leere, sonnendurchflutete Küche. Die anderen waren offensichtlich alle unterwegs. Rasch holte Terv Kefir aus dem Kühlschrank, schenkte sich ein Glas ein und setzte sich an den Küchentisch. »Auch Kefir?«

»Nein, lass mal.« David nahm sich einen grünen Apfel aus der Obstschale. Seit er angefangen hatte kleinere Gerichte nach Anweisungen aus dem Internet zuzubereiten, befand sich in der Duocarns-Küche ein ständiges Sortiment an Lebensmitteln wie Obst, Kräutern und Grundnahrungsmitteln. Er hatte recht behalten mit seiner Idee kochen zu lernen. Die Aromen von Basilikum, Oregano, den Mangos und Pfirsichen kamen bei den Bewohnern gut an, auch wenn alles nur beschnuppert, zerkaut und ausgespuckt wurde. Er hatte hauptsächlich Solutosan, Meodern und Pan dadurch besser kennengelernt. Der große Xanmeran und Patallia waren ihm nach wie vor etwas unheimlich, denn der eine trainierte ununterbrochen im Fitnessraum und der andere verbrachte seine Zeit im Labor. Aiden und er hatten sich durch die gemeinsamen Mahlzeiten sogar schon angefreundet.

Seine Wohnung besaß er weiterhin, aber er fuhr nur noch hinüber, um die Fische zu füttern und die Pflanzen zu gießen. Ansonsten wohnte David mit Terv in dessen Zimmer.

»Sag mal, was ist das eigentlich für ein Geruch an dir?« Er sah seinen Geliebten über seinen Apfel hinweg an.

Dieser Duft war ihm bereits bei ihrer ersten Begegnung an Tervenarius aufgefallen. Er empfand ihn als äußerst verführerisch.

»Du meinst den Veilchenduft? Das ist Lepista Irina.«

»Ein Pilz?«

»Ja, David.«

»Du simulierst all diese Pilzarten?«

Terv nahm einen großen Schluck Kefir. »Simulation würde ich das nicht nennen. Ich kann Pilzsporen in meinem Körper herstellen und durch die Körperöffnungen und die Haut absondern. Ich bin fähig, auch mikrofeine Organismen wahrzunehmen.«

»Oh!« David überlegte, wo Pilze denn überall vorkamen. Terv hatte andere Planeten besucht. Da gab es sicher ebenfalls solche Gewächse. »Das Pilzreich ist riesig. Ich kann mir kaum vorstellen, was du für Möglichkeiten hast.«

Terv nickte. »Allein auf der Erde sind es 100000 Arten.«

Nachdenklich ging David zum Mülleimer und warf das Kerngehäuse des Apfels hinein. Die menschliche Haut ist ebenfalls mit Pilzen bewachsen, überlegte er.

»Kannst du die Mikroorganismen, die auf mir wachsen auch wahrnehmen? Ist das nicht fies?«

»Nein.« Terv lachte. »Ich studiere bereits seit langer Zeit Mykologie und Mikrobiologie. Die Pilzbesiedlung deines Körpers ist inzwischen zu meinem Lieblings-Studienobjekt geworden. Außerdem hast du mir mit den Aromen der Lebensmittel eine völlig neue Welt eröffnet.«

David spürte, wie ihm die Röte ins Gesicht schoss.

Tervenarius amüsierte sich. »Du bist wirklich köstlich, David. In jeder Beziehung.« Er wurde ernst. »Na komm, wir gehen wieder trainieren. Ich zeige dir ein bisschen Selbstverteidigung.«

Solutosan starrte fassungslos auf die vielen Fähnchen auf der Kanada-Karte, die Chrom im Computerraum an die Wand gepinnt hatte. Damit waren alle Fundorte von mysteriösen Leichenfunden gekennzeichnet.

»Bei den Göttern! Chrom, das ist eine Epidemie!«

Der Bacani nickte.

Solutosan blickte auf der Karte umher. »Wo könnten diese Parasiten stecken? Pan, hast du den Polizeifunk abgehört?«

»Mach ich doch ständig«, antwortete Pan, der an seinem Rechner saß. »Die tappen völlig im Dunklen. Erzählen etwas von „Der Schlachter"«. Er rümpfte die Nase, um seiner Verachtung Ausdruck zu verleihen.

»Hm ...«. Solutosan tigerte vor der Karte auf und ab. »Das Einzige, das mir zu dem Thema einfällt, ist, dass wir in besonders gefährdeten Gebieten wie Westend und Hafen Streife laufen könnten. Aber das Areal ist riesig und unübersichtlich. Es wäre schon ein verdammter Zufall, wenn wir sie auf diese Art fänden.«

»Besser als hier nur rumzuhängen«, maulte Xanmeran in seiner Ecke. Er surfte im Netz und betrachtete die neusten Handfeuerwaffen in den Onlineshops.

Chrom zoomte das Gebiet um Westend in Google Earth heran. »Wenn du willst, mache ich mal ein paar Einsatzpläne für – sagen wir mal – zwei Wochen.«

Solutosan nickte. Sie hatten sich inzwischen vollständig an die Zeitmessung der Menschen gewöhnt. Manchmal überlegte er, wie sie denn auf Duonalia damit umgegangen waren.

Aiden betrat die Zentrale. Seit sie nicht mehr in Calgary als Streetworkerin arbeitete, half sie in Vancouver gelegentlich bei einer Hilfsorganisation aus. Dort trug sie meist ein graues, unauffälliges Kostüm und eine weiße Bluse. Das rote Haar hatte sie auf dem Kopf zu einer kunstvollen Frisur getürmt.

»Komm mal schnell gucken!« Sie schnappte seine Hand und wollte ihn mit sich ziehen.

Nein, auf diese Art konnte man ihn nicht einfach aus seiner Besprechung reißen – auch sie nicht. Er blieb wie angewurzelt stehen, um seine Mundwinkel zuckte es amüsiert. »Wie sagt man denn, holdes Weib?«

Aiden streckte sich, salutierte militärisch und blaffte: »Darf ich den Chef der Duocarns zu einer Besichtigung bitten?« Alle lachten.

Hand in Hand eilten sie die Treppe hinauf in ihr inzwischen gemeinsames Zimmer. Das neue Fenster über dem Bett war riesig! Begeistert warfen sie sich in die Kissen und blickten in den blauen Himmel mit den schnell ziehenden, feinen Wölkchen.

»Merkst du wie der Planet sich dreht?«, fragte sie leise.

Er antwortete nicht. Das Firmament war wohl hellblau aber dahinter befand sich das Weltall. Und irgendwo dort war Duonalia.

»Nicht traurig sein«, flüsterte Aiden.

»Wer ist denn hier betrübt?« Er lachte leise, zog sie über sich und küsste sie. Erst zart, dann immer härter und fordernder. Sie begann ihm die schwarze Sporthose von den Lenden zu streifen und rutschte abwärts, um sein Geschlecht mit ihren Lippen zu verwöhnen. Er räkelte sich, genoss die feuchten Küsse auf seine Männlichkeit und dehnte die Muskeln. Sein Glied war unter ihren Zärtlichkeiten zu einem lustvollen, geäderten Marmorstab angeschwollen. Sein Werkzeug funktionierte, aber, wie so oft, wollte die Lust nicht so recht in seinem Gehirn ankommen.

Aiden hielt inne und hob den Kopf. Sie fühlte offensichtlich, dass er gefühlsmäßig kalt blieb.

»Ich verstehe euch Männer manchmal nicht.« Sie sah ihm ins Gesicht und er richtete sich auf.

»Aiden«, sagte er zärtlich. »Männer sind nicht dazu da verstanden – sondern geliebt zu werden.«

Aiden starrte ihn sprachlos an. »Oscar Wilde!«, stieß sie hervor. »In einer außerirdischen Version.« Ihre Mundwinkel zuckten – dann brach sie in schallendes Gelächter aus, streckte die Arme nach ihm aus und zog seinen goldenen Schopf auf ihre Brust, die immer noch vor Lachen bebte.

Er grinste spitzbübisch. Ihre Fröhlichkeit animierte ihn zu einem weiteren Versuch. Behutsam entkleidete er sie, öffnete die Knöpfe ihres Kostüms und zog ihr die Jacke von den Schultern. Die helle Seidenbluse entrollte sich von selbst über ihren Leib. Die Brüste in dem weißen Spitzen-BH hoben und senkten sich langsam. Er sah ihnen zu – zog in einer quälenden Geduld den Stoff von den Brustwarzen. Aber er ließ sie unberührt, widmete sich dem engen Rock, der seitlich einen Reißverschluss hatte. Dieser verschwand, von ihm über ihre langen, schlanken Beine gezogen. Sie trug eine weiße Strumpfhose, unter der er ihren duftigen Spitzenslip ahnen konnte. Für die Strumpfhose hatte er keine Verwendung. Er zerriss sie mit einem einzigen Ruck. Er löste die Haarnadeln aus ihrer Frisur, verteilte in kunstvollen Wellen ihr rotes, langes Haar auf dem Kissen. Zufrieden betrachtete er sein Werk. Aiden, nur noch in einem Hauch aus weißer Spitze. Bereit für ihn.

Er schob seinen massigen Körper zwischen ihre Beine und hob ihr Becken mit den Händen an. Küsste ihre Mitte durch den zarten Spitzenstoff und benetzte ihn mit seiner Zungenspitze. Sie seufzte und bog sich ihm entgegen. Er hielt inne. Schnupperte. Noch hatte er keinen Sternenstaub benutzt. Sanft zog er den Slip von ihrer Scham – tauchte konzentriert seine Zunge in ihr Geschlecht. Witterte erneut. Wann waren sie zusammen gewesen nach seinem letzten Besuch am Strand? Es schien ihm drei Wochen her zu sein. Er leckte sie wieder tief, langsam und genussvoll. Sie schmeckte nach Sternenstaub. Das konnte eigentlich nicht sein.

Aiden bemerkte sein Zögern.

»Du schmeckst und duftest nach Sternenstaub«, teilte er ihr nachdenklich mit.

Aiden, noch völlig betäubt von seinen Zärtlichkeiten, lachte leise. »Wen wundert das?«

»Es ist schon länger her – und dein Geruch ist frisch. Zart aber neu.«

Jetzt wurde Aiden doch aufmerksam. Sie richtete sich auf. »Was willst du damit sagen?«

»Nichts«, er streichelte sanft ihre Brustwarzen. »Ich bin etwas verwirrt. Ist bei dir alles in Ordnung?«

Aiden überlegte. »Meine Periode ist ein paar Tage überfällig, aber das ist bei mir normal. Sag mir, was du denkst«, bat sie und nahm seinen Kopf in ihre Hände. Er war ein wenig verlegen.

»Ich weiß nichts über die Kompatibilität von Menschen und Duonaliern. Doch da ist ein Hauch neuer Sternenstaub in dir. Da ich das einzige Wesen auf diesem Planeten bin, das frischen Staub produzieren kann, muss etwas in dir sein, das ebenfalls dazu fähig ist.« Er schluckte.

»Was willst du damit sagen?«, fragte sie, die Augen aufgerissen.

»Ich will damit sagen, dass ich eventuell bald nicht mehr das einzige Wesen auf der Erde bin, das Sternenstaub von sich gibt. Das Geschöpf in deinem Schoß kann das wohl auch.«

Er ließ ihr keine Zeit für eine Antwort. Wortlos wickelte er sie in eine Decke und trug sie durch das Haus in den Keller zu Patallia. Der Mediziner war versunken in seine Arbeit und nahm ihren Besuch anfangs überhaupt nicht wahr.

Erst als Solutosan Aiden auf seinen Labortisch setzte, blickte er auf. Seine grau-violetten Augen wirkten müde. Seine Haut war fast transparent, so dass man seine sich langsam bewegenden Organe unter der durchsichtigen Hülle ahnen konnte. Solutosan betrachtete ihn und hatte kurz den Anflug eines schlechten Gewissens. Patallia ging es nicht gut. Er arbeitete zu viel und war wahrscheinlich einsam. Man sah ihn kaum. Aber das musste er später klären. Jetzt war Aiden wichtig.

»*Was gibt's?*« Patallia hatte seinen Gesichtsausdruck richtig gedeutet.

»Bitte laut sprechen«, bat Aiden.

»Pat, könntest du ihren Unterleib überprüfen? Ich vermute – ich vermute ...«, Solutosan stockte. Ihm wurde plötzlich bewusst, was da vielleicht auf ihn zukam.

»Du befürchtest eine Schwangerschaft«, half Patallia ihm. Solutosan nickte.

»Darf ich?« Pat blickte Aiden bittend an.

»Wird es weh tun?«

Patallia lächelte, was sein Gesicht wunderschön erhellte. »Nein.« Er legte seine weißen Hände auf ihren Bauch und schloss die Augen.

Solutosan blickte ehrfürchtig auf die bleichen Finger, die fast mit Aidens Körper verschmolzen. Patallia strahlte. Er löste sich von ihrem Leib, ergriff behutsam ihre Hand, drehte sie mit der Handfläche nach oben und streute ein wenig Sternenstaub hinein. »Ich soll dich von deiner Tochter grüßen«, sagte er leise.

Sich ständig in der Aufzucht-Station aufzuhalten, war entsetzlich öde. Psal hatte schon alles Mögliche ausprobiert, um ihre Langweile zu vertreiben. Bar war ewig unterwegs, Krran brüllte mit den Bacanars herum und der ohnehin tumbe Pok gab kein gescheites Wort mehr von sich.

Psal saß im Kommandoraum und surfte im Internet. Sie hatte jede Menge gelernt. Ihr Englisch war inzwischen nahezu perfekt. Sie öffnete eine Seite mit einem Modeforum und wurde von einem PopUp gestört. »Partnersuche im Internet«, pries es an. Psal seufzte. Sie hatte die drei Bacani Urväter um sich. Einer gefiel ihr weniger als der andere. Sie hatte wirklich bereits daran gedacht, sich einen Menschenpartner zu suchen. Sie starrte auf das PopUp. Was riskierte sie? Das Internet war anonym. Sie würde jetzt einfach einmal frech ausprobieren, wie ihre Chancen standen, in Kanada einen netten Mann zu finden. Sie könnte ihren Haarwuchs ja mit einer Gen-Anomalie erklären. Die Fangzähne und Krallen blieben schön brav eingefahren – dann musste das doch klappen – auch mit einem Menschen!

Okay, Profil erstellen. Psal überlegte. Sweet_Lady wäre ein guter Nick, sie war 34 Jahre alt und schlank, dunkelhaarig und aus Vancouver. Das stimmte ja fast. Wie alt sie exakt war, wusste Psal nicht. Beruf? Navigatorin konnte sie ja schlecht schreiben. Aber irgendetwas mit fliegen. Pilotin.

Genau. Sie füllte ihr Profil aus. Ein Bild lud sie nicht hoch – sie war ja nicht blöde. So, nun abschicken.

Sie sah sich ihr fertiges Profil an. Sehr gut. Ein kleines Fenster poppte auf. Eine automatische Willkommensnachricht. Sie hatte nichts anderes erwartet. Wer sollte ihr denn schreiben?

Noch ein PopUp. Eine weitere Nachricht.

„Crazy Boy" schrieb ihr. Was für ein witziger Name!

»Hallo, schöne Frau!« Wie konnte er etwas über ihr Äußeres wissen?

Sie tippte zurück. »Woher weißt du, wie ich aussehe?«

»Ich denke bei Pilotinnen immer an taffe, attraktive Frauen in Uniformen«, kam die flotte Erwiderung. Sie hatte nie eine Dienstkleidung getragen. Taten das die Menschen-Pilotinnen? Egal.

»Ich habe auch eine tolle Uniform«, log Psal.

Sofort kam die Antwort. »Bei welcher Airline bist du beschäftigt?« Aha, neugierig war er ja.

»Ganz schön vorwitzig!«

»Entschuldige, ich wollte nicht aufdringlich sein!«

Psal freute sich. Höflich war er. Sie hatte vor, eigene Fragen zu stellen: »Warum heißt du denn Crazy Boy?«

»Der Name gefiel mir. Ich denke mal, ich bin nicht so ganz normal.«

Psal surfte zu seinem Profil: Crazy Boy, Alter: 43, wohnhaft: Vancouver, Beruf: Netzwerk Administrator. Aha, ein Computerfreak. Nett!

»Wie siehst du denn aus, Crazy Boy?« Sie merkte intuitiv, dass die Frage ihn verlegen machte, jedoch er antwortete tapfer.

»Ich bin nicht so supergroß, aber dafür habe ich Köpfchen.« Das glaubte sie ihm sogar.

»Ich bin ganz erstaunt, jemanden wie dich in so einem Chat zu treffen. Hatte mich einfach mal zum Spaß eingeloggt, ohne große Erwartungen«, schrieb er weiter.

Ja, so ging es ihr auch.

»Ich habe mich aus Langeweile hier angemeldet und das Profil erstellt.« Sie wollte so ehrlich wie möglich sein.

»Dann sollten wir uns gegenseitig die Langeweile vertreiben.«

Psal chattete die ganze Nacht mit Crazy Boy. Es war so schön, sich mal mit jemandem zu unterhalten, der kein Bacani war und ständig an den Ausbau seiner Macht dachte, oder irgendwelche Leute umbrachte. Endlich konnte sie ein bisschen normal sein.

Sie hörte Bar den Gang entlang kommen.

Sie tippte schnell: »Du hör mal, ich muss jetzt Schluss machen, mein Chef kommt.«

»Schade! Schreibst du mir wieder? Morgen? Ich würde mich so freuen! Meine E-Mail-Adresse ist in meinem Profil.«

»Ja, morgen«, schrieb sie und loggte sich aus.

Immerhin war Bar guter Dinge. Seine Geschäfte schienen zu laufen. Er hatte ihr sogar ein frisches, blutiges Gehirn mitgebracht, das sie gierig verschlang.

»Sag mal«, meinte er, während er ihr beim Essen zusah, »kannst du eigentlich Spritzen setzen?«

»Nein, warum?« Psal sah ihn forschend an.

»Wir müssen den Bacanars, nachdem sie bei den Menschen gesaugt haben, Blut ablassen. Ich dachte da an eine Art Dauer-Kanüle.«

»Ich kann mich mal im Netz schlaumachen.«

Bar nickte. »Mach das. Mit einer Dauerkanüle wäre das Abzapfen wesentlich leichter – zumindest bei denen, die wir leben lassen.«

»Hat Ron schon Fortschritte gemacht?«

»Nein, erst braucht er das Blut.« Bar setzte sich an den Rechner. »Ich suche eine Art Volksfest, um die Bacanars richtig volltanken zu können. Ach so, du musst unbedingt dahin mitkommen, Krran und Pok auch. Frran muss dann in der Basis die Stellung halten. Die Bacanars haben noch nie gesaugt. Ich will nicht, dass sie danach außer Kontrolle geraten.« Er scrollte etliche Seiten durch. »Ah, hier ist etwas. Ein Volksmusik-Fest in Nord-Vancouver. Das trifft sich ja gut! Da werden wir die Bacanars um zwei Uhr nachts loslassen. Am besten erst einmal vier Stück. Jeder von uns begleitet einen von ihnen. Ich sage Ron Bescheid, dass wir zwei Stunden später bei ihm sind zum Abzapfen.« Bar rieb sich die Hände. »Psal, wenn meine Rechnung aufgeht, haben wir die längste Zeit hier in Armut gelebt. Mit dem Verkauf von Bax werden uns alle Türen offen stehen.« Er verzog den Mund zu einem seiner seltenen Lächeln.

Er konnte auch ganz anders sein, überlegte Psal. Nicht nur der harte Chef und Planer. Einen Augenblick lang dachte sie daran sich mit ihm einzulassen. – Aber nein, er würde sich nie ändern – egal wie hübsch er jetzt lächelte.

Psal grinste zurück. »Meinst du, ich kann mir dann ein Appartement nehmen?« Eine eigene Wohnung war ihr Traum. Im Moment schlief sie in einem hässlichen Zimmer in der Basis direkt neben den Bacanars. Vom alten Rudel-Verhalten war nicht mehr viel übrig. Sie hatte immer wieder rivalisierende Blicke bei den drei Stammvätern wahrgenommen und wollte dieses Feuer nicht weiter schüren. Nur Pok fehlte offensichtlich das Schlafen mit dem Rudel, denn er nächtigte bei den Hündinnen.

»Na klar! Das und noch viel mehr, Psal. Ich will, dass die Urväter sich hier richtig etablieren, zu Geld und Freiheit kommen.«

Das hörte sich gut an. Aber sie traute ihm nicht. Er benutzte alle Lebewesen wie Spielzeuge, zu dem einen Zweck, **sich selbst** Geld und Freiheit zu verschaffen. Er brauchte nicht versuchen, ihr etwas vorzumachen. Psal beschloss, sich ihren Anteil an den Bax-Einnahmen zu sichern – falls es überhaupt floss.

Terv hatte die Pilzhaut seiner Faust um das Doppelte verstärkt, um seine Schläge abzumildern. Er erwischte David an der Schläfe, der sich nicht rechtzeitig geduckt hatte.

»Du konzentrierst dich nicht!«, fuhr Tervenarius ihn an. David hieb zurück. Terv tauchte unter seinem Schlag ab, federte herum und trat ihm die Beine weg. Krachend fiel David auf die Matte, rang nach Atem. »Denk nicht, dass ich das nur beherrsche, weil ich Duonalier bin. Du kannst das auch lernen. Das ist eine Frage von Training. Komm, noch einmal!«

David schlug sich tapfer. Sie hatten jetzt schon drei Stunden Kampfsport hinter sich. Nach einem weiteren Treffer blieb David einfach auf der Matte liegen.

»Genug für heute. Ich bin völlig fertig.«

Terv warf sich neben ihn. »Du hast nur diese einzige Möglichkeit, David. Du bist ein schwacher Mensch ohne wirkliche Gaben.« Obwohl – David hatte Begabungen, aber anderer Art. Er hatte ja auch die Fähigkeit gehabt, ihn zu zähmen – na, zumindest halbwegs. Terv tupfte ihm die schweißnasse Stirn mit einem Handtuch ab und lächelte verführerisch. »Komm, wir gehen duschen.«

Er half ihm hoch und sie verließen den Trainingsraum. Sie gingen an Patallias Labor vorbei. Dort stimmte etwas nicht. Aiden saß in eine Decke gewickelt, zur Salzsäule erstarrt, auf einem der Labortische. Solutosan stand stocksteif und bleich daneben. Nur die Sterne in seinen Augen bewegten sich – blitzten ununterbrochen.

»Probleme?«, fragte Terv.

Solutosan schüttelte langsam den Kopf.

»Stören wir?«

Aiden verneinte.

»Was, zum Vraan, ist denn sonst los?«

»Wir sind nicht mehr allein«, war die verstörende Antwort. Terv und David sahen sich erstaunt an. Natürlich waren sie nicht allein. Es wohnten doch Leute im Haus.

»Wir bekommen eine Tochter«, erklärte Solutosan leise. »Ein Sternenkind«, fügte er hinzu.

Tervenarius fiel vor Schreck das Handtuch aus der Hand. »Jetzt?« Er fand den Zeitpunkt mehr als ungünstig. Es würden Kämpfe kommen und Solutosan brauchte dann keine Ablenkung.

»Ja, jetzt!«, blaffte der Duocarns-Chef. »Aiden ist schwanger und niemand weiß, wie lang die Tragzeit dauern wird!«

Bei den Göttern! »Ich werde euch unterstützen«, sagte Terv entschlossen. »Ich gratuliere. Möge dieses Kind gesund und stark sein.«

David an seiner Seite nickte bestätigend.

Jetzt erst sah Solutosan ihn direkt an. »Ich danke dir.«

»Komm David.« Terv zog seinen Freund kurz am Arm, der neben ihm stand und nach Worten suchte.

In ihrem Zimmer angekommen fragte David: »Wie kann es sein, dass aus dieser Verbindung ein Kind kommt?«

»Na ja«, Terv zog Sporthose und Shirt aus. »Solutosan ist ja nicht steril. Auf Duonalia wollten sich einige Frauen seine Gene sichern, und baten ihn um eine Samenspende für eine künstliche Befruchtung – aber er lehnte das ab. Keine hätte sich mit ihm im Ritus vereinigt, dafür hatten sie vor ihm zu viel Angst.«

»Wollten die duonalischen Frauen dich denn nicht auch?« David war irritiert.

»Wer möchte ein Kind, das wie ein Giftpilz ist?«, lachte er. »Nein, meine Genetik ist auf Duonalia nicht sonderlich beliebt.«

»Das verstehe ich überhaupt nicht.« David grinste, schlang sein Handtuch um Tervs Hals und zog ihn damit zu sich heran.

Am nächsten Morgen suchte Tervenarius in seinem Schrank nach geeigneter Kleidung. Für die Platindeals – er war dieses Mal an der Reihe Bill den Koffer zu bringen – wollte er wie immer gut angezogen sein. Er wählte einen dunkelblauen Anzug von Hugo Boss mit feinen Streifen und ein weißes, weiches Hemd. Krawatten konnte er nicht leiden, also nahm er ein dezentes Halstuch und band seine Chopard Uhr um.

David beobachtete ihn vom Bett aus.

Terv spürte seine Bewunderung und grinste. »Ich gehe frühstücken«, meinte er – und mit einem Blick auf Davids zerzaustes Haar, »du kannst ruhig da liegen bleiben, bis ich wieder hier bin.« Der Gedanke, dass sein Geliebter in dem wuscheligen Zustand im Bett auf ihn warten würde, gefiel ihm irgendwie. David lächelte sinnlich und streckte die Arme nach ihm aus. »Nein, jetzt nicht. Ich komme sonst zu spät zu Bill.«

Er schlenderte in die Garage und nahm den BMW. Solutosans Porsche stand da, der Pick-Up, der Volvo, sowie Aidens BMW. Sie waren wahrscheinlich alle in ihren Betten. Es war ja auch noch früh.

Das Meer schäumte grau, einige Möwen zogen kreischend ihre Bahnen. Der Herbst kündigte sich an. Tervenarius dachte an Duonalia. Dort gab es keine Jahreszeiten. Das Wetter wurde von den vier Monden bestimmt.

Er machte einen kurzen Abstecher zum Gucci Shop in der West Georgia Street. David liebte die Lederwaren der Firma, und Terv hoffte, ihm dort ein kleines Geschenk kaufen zu können. Er parkte den BMW und nahm den Koffer vorsichtshalber mit. Langsam kletterte die schwache, herbstliche Sonne die Häuserwände hinauf. Auf den Straßen waren nur vereinzelte Passanten unterwegs.

Ein Mann in schlichter, dunkler Kleidung kam ihm entgegen. Als er Terv erblickte, nickte er mit dem Kopf und raunte ihm zu: »Beo menucans.« Danach ging er einfach weiter. Terv blieb stocksteif stehen. Hatte er wirklich etwas gesagt? Erstaunt wandte er sich um, aber der Mann war wie vom Erdboden verschluckt. Er musste sich verhört haben.

Das gemütliche Bistro mit Bäckerei neben dem Gucci Store hatte schon geöffnet. Auf der Stufe vor dem nach Backwerk duftenden Eingang saß ein kleines Mädchen und spielte mit einer etwas demolierten Barbiepuppe. Als er vorbeiging, hob sie den Kopf. Sie lächelte, ihr fehlte ein Schneidezahn. »Beo menucans«, verkündete sie deutlich.

Jetzt war er sich sicher! Um die Kleine nicht zu erschrecken, beugte er sich lächelnd zu ihr hinunter: »Was hast du da eben gesagt?«

Das Mädchen schaute zu ihm hoch. »Nichts, ich habe mit meiner Puppe gesprochen – stimmt's, Peggy? Peggy hat nämlich ein neues ...«, aber Tervenarius nahm sie kaum noch wahr.

Plötzlich hatte er keine Lust mehr in den Gucci Shop zu gehen. Ihm war schlecht. Zurück im Auto massierte er mit beiden Händen seine Stirn. Beo menucans! – Komm nach Hause! Die Botschaft war eindeutig. Aber das war kein duonalisch. Er hatte es trotzdem verstanden. Was hatte das zu bedeuten? Wie konnte es sein, dass er auf so eine Art gerufen wurde? Oder wurde er langsam verrückt? Er ließ den Motor an. Nein, er musste das jetzt so hinnehmen. Vielleicht gab es irgendwann einmal eine Erklärung dafür. Er hasste Mysterien in seinem Leben. Grimmig gab er Gas.

Psal war leider nicht mehr dazugekommen, noch einmal mit Crazy Boy zu chatten. Aber sie hinterließ eine Nachricht in seinem Profil, dass sie sich freuen würde, wieder von ihm zu hören und gab ihm ihre Hotmail Adresse.

Bar nahm sie ununterbrochen in Beschlag. Er machte richtig Druck wegen der Bax Produktion und war unbeirrbar. Mit zwei Autos fuhren sie zu dem von Bar ausgesuchten Fest. Um diese Zeit hatten sich die Menschenmengen bereits zerstreut, aber viele wanderten noch mehr oder weniger lautstark durch die Stadt. Es wurde langsam Herbst, und bunte Blätter wehten raschelnd in den Straßen, tanzten in der Dunkelheit von den Bäumen.

Psal saß neben dem ihr zugewiesenen Bacanar und träumte. Sie hätte gern einen lieben Mann an der Hand gehabt, wie die Leute auf dem Fest. Einer, der nur ihr gehörte, der zu ihr stand, mit dem sie eng gekuschelt schlafen konnte.

Der Bacanar bewegte sich.

»Verhalte dich ruhig«, fauchte sie. »Und lass dich um der Götter willen nicht blicken.« Sie hatte ihm, wie im Internet angegeben, einen Dauerkatheter in die Arm-Vene geschoben, und ihm befohlen, Kleidung anzuziehen. Den Schwanz musste er hinten in die Hose zwängen. Er trug eine Perücke und einen Mundschutz. Psal fand das mit der Staubmaske ja reichlich affig. Besonders nachts war er damit auffälliger als alles andere. Aber Bar hatte darauf bestanden.

»Mach endlich den blöden Mundschutz ab«, befahl sie. Er gehorchte sofort.

Psal spitzte die Ohren. Da war jemand betrunken. Ein leichtes Opfer. Sie deutete dem Bacanar, ihr zu folgen. Unsichtbar, immer im Schatten der Gebäude bleibend, folgten sie dem besoffenen Mann. Der versuchte in diesem Moment den Schlüssel in das Türschloss seines Hauses zu zwängen und verpasste es ständig – stach daneben. So ein Flusch, dachte Psal. Das konnte ja noch ewig dauern! Sie trat aus dem Schatten. »Kann ich dir helfen?«, fragte sie honigsüß.

»Aufmachen«, murmelte der Mann und schwankte.

Psal nahm ihm den Schlüssel aus der Hand und schloss die hässliche Haustür aus weißem Kunststoff auf. Sie drängte sich, gefolgt von dem Bacanar, in den Hausflur. Mitleidslos riss sie dem Betrunkenen mit der Kralle die Kehle auf. Der Bacanar beobachtete sie genau. Zügig rollte sie die Spiralvene aus und schob sie dem Sterbenden ins Ohr. Sie saugte nicht, aber wollte, dass der Bacanar lernte. Er führte seine Spiralvene in das andere Ohr des Mannes und sie sah, wie sich seine Augen vor Erstaunen weiteten. Er begann gierig zu saugen. Sog dem Opfer die Energie aus dem Kopf. Als dessen Blick starr wurde, holte Psal mit der Kralle sein Gehirn aus den Augenhöhlen und gab dem Bacanar die Hälfte. Gemeinsam schmatzten sie hungrig das saftige Fleisch.

Sie hatte den Auftrag, den berauschten Hybriden zum Auto zu bringen und dort auf Pok zu warten, der ebenfalls einen Bacanar-Schüler bei sich hatte. Pok war bereits von seiner Mission zurück und wartete mit seinem abgefüllten Bacanar, so dass sie sofort zu Ron in die Halle fahren konnten.

Die vier Hybriden wurden nebeneinander auf Stühle gedrückt. Bar verband ihre Katheter mit Blutbeuteln und sah erregt zu, wie sie leer liefen.

»Willst du sie nicht am leben lassen?«, fragte Psal.

»Nein, die nicht. Wir brauchen im Moment viel Blut für die Tests.« Die Wesen sanken tot in sich zusammen. Ohne das Geschehnis zu beachten, kam Ron das Blut holen und verschwand. Psal seufzte. Sie fühlte sich nicht wohl dabei das mitzuerleben. Eigentlich war ihr Bacanar gar nicht so schlecht gewesen. Er hatte gut gelernt und gehorcht.

Pok und Krran entkleideten die toten Bacanars und schmissen die Kadaver in den Van. Psal wandte sich angewidert ab. Sie hatte mit Frran so etwas wie zarte Freundschaft geschlossen. Für sie waren die Bacanars Lebewesen. Zu sehen, wie sie wie Abfall behandelt wurden, drehte ihr den Magen um. Sie fuhr zur Basis zurück. Sie wollte unbedingt auf andere Gedanken kommen, die Brutalität von Bar, Krran und Pok vergessen. Bitte lass eine Nachricht da sein, dachte sie und klickte in ihren Hotmail Account. Eine neue Mail! Psals Herz machte einen Satz vor Freunde! Er hatte an sie gedacht! Aber sie würde die Vorfreude auskosten und zuerst duschen gehen und dann die Mail in Ruhe lesen. Mit einem Handtuch um den Leib gewickelt, setzte sie sich an den Rechner.

»Liebe unbekannte Schönheit«, schrieb er. »Ich war gestern sehr traurig, nicht mit dir chatten zu können. Ich hoffe, dir geht es gut, und es war kein unangenehmer Zwischenfall, der dich abgehalten hat, mit mir zu kommunizieren.« Bar als „unangenehmen Zwischenfall" zu bezeichnen fand sie makaber und musste lächeln.

Weiter schrieb er: »Ich durfte wohl noch nicht oft mit dir chatten, aber habe das Gefühl, dass wir viele Gemeinsamkeiten und Interessen teilen. Ich bin oft sehr einsam, obwohl ich in einer Familie lebe. Es ist so schön deine Zeilen zu lesen und das Bewusstsein, dass du irgendwo in der gleichen Stadt bist, tröstet mein stilles Herz.«

Ein Poet, dachte sie. Wie er wohl aussah? Sollte sie ihn um ein Foto bitten? Wenn er das schickte, wollte er von ihr bestimmt auch eines haben. Sie fing an zu tippen. Es wurde eine lange Nachricht, die ihre Einsamkeit zum Ausdruck brachte, sowie ihren eben erlebten Frust, verursacht durch die toten Bacanars – aber das verschwieg sie natürlich. Sie schüttete in diesen Zeilen ihr Herz aus. Sie wollte nicht mehr allein sein – hatte das Bedürfnis einfach nur mal mit einem Menschen Hand in Hand durch das raschelnde Herbstlaub spazieren gehen. Mit jemandem reden. Crazy Boy verstand sie, das fühlte sie. »Bitte schicke mir doch einmal ein Foto von dir«, schloss sie die Mail.

Aus dem hell erleuchteten, unterirdischen Raum unter der Halle kam ein Schrei des Triumphes. Ron hielt ein Stück Bax in der Hand und schwenkte es vor Bars Nase. »Ich hab's geschafft! Ganz sicher! Ich habe die Droge extrahiert! Jetzt muss ich sie nur noch trocknen und in Würfel schneiden.«

Bar betrachtete misstrauisch den roten Klumpen in Rons Hand. Er schnupperte daran und konnte es kaum glauben. Es mussten Tests gemacht werden. Am nächsten Tag kam es drauf an. Er würde sich einen Menschen schnappen und ihn damit füttern. Er war verdammt gespannt auf die Reaktion. Bar klopfte Ron auf die Schulter. »Morgen wissen wir, ob wir bald reich sein werden«, schnarrte er.

Ron nickte. »Steinreich«, bestätigte er.

Solutosan lag mit Aiden eng umschlungen auf dem Bett und blickte in den Sternenhimmel. Er konnte es immer noch nicht glauben, dass sie nun zu dritt waren. Solutosan überlegte und versuchte die Nacht mit der Wölfin zu rekonstruieren. Ihn hatte jemand gerufen. Aber wer? Seine ungeborene Tochter?

Er schob sich weiter an Aidens Körper nach unten und schmiegte seine Wange auf ihren Unterbauch. Aiden musste lachen und ihr Bauch zuckte. »Ich glaube nicht, dass du da schon etwas hören kannst.«

Solutosan hob den Kopf. »Aiden, wir bekommen ein Sternenkind. Es wird anders sein, als die Kinder der Erde.« Er legte sich bequem neben sie und begann zu erzählen. Er sprach duonalisch, ruhig und melodisch. Geduldig hörte Aiden ihm zu. Sein Sprechen schläferte sie ein. Langsam glitt sie in einen tiefen Schlaf.

Solutosan redete mit dem Sternenkind. Er erzählte ihm die Geschichte seines Planeten. Wie die Göttin Sanmarena sie alle geschaffen und mit zwei Gaben ausgestattet hatte. Er berichtete von den vier Monden, den Schleiern und den Windschiffen. Um Aiden nicht zu stören, wechselte er zur Telepathie. Er beschrieb das Leben auf Duonalia, wie die Einwohner dort lebten und arbeiteten, erzählte von der Dona-Pflanze und wie sie die Duonalier ernährte und kleidete. Als er die Regierung von Duonalia erklärte, fühlte er, dass auch das Baby eingeschlafen war. Er hatte vor, ihm am folgenden Tag noch mehr zu erzählen und den Tag darauf ebenfalls, bis es das Licht dieser Erde erblickte. Dann würde es schon klug sein. Solutosan kuschelte sich in Aidens Schoß an sein Kind und fiel in seinen Ruhemodus. Er schlief glücklich und fest bis zum nächsten Morgen.

Bar stieß krachend die Tür des Computerraums der Basis auf und marschierte hinein. Psal, die am Rechner saß, zuckte zusammen, und klickte genervt die Seite weg, die sie geöffnet hatte.

»Du musst mitkommen«, befahl er. »Wir zwei fahren jetzt das Bax testen. Ich brauche dich als Rückendeckung.«

»Aber anziehen darf ich mich doch vorher noch«, fauchte sie.

Bar hatte vor, sich eine Hure auf Entzug zu suchen. So eine wie die Hagere aus der Kneipe, die so schlecht geblasen hatte. Er lief ungeduldig umher, bis Psal endlich fertig angezogen war.

Sie nahmen den Ford ins Hafenviertel. Dort gab Bar Psal klare Anweisungen. Sie trennten sich und sie ging wie befohlen immer im Schatten hinter ihm her. Bar schlenderte bewusst langsam durch die Straße, in der sich die Huren positioniert hatten. Er blickte alle prüfend an, unbeeindruckt von ihren Offerten.

Ganz am Ende des Weges fand er, was er gesucht hatte. Eine Frau mit grauem Gesicht und hektisch blickenden Augen. Als sie versuchte, ihm freundlich zu winken, zitterte ihre Hand. Genau die wollte er. Sie war mehr als billig und ging sofort mit ihm durch die dunklen Seitengassen.

»Du brauchst sicher einen Schuss!«

Sie blieb abrupt stehen und zischte: »Wieso? Hast du was?« Sie kam näher an ihn heran, packte ihn am Kragen und zerrte an ihm. »Gib es mir! Ich tu alles – wirklich alles!« Sie war völlig am Ende. Er starrte sie nur kalt an. Sie ließ sich vor ihm auf die Knie fallen. »Bitte!«, flehte sie.

Vor Verachtung fuhren Bars Fangzähne aus, aber er hielt die Hand vor den Mund und zog sie beherrscht zurück. »Ist nichts zum Spritzen«, sagte er, »sondern viel besser. Nimm ein kleines Stückchen und du wirst deinen Turkey los.«

Sie hob ungläubig den Kopf. »In Seattle ist es der Renner auf dem Markt – alle sind da geil drauf«, log er.

»Gib es mir! Was soll ich tun?« Bar dachte an Psal, die im Schatten stand und sie beobachtete. Sollte er ihr eine Demonstration seiner Macht bieten? Er entschied sich dagegen. Psal hatte zu viel im Köpfchen. Es würde sie nicht beeindrucken, wenn er so ein niedriges Geschöpf missbrauchte.

»Komm, wir laufen ein Stück.« Er wollte seinen Test lieber in einer Grünanlage machen, wo freie Fläche zur Verfügung stand. Sie näherten sich Portside Park. Der war ideal. Er deutete der Frau, sich neben ihn auf eine Parkbank zu setzen und zog die Tüte mit dem Bax hervor. Er überlegte, wie viel er ihr geben sollte. Erst einmal eine massive Dosis, entschied er und reichte ihr drei kleine Stücke, die sie sofort in den Mund schob.

»Was soll ich dafür tun?«, fragte sie und nestelte an ihrer Jacke.

»Zeig mal deine Titten«, raunte er, um sie abzulenken. Das Bax sollte in Ruhe wirken.

Er erfasste grob mit beiden Händen ihre volle Brust und schaute ihr prüfend in die trüben Augen. Die Straßenlaterne neben der Bank beleuchtete ihr fahles Gesicht. Er zog an ihren Brüsten. Bisher keine Reaktion auf das Bax.

»Das machst du aber gut«, lächelte sie. Er hob erstaunt den Kopf. Ihre Stimme hatte sich verändert. Sie klang auf ein Mal sinnlich – echt verführerisch. Ihr Gesicht hatte sich gerötet, die Augen glänzten.

»Und, möchtest du jetzt einen Schuss?«, fragte er lauernd.

»Warum?«, lachte sie. »Mir geht's doch bestens!« Sie begann sich zwischen den Beinen zu streicheln, geil lächelnd – wurde immer wilder und bekam einen heftigen Orgasmus.

Jetzt trat selbst Psal interessiert gegen ihren Befehl von hinten an die Bank heran. »Wahnsinn«, raunte sie. Die Frau merkte nicht, dass die Bacani sich ihnen genähert hatte. Sie onanierte wie eine Verrückte, bekam einen Orgasmus nach dem anderen.

Bar grinste Psal an. »Die Dosis war vielleicht doch ein wenig zu hoch!«

»Wie lange das wohl anhält?«

»Keine Ahnung – könnte eine Weile dauern. Wir müssen auf jeden Fall hier bleiben und sie beobachten. Ich will wissen, wann es aufhört zu wirken.«

Psal deutete auf einen Baum in der Nähe. Der ließ sich gut besteigen.

»Prima Idee!« Sie kletterten geschickt auf die Weide und beobachteten die Frau, die sich immer noch befriedigte. Psal machte es sich auf einem dicken Ast bequem.

»Pst, schau mal!« Bar schubste sie vorsichtig an.

Drei Männer näherten sich der Bank. Sie unterhielten sich lautstark, bis sie die Frau wahrnahmen.

»Boah! Sowas hab ich ja noch nie erlebt«, brüllte einer.
»Mensch, die platzt ja vor Geilheit!«

»Ja genau, die braucht uns«, krächzte der Dritte.

Psal und Bar kannten solche Bilder bereits aus dem Internet, aber hatten sie so etwas nie live gesehen. Aus der kaputten, drogensüchtigen Hure war eine sinnliche Nymphe geworden, die alle Kerle der Reihe nach befriedigte. Dann noch einmal die gleiche Runde machte.

Bar blickte zu Psal. Sie war auf ihrem Ast eingeschlafen. Sie hätte er jetzt auch gern gehabt – so wie die Typen unten die Hure nahmen. Aber sie war eine Bacani mit Fangzähnen wie Dolche und scharfen Krallen und kein dummes, weiches Fleisch wie diese da. Bar seufzte.

Es dämmerte, als die Männer von der Frau abließen und gingen. Bar betrachtete sie verblüfft. Sie hatte bereits wieder die Hand zwischen den Beinen und begann sich zu reiben, die Augen verdreht. Bax war spitze, das war schon mal klar.

Er weckte Psal. »Los, wir gehen.«

Sie glitten vom Baum. Sie blickte mit zusammengezogenen Brauen zu der Frau. »Die Hälfte hätte es auch getan, Bar«, meinte sie trocken.

Sie fuhren zurück zur Halle. Ron wartete aufgeregt. »Volltreffer! Die reinste Sexdroge! Bringt die Leute tierisch in Fahrt. Die merken nichts mehr«, verkündete Bar und Ron warf vor Begeisterung die Arme in die Luft.

»Und die Dosierung?«

»Drei Stücke sind zu viel. Ich würde sagen, eins für die Frauen wegen des geringeren Körpergewichts und zwei für die Männer wäre eine gute Dosis. Wir sollten einen Preis festlegen.«

Ron nickte. Sie schlugen sich gegenseitig auf die Schultern.

»Jetzt fehlen uns nur noch die Dealer«, meinte Ron, aber Bar grinste nur.

»Die kommen von selbst.«

Auf dem Weg zurück zur Basis blickte Psal ihn von der Seite an. »Meinst du, du kannst ihm vertrauen?«

Bar verzog den Mund zu einer faunischen Grimasse. »Das erste Bax-Geld wird in eine Überwachungsanlage für die Halle gesteckt. Was denkst du, wen ich da überwachen werde? Wir müssen versuchen, zwei Bacanars auszuwählen, die nicht ganz so dumm sind, um noch mehr Hilfe zu haben.«

»Warum zeugst du nicht für diesen Zweck mal selbst welche?« Er blickte Psal überrascht an. Das war überhaupt keine schlechte Idee. Seine eigenen Nachkommen wären unter Garantie für höhere Aufgaben geeignet, als nur als Spender. In der Basis angekommen, ging er auf direktem Weg in die Aufzucht-Station, um sich einige fähige Hündinnen auswählen.

Psal sah ihm nach. Er wurde immer mächtiger. Bald würde er ein Imperium haben. Sie wusste es. Sie wandte sich ab. Während der Zeit auf dem Baum, konfrontiert mit der rohen, berauschten Geilheit der Hure unter sich, hatte sie wehmütig an ihren romantischen Crazy Boy gedacht. Ob er ihr gemailt hatte? Sie setzte sich an den Rechner und öffnete ihren Hotmail Account. Eine erhaltene Nachricht! Mit Anhang! Ihr Herz schlug Purzelbäume! Zitternd klickte sie auf das Anschreiben – für die Anlage fehlten ihr im Moment noch die Nerven.

»Liebe schöne Unbekannte«, schrieb er. »Das, was du gemailt hast, hat mein Herz berührt. Auch ich empfinde wie du – oftmals habe ich das Gefühl, nicht auf diese Welt zu gehören. Sie ist so mitleidlos und brutal und manchmal bin ich des Kämpfens müde. Der Winter steht vor der Tür und ich weiß, dass mein Herz und mein Bett vielleicht wieder leer bleiben werden und ich die Kälte allein ertragen muss. Nur deine warmen Worte trösten mich. Ich bin sehr froh, dass es dich gibt. Dein dich verehrender Crazy Boy. PS: anbei ein Bild von mir.«

Psal musste sich überwinden, die Anlage zu speichern und mit ihrem Grafikprogramm zu öffnen. Sie starrte lange auf sein Foto. Er war hübscher als erwartet. Vielleicht sogar etwas zu schön für sie – fast zu attraktiv für einen Menschen. Ihr Herz schlug bis zum Hals. Sein schwarzes, halblanges Haar lag um seinen Kopf wie die glänzenden Flügel eines Raben. Wunderschöne, stahlblaue Augen, blickten sie liebenswürdig an. Wie gut konnte sie sich vorstellen mit ihm Hand in Hand zu laufen, ihm in sein freundliches Gesicht zu sehen und ihm alles zu erzählen, was sie bewegte.

Lächelnd machte sie ihre Antwort fertig und hängte ebenfalls eine Anlage an. Mutig klickte sie auf „Senden" und ließ dann die Hände in den Schoß fallen. Vielleicht wurden Träume doch irgendwann wahr ...

Es klopfte an der Tür. Laut und heftig.

Solutosan trieb langsam aus dem Ruhemodus. »Was, zum Vraan?«

Chrom riss die Tür zu seinem Zimmer auf. Solutosan bemerkte erst jetzt, in welcher Lage er eingeschlafen war. Er ruhte zwischen Aidens gespreizten Beinen. Chrom hatte ihn oft nackt gesehen, das war nicht das Problem. Spränge er auf, würde Aiden ungeschützt breitbeinig vor seinem Navigator liegen!

»Chrom! Wenn das nicht dringend ist, reiß ich dir den Kopf ab!« Mit einem Satz war Solutosan auf den Beinen und verstellte Chrom den Blick auf Aiden, die sich schlaftrunken die Augen rieb. Mit missmutig zusammengezogenen Brauen drängte er den Bacani zur Tür hinaus auf den Flur.

»Chef!« Aufgeregt und mit begeistertem Gesicht schwenkte Chrom einen Zettel. Er tat gut daran, jetzt unaufgeregt einfach nur die Fakten aufzurollen.

»Ich war auf so einer Dating-Page. Du weißt schon, Partnervermittlung und so.« Solutosan knurrte. Und dafür wurde er aus Aidens Schoß gerissen?

»Halt! Warte, hör mich an!« Chrom platzte fast. »Ich habe eine Frau kennengelernt. Das hier ist sie!« Chrom gab ihm seinen ausgedruckten Zettel.

Sprachlos stierte Solutosan auf das abgebildete Porträt. Die Gestalt auf dem Foto trug eine schwarze Perücke – das stand außer Frage. Und unter dem Haar erkannte er das eindeutig leicht faunische Gesicht eines – BACANI Weibchens!

Er starrte das Bild an. Seine Faust ballte sich. »Haben wir euch«, grunzte Solutosan durch die zusammengepressten Zähne.

Die Jagd konnte beginnen!

Personenliste:

Die Duocarns:

Solutosan – der Sternenkrieger (verbittet sich Abkürzungen und Nicknames) Chef der Duocarns, hüftlanges, goldenes Haar, sternenäugig, Waffe aber auch Aphrodisiakum: Sternenstaub, bisexuell, dominant, humorvoll, sensibel

Xanmeran – der Ätzende (Spitzname Xan)
Krieger, hetero, zwei Meter groß, Bodybuilder, schwarzäugig, wild, Glatze, rote Hautstreifen (Dermastrien), die er als Waffe aber auch zum Liebesspiel benutzen kann. Experte für Sprengungen

Meodern – der Schnelle (Spitzname Meo)
Krieger, hetero, blonde, stachelige Haare, grünäugig, goldhäutig, Frauenheld, kann seinen Körper zum Vibrieren bringen, Schnelligkeit bis Lichtgeschwindigkeit. Meoderns zweite Gabe ist seine tiefe Verbindung zu Pflanzen.

Tervenarius – der Giftige (Spitzname: Terv)
Attraktiv, homosexuell, goldene Augen, silbern-weiße Mähne, superweiche Haut. Er kann seine Pilzhaut nach Belieben verdicken und im Kampf Pilzsporen von sich geben. Er simuliert fast alle Pilzarten.

Patallia – der Heiler (Spitzname Pat)
Krieger und Mediziner, homosexuell, grau/violette Augen, Glatze, weißhäutig bis durchsichtig je nach Emotion. Er kann sämtliche Medikamente in seinem Körper herstellen und per Hand verabreichen. Er ist ein Sprachtalent.

Die Erdlinge:
Aiden – taffe Erdenfrau, Streetworkerin, lange rote Haare, grüne Augen

David – schlanker, dunkelhaariger Häusermakler mit Hang zu exotischen Fischen und Pflanzen, stahlblaue Augen, hartnäckig, stark

Die Bacanis:
Bar – Anführer, intelligent, brutal, korrupt, nervenstark, nach Verwandlung graublaues, dickes Fell, mit spitzer Schnauze und langem Schwanz. Gründet Drogenimperium und Firma namens Finalmedicals. alias Brad Butler

Krran – 1. Offizier, verschlagen, gierig, machtgierig, militärischer Ausbilder, nach Verwandlung rotbraunes hartes Fell, kurze, kraftvolle Schnauze, langer Spiralschwanz. alias Wesley Trum

Pok – Befehlsempfänger, dumm, geil, gierig, bauernschlau, Kämpfer an erster Front, nach Verwandlung nachtschwarzes, langes Fell, ellenlange Schnauze und langer Schwanz.

Psal – einziges Weibchen an Board und Navigatorin, schlank, beweglich, intelligent, humorvoll, violette Augen (Telepathin), sehr schnell, nach Verwandlung grau-violett meliert mit weichem Pelz, spitze Schnauze und beweglichem Spiralschwanz.

Chrom – Bacani, violette Augen, Telepath, Pelz gelb-grau gestromt, arbeitet auf Seiten der Duocarns, blitzschnell, intelligent, warmherzig, Computerfreak, Navigator

Die Bacanars:
Pan – Sohn von Chrom, violette Augen, kein Telepath, Computergenie, intelligent, herzlich, kooperativ

Die Duonalier:
Ulquiorra – Sohn von Xanmeran, Atomphysiker am Silentium, groß, schlank, dunkles Haar, schwarze Augen, Energetiker, ruhig, ausgeglichen, zielstrebig, stark

Trianora – Genetikerin am Silentium, zierlich, blond, zu-rückhaltend, silberne Augen, kameradschaftlich, selbstbe-wusst, Assistentin von Ulquiorra

»Du bist ja ein echter Dichter, Chrom«, sagte David ehrfürchtig, als er die Mails las. Ihm war klar, dass er private Korrespondenz vor sich hatte, denn nicht nur die Bacanifrau hatte ihr Herz ausgeschüttet, sondern Chrom hatte das Gleiche getan. Nach dem, was er dort las, war es fast schon ein Wunder, dass Chrom bereit gewesen war, die Frau an die Duocarns zu verraten. David nahm an, dass sein altes Jagdfieber auf seine Artgenossen und seine Solidarität zu Solutosan überwogen hatte.

Er schaute Chrom von der Seite an, blickte sich dann im Computerraum um, wer alles ihre Unterhaltung hören konnte, denn die Krieger hatten alle ein sehr feines Gehör. Aber nur Tervenarius saß noch auf einem der weißen Drehstühle und die Wölfin Lady lag vor ihnen auf den dicken Pfoten und spitzte die Ohren. David lächelte Terv zu.

Jetzt erst fragte David leise: »Gehe ich richtig in der Annahme, dass du diese Frau schützen möchtest?«

Terv, der die Mails nicht gelesen hatte, zog scharf die Luft an.

Chrom nickte betrübt. »Ich mag sie. Sie scheint sehr sensitiv und einsam. Ich glaube sie unterscheidet sich vom Rest ihres Rudels.«

»Chrom, erinnerst du dich, dass wir seit Äonen Bacanis jagen? Sie sind Parasiten! Deine Freundin macht da keine Ausnahme! « Tervenarius war fassungslos.

»Ich kann ihr ja das mit dem Katzenfutter erzählen!«, beharrte Chrom.

»Ach, und wie willst du ihr das sagen?« Terv korrigierte sich. »Wie soll David ihr das sagen? Hallo, du nettes Mädchen. Wie wäre es mit ein paar Bacani Ernährungs-tipps!« Seine Stimme troff vor Ironie.

»Ich weiß noch nicht«, bekannte Chrom gequält. Er tat David leid. Aber was Terv da sagte, entsprach einfach der Wahrheit!

»Tatsache ist«, nahm David das Gespräch wieder auf, »dass Chrom ihr möglichst schnell mailen sollte, um ihr zu bestätigen, dass sie eine schöne Frau ist und er sich über ihr Foto freut.«

»Sie ist ja auch schön«, trotzte der kleine Navigator.

Tervenarius und David seufzten im Chor.

»Los, schreib eine dementsprechende Mail. Außerdem frage sie nach einem Treffen. Schlag ein Cafe oder einen Park vor.« Terv sah ihn auffordernd an.

Chrom nickte. Seine Finger flogen über die Tastatur.

David hatte ihn schon an vier Tastaturen und Screens gleichzeitig arbeiten sehen, was ihn mit staunender Bewunderung erfüllt hatte.

Solutosan kam zurück in den Computerraum, die Stirn umwölkt. Sein Gespräch mit Patallia schien nicht gut gelaufen zu sein. Chrom informierte ihn über den genauen Inhalt seiner Mail.

»Du solltest auch wissen, dass Chrom die Bacanifrau gern schützen würde«, sagte Tervenarius zu Solutosan.

»Sie ist vielleicht die einzige ihrer Art auf dem Planeten hier«, gab Chrom zu bedenken. »Soll ich denn für immer allein bleiben?«

Diese Frage richtete er natürlich genau an die beiden richtigen Männer. Solutosan hatte Aiden gefunden und sogar geschwängert und David und Tervenarius waren ein Paar. Betretene Stille folgte.

»Es gibt die minimale Möglichkeit«, begann Solutosan »dass sie ihrem Rudel nicht ergeben ist – aber, Chrom, du weißt selbst, wie unwahrscheinlich das ist!«

»Ich werde es herausfinden, wenn ich sie treffe«, versuchte David Chrom Mut zu machen. »Ich weiß jetzt in etwa wie sie tickt. Sie ist trotz ihres Rudels einsam und sucht Normalität bei einem Menschen.«

Er spürte Tervenarius Blick und wandte sich um. Sein Geliebter hatte seine goldenen Augen tiefgründig auf ihn gerichtet. Das war genau die Art Blick, die David immer unsicher werden ließ, denn aus Tervs Augen floss ein Strom Liebe und ein Lächeln umspielte seinen Mund. Dabei hatte er lediglich intuitiv versucht zu helfen, und sich in die Sache mit Chrom und seiner Freundin hineinzufühlen. Er schluckte und versteckte verlegen seine Hände in den Taschen seines Pullovers, was von Tervenarius mit einem noch breiteren Lächeln quittiert wurde.

»Wir suchen nun schon so lange nach den Bacanis«, sagte Solutosan, um das Thema wieder aufzunehmen. »Wir haben Zeit, alles in Ruhe herauszubekommen. Wir werden erst zuschlagen, wenn wir ganz sicher sind, in welche Art Nest wir da stechen. Jetzt können wir nur warten, bis die Frau reagiert.«

Chrom hatte die Mail fertig und las sie laut vor. Alle nickten und er schickte sie ab. »Ich werde mit Pan sprechen und ihm alles erzählen.«

»Was willst du mir erzählen?« Pan hüpfte in einem blauen Jogginganzug in den Computerraum, den langen Spiralschwanz hinten aus einem ausgefransten Loch in der Hose hängend. Die Versammlung im Computerraum überraschte ihn offensichtlich, denn er hatte die Hand voller Milchriegel, die er beim Anblick seines Vaters schnell hinter seinem Rücken verschwinden ließ. Seine violetten Augen blitzten und er grinste leicht verschämt.

Chrom schaute seinen Sohn an. David sah, wie Chroms Blick weich und liebevoll wurde. »Du musst wissen, was hier vor sich geht.«

»Okay, klärt mich auf! Och, menno!« Er zerrte an den Milchriegeln hinter seinem Rücken, denn Lady hatte diese mit den Zähnen ergriffen, um sie ihm abzunehmen. Milchriegel in dieser Menge waren für Pan tabu.

»Gib Lady die Riegel«, befahl Chrom streng.

»Nur einer!«

»In Ordnung, lass ihn einen behalten, Lady«, bat Chrom die Wölfin, die die zerbissenen Riegel losließ.

Die Duocarns-Saga:

Alle Bücher sind als Taschenbücher
und Ebooks erhältlich.

Band 1 - "**Duocarns – Die Ankunft**"
ISBN: 978-3-943764-05-5 – 236 Seiten

Band 2 - "**Duocarns - Schlingen der Liebe**"
ISBN: 978-3-943764-00-0 – 198 Seiten

Band 3 - "**Duocarns - Die Drei Könige**"
ISBN: 978-3-943764-10-9 – 212 Seiten

Band 4 - "**Duocarns - Adam, der Ägypter**"
ISBN: 978-3-943764-02-4 – 204 Seiten

Band 5 - "**Duocarns - Liebe hat Klauen**"
ISBN: 978-3-943764-13-0 – 216 Seiten

Band 6 - "**Duocarns – Ewige Liebe**"
ISBN: 978-3-943764-14-7 – 228 Seiten

Band 7 - "**Duocarns - Alien War Planet**"
ISBN: 978-3-943764-17-8 – 276 Seiten

Band 8 - "**Duocarns – Nice Game**"
ISBN: 978-3-943764-49-9 – 204 Seiten

Band 9 - "**Duocarns – Edoculus**"
ISBN: 978-3-943764-58-1 – 228 Seiten

Band 10 - "**Duocarns – Final War**"
ist in Arbeit und beendet die Duocarns-Saga

Eigenständiges Buch:
"**Duocarns – David & Tervenarius**"

ISBN: 978-3-943764-42-0 – 240 Seiten

Die Kurzgeschichten zu den Duocarns:
"Duocarns – Suspiricons"
ISBN: 978-3-943764-43-7 – 116 Seiten

Die Duocarns Sammelbände:
**"Duocarns – Die fantastischen Sternenkrieger
Collection 1-3"**
ISBN: 978-3-943764-52-9 – 628 Seiten

**"Duocarns – Die fantastischen Sternenkrieger
Collection 4-6"**
ISBN: 978-3-943764-55-0 – 632 Seiten

Weitere Bücher von Pat McCraw

Historischer Liebesroman:
"Der schwarze Fürst der Liebe"

Bartel ist Söldner, Dieb und Wegelagerer: Rau, ungehobelt und schlagkräftig. Er führt seine Räuberbande mit harter, aber gerechter Hand. Sein Leben verändert sich, als er eine Hexe vom Pranger entführt. Engellin beeinflusst das Leben der ganzen Bande und treibt einen Keil in die Freundschaft zu seinem besten Freund Rudger. Der Wirbel der Ereignisse reißt alle in die Tiefe, bis nur noch wenige übrig bleiben.

Die historische Helden-Saga beschreibt temporeich, spannend und gefühlvoll eine Männerfreundschaft, Liebe, Eifersucht, Intrige, Kampf, Tod, Schuld und Sühne. Pat McCraw würzt diesen Reigen mit einer dezenten Prise Erotik.

Heiterer Liebesroman:
"Butch – Neben der Spur"

Es geht um die Eifel, Ziegen, Motorräder, Lesben, Rocker,
Festivals, gute Vorsätze, Jim Morrison, Lagerfeuer,
Hilfsbereitschaft, verborgene Gefühle und um die Liebe: Die
taffe Butch lebt mit ihren vier Ziegen und
ihrem Hund Harry in Monreal in der Eifel. Ihre Vorlieben
gelten ihrer Kawasaki und hübschen Frauen.
Der Zufall weht einen außergewöhnlichen jungen Mann in
ihr Haus. Sanft aber beharrlich beginnt Face ihr Leben zu
verändern.

Satiren von Pat McCraw:

SKLAVENPACK
EINE DOMINA ERZÄHLT

MissMary

Vorsicht! Böser Humor im Anmarsch!
Vielleicht hat der Markt nach dem seichten Shades of Grey
nur auf ein amüsantes und knallhartes Gegenstück gewar-
tet.nach Liebeskugeln und Schlägen mit einer Samtpeitsche,
nach dem Tanz ums goldene, männliche Kalb, wird die rosarote SM-Brille abgesetzt und mit festen Frauenhänden der
Rohrstock gepackt, um ihn dann auf dem rosigen Popo eines
Wohlstandsbürgers tanzen zu lassen.

Die Geschichte führt den geneigten Leser in die Peep-
shows von Hamburgs Reeperbahn bis in die Tiefen eines
Dominastudios, in dem brave Familienväter freiwillig auf
Untersuchungsstühlen liegen.

Fasziniert schildert MissMary welche Wünsche an sie he-
rangetragen wurden, kategorisiert ihre submissiven Gäste in
Sparten wie Adult Babies, Haussklaven, Kliniker, Fetischis-
ten, Masochisten, Sissymaids, Pets uvm. Das 100-seitige Buch
beschreibt die einzelnen Spezies witzig, hart, liebevoll und
genau – jedoch nie obszön. Da sind Lacher garantiert.

MissMary verschweigt allerdings nicht die dunklen Sei-
ten, die im Umgang mit dem "Sklavenpack" entstehen. Die
Menschlichkeit bleibt in keinem Moment auf der Strecke.
Sie klärt auf und gibt Ratschläge für Sicherheit und wichtige
Verhaltensmaßregeln.

Einem Genre wird das Buch schwerlich zuzuordnen sein. Dem einen wird der Humor gefallen, dem anderen die Ratschläge, dem Dritten der tiefe und gnadenlose Einblick in die deutsche BDSM-Szene, bei dem phasenweise kein Auge trocken bleibt.

"Sklavenpack" ist nichts für Weicheier!

www.ingramcontent.com/pod-product-compliance
Lightning Source LLC
Chambersburg PA
CBHW020728210626
46807CB00016B/504